長篇風俗小說

這是一部關於愛與迷戀，失落與回憶的長篇風俗小說。展現一個維吾爾族少女的青春與迷惘的愛，當她面對貧窮，仇恨，希望等人生主題時的厭倦與迷亂。

南子・著

目　次

我真的看見過白水河裏的洪水漲潮了嗎？

我是否真的沿著河灘旁土路一路倉皇奔逃？身後緊追不捨跟著的是那個撈沙女人，她以一種低沉的、逼人的嗓音對我喊：「聽我說，聽我說。」

我是否真的看見過老爹家失蹤的大狗又回來了，牠朝著家的相反方向狂吠，叫聲驚動了整個和田的骨骼和根鬚？

第一章

相逢

1

　　古是怎麼與古麗認識的，當地人流傳著好幾個版本。其中最可信的，是他在白水河的河灘上救了當時一時衝動想自殺的古麗。

　　當說這件事情的人在用新鮮而陌生的詞語講述它時，這種過程比語言還重要。這種語言屬於這個事件本身，乾脆說吧，二者根本沒法區分，其極度的陌生性，是真實的證據。我信了，沒有看見說話的人正發出輕輕的笑聲，也沒有想到這竟是一個編造的故事。

　　因而，在過去的很多年裏，我都為此深信不疑。

　　這件事說，古麗出現在古的面前是一個傍晚，當時古正在河灘上瞎逛，遠遠地看見一個穿著顏色模糊條狀綢裙的女孩正朝著河灘的方向衝過來，也許是因為剛和母親發生過一次激烈的爭吵，也許是對酒鬼繼父的難以忍受。

　　總之，她今天是不想活了。

　　在她衝出家門的時候，滿頭的小辮子都朝腦袋後邊飛起來了，她喘著粗氣，跑得像一頭受驚了的驢駒子一樣魯莽而瘋狂。

　　一路上，古看著她步伐不穩地沿著滿是卵石的河灘，笨拙地跑著，以一種粗獷的，甚至是凜然不可侵犯的姿勢，直直地奔向白水河，離他是這樣的近，恍惚間可以聞到她孩子氣的頭髮上散發出來的汗味。

　　也就是那一刻，而且是最後一次，古傾心於這個異族女孩的欲望滋生出來了。

　　後來，在古不止一次惜字如金的講述中，古麗奔跑的這個姿勢成了我的一塊心病。和田這座沙漠邊緣的小城氣候乾熱，盛產性情剛烈、做事不管不顧的少女。十七歲的古麗是一個，十二歲的我是一個。我想像在她不止一次的奔跑中，把她悄悄偷換成了自己。

當然，古麗投河並沒成功，多少讓這個投河事件像一個惡作劇。當她的腳踏在冰冷河水中的時候，她就後悔了。這個時候，古恰好經過河邊，順勢將她拉了回來，完成了一次即刻的搶救，當然，也完成了往後另一時日的漫長沉溺。

古記得很真切，那個撲向河水的黑皮膚的維吾爾族少女。她在臨走前向他舉了舉光溜溜的腳丫子，河水裏發光的碎沙沾在腳面和腳踝上，在陽光下閃爍得很。

那時候，街道很窄，人很稀，古很快就打聽清楚了，那個女孩子是巴札上「紅玫瑰」草藥鋪肉孜的女兒。

他想起自己在白水河邊遇到的這個女孩，他用他剛學會的維吾爾語問：「你叫什麼名字？」他用一種疑問的口氣說話。倒不是這個名字本身，而是他對自己初學的維吾爾語是否正確並不確定。

女孩正彎下腰，在擦拭腳上的沙子，像熱氣騰騰的小麵包一樣的腳雖小卻飽滿有力。聽見古如此蹩腳的維語，女孩笑了：「我叫古麗。」

她的聲音很輕，古麗兩個音節連在一起，好像是一個音節一樣。其實，就在古遠遠地看見這個維吾爾族女孩向自己跑來的時候，他就覺得她一定有一個不尋常的、響亮的名字，當她說出自己叫「古麗」這個再普通不過的名字時，他一點也不覺得驚奇，就好像他已事先知道了似的——對古來講，這個簡單的名字帶上了新的聲音和一層迷人的意義。

一九八二年，正是五月的一個空氣透亮的正午，空氣中到處都是一股煮瀝青的氣味。

正是這一年的春末夏初，來自內地南方省份的古作為滯留和田城少數的漢人之一，走在和田的大街上，被大街上三教九流的維吾爾族人襯托得醒目、瞭亮。

終於有一天，古在兩三個小巴郎（巴郎，維吾爾語：小男孩）的尾隨下，一路上穿過巴札東側的土路向一條巷道走去，那幾個小

巴郎在他的身後蹦跳，發出像小獸一樣的熱氣，膽子大些的那個巴郎，用小土塊粒兒擊中了他的後腦勺兒，他回過頭，這些和田大街上隨處可見的小東西嘻笑著一下子散開了。

歪歪扭扭的土路在一股熱氣中閃閃發光。

路上沒什麼人，也聽不見什麼聲響，或是一陣風、一陣鳥鳴。公雞和母雞也早早藏到了陰涼的屋子底下，可是每扇門的背後，都有一兩個孩子在剛灑過水的院子裏玩耍，都有一兩個貧困疲倦的母親在水池前彎著腰幹活，好像悶悶不樂。

最生動的是那種氣味，就像貧窮不僅僅是缺少金錢，而是一種生理感覺。

古一路走著，一邊注意到他周圍的景物，土路旁懶洋洋的狗和牠身旁葦子牆的陰影。

他一路上摒住氣，好像那種氣味會傷害他一樣。

古麗家的院子是一個寬闊的棚屋，發出好聞的舊羊糞和乾草的氣味，院落的一角的土灶臺上架著一口大鐵鍋。走到這扇柳條編的木門前，他的腦子裏一片空白。

在推門的同時，卻突然遲疑了：他發現他不止一次地夢到過這一切。夢到的這一切又都重新回到了記憶中。

只有他聽得出這兒有一個沙漠般的疲憊嗓音。

這聲音不再有肯定。

現在，他站在五月的沙棗樹下，棗花的氣味濃郁黏稠。古麗的神情似乎與那天在河灘上有所不同。到底是什麼不同呢？他說不上來。不同的只是她穿了一條舊的艾德萊絲綢裙，光著腳踩在自家院子平坦的地上。

她站在葦子牆的一邊，沒注意到身後掀起一陣沙塵，令樹葉兒無辜地擺動。只有她不被驚動，那個女孩背對著他，沒有發覺他正朝自己走過來。

她的臉在樹的陰影中。

「噯，古麗。」他試著叫了一聲她的名字。

她轉過身來。

其實，當古麗站在她家柵欄的背後，悄然地向裏面張望時，她早已看到了他──那個外鄉人。是個漢人。他的面容略有些疲憊，頭髮很黑，一件藍白細格棉布衫有些發皺，手臂上還搭著一件米灰色的風衣。

古麗猶豫了一下，打開了柵欄的門。

她不暸解這個外地人。但是，當她再次見到他的時候，她發現他不止一次地在沙海中迷路──而後重生。好比她用手指撥弄那稀疏的頭髮時，並沒有發現沙子。

古朝她家走過來的樣子，給古麗的母親留下了很深的印象。倒不是他作為一個外地人衣著的整齊「文明」頗為吸引著她，而是古慢慢向古麗走過來的速度與她心裏內在的速度之間不和諧的緣故，讓古麗的母親產生了一種難以言喻的、焦躁的感覺，好像是滴滴答答響著的兩種時間的差異。

後來，在某一個中午，當古麗的母親告訴她：「那個漢人就是這樣朝你走過來的。」好像在述說一件衣衫正掛在院子的晾繩上，口氣很稀鬆平常。

不過，第一次發現古麗的美當然不是古，而是古麗的母親。那是在一九八〇年四月八日的下午。她當時正在院子裏給一株剛開花的桃樹剪枝，從一簇冒著土腥氣花團的縫隙間看過去，剛好把走進門的古麗看了個正著。

僅一眼，就這樣確認了。

她的膚色像由深色蜂蜜做成，光滑、甜蜜而且黏糊糊的，她的

步子是漫不經心的，像沒勁、膩了的樣兒，但還有一股悅人的魯莽攢在身軀裏。

就這樣，她以一種黏稠的姿態、一種無害的小獸的目光看著周圍的事物。

古麗被她修剪得這樣好，她看著女兒朝自己走過來，有些吃不準她。

誰都說她好看，其實她的眉眼長得很一般，不過她的身材好，該鼓的鼓，該瘦的瘦，女孩最該好的地方她都好了，特別是她唇邊生了一顆不大的痣，看起來很是生動，想起她，她就控制不住自己的笑聲了。

不過，在更多的時候，古麗的美讓她憂心忡忡，這種情緒有時會把她送入到一個長長的失眠。

所以，當作為異族人的古從巷道的空曠裏走來，出現在她視線裏的時候，她正透過窗戶看一隻懷孕的野貓蹣跚著從這條路上經過，看到古眼睛裏的激情在噴湧，還看到他身體的心臟和兩個肺葉喜悅地碰撞了一下，便預感到接下來將會發生什麼了。

在此後很長的一段日子裏，這位老婦人因未能更早地預料到事情的發生，而懊悔自己的遲鈍。

2

和田唯一的一個巴札，至少隔著三條巷子連著我家。

第一次在和田的大橋見到這個外地的漢人古，我才十二歲。

他穿著米灰色的風衣。

我尾隨在他的身後，穿過了人聲鼎沸的人群跟著他走了好大一截路。他一定覺察到了我的小把戲。

他站住了，向我回過身來：「你知道古麗的家在哪兒嗎？」

我聳了聳鼻尖。我當然知道。我家的院子裏種著棗樹和杏樹，古麗家也是。

古麗家的「紅玫瑰」草藥鋪在臨街的巴札上，由於是在街尾，地勢低，門口架著一條木板道，步子踏在上面很有彈性。從街面往草藥鋪子走，由高往低，還沒到店鋪門口，一股濃郁的草藥氣息就撲面而來，好像是一種草木灰味，有幾分澀，幾分辣，還有幾分微微的苦，很不好聞。

店鋪門口有一棵巨大的桑樹，像一把會自動開合的傘，將這間藥鋪子蓋得嚴嚴實實。

肉孜就是這家藥鋪的店主，是古麗的繼父——一個乾巴老頭兒。作為這條街上唯一一家藥鋪子的主人，他還是有些道行的。

當年的這條街上，好像也只有肉孜家這麼一間藥鋪，那時候的和田人，好像不那麼相信診所，當地人大至斷手臂小至感冒咳嗽的，都到肉孜的這間藥鋪裏來。淡淡的藥氣撒在這條街上，讓人感到了一些安慰。

藥鋪小小的一方門面正對著大街，往外伸出來半個手臂那麼長，裏面的幾節櫃臺是木頭的，破損烏黑，離地面有一米多高，看起來年代久遠。

櫃臺裏面放著各種小木盒子，裏面放著針對各種藥，與動物有關的有石雞膽、貓脂、刺猬皮、驢蹄、狗毛、綿羊角、奶牛角等等；與植物有關的有阿魏、胡桐淚（白楊樹膠）、白香、黑香、葡萄藤、大麻纖維、大蒜根；與礦物有關的有粗鹽、紅鹽、岩鹽、泥土、水銀等。

我還看到了幾個讓我好笑的藥方子：鴿子糞、貓尿。

聽大人們說，這些聽起來很古怪的藥能治好幾十種病呢，有氣喘、高燒、受風、夜盲、尿閉等。

還有更為古怪的東西：蟑螂的卵巢。說是得十幾個一起燒成粉末吃，能治小孩的尿床，大人也能治。門口賣烤肉的阿不都的奶奶，就有尿床的毛病，吃了一劑，就治好了。

真是神奇。

傳說中的肉孜，在年輕的時候會治療一種特殊的病，大脖子病。

說是當年和田乾旱缺水，當地人只能將就，與牲畜們同飲白水河裏的水，河水裏的內容豐富得很，什麼都不缺，但是就只缺一樣：碘。結果好多的老老少少都在一夜間，脖子相競鼓出一個碗大的肉包，像甩來甩去的鈴鐺，走起路來頭都紛紛偏向一旁，有點幽默，有點辛酸。

如果不消腫，可怎麼出來見人呀。

說是曬太陽能補碘，補了碘就能消腫。那些日子，帽子巴札朝東面的牆角蹲著，站著一排人，都是老人、熟人。毒辣的太陽把人的皮膚吸出一層細密的汗，滴在下巴下面那個肥腫的「肉包子」上，看起來更加油膩、髒汙。曬久了，並不見脖子上的腫消下去，倒是體質弱的人要暈倒，要窒息。

只有他有些道行，治得好這種怪病。

他用的是什麼方法治的呢？聽人說他有一個秘方，但是不說，聽起來很玄機。他沒有兒子，倒是有一個女兒，傳男不傳女。

像是河水漲潮又退了潮，沒多久，脖子們紛紛都消了腫。

記得有一回我到河灘邊玩兒，被灌木叢裏的一種不知名的植物蹭了一下，沒多久，身上就起過敏，剛開始沒事，過一會兒，紅疙瘩在皮膚上凸起，像發了黴的草莓，一顆一顆地遞過去，大人們看了，說是「鬼風疙瘩」。這一個個「鬼風疙瘩」讓我難受極了，幾天幾夜發高燒，大家沒法子給我治，眼看它們擊鼓傳花地要到脖子跟前了，叫我怎麼出去見人呀。

這個病他也能治得好，小事一樁。肉孜不知從哪兒聽說後，抱著藥罐和一把草就來我家了。老爹看了，在一旁暗自嘀咕：借啥不行，幹嘛借人藥罐？一借藥罐子不是就把人家的病借回家了嘛？還是上醫院吧。二弟更氣人，乾脆說上醫院就免了，太破費了，忍忍就好。

可肉孜顧不上這些了，直接把那把草用冷水一沖，在我家的爐灶上開火熬上了。一股苦澀的草藥味在屋子裏瀰漫，我輕輕地吸了口氣。我從小就怕這種味道，但是我尊敬這種味道。因為熬藥的人是古麗家的人嘛。

我治療好了後，看著紅疙瘩慢慢消下去，真想開口叫他爹。

他再一次聲名遠揚。

不過，傳說中的肉孜，是唯一一個我認識的從不發怒也不緊張的人。到底是仁慈的，「願真主永遠賜福你」。有人生病了，就是到了半夜去敲他的門，他也從不抱怨。他從不抱怨任何事，以一種近於超人的耐心。

無動於衷，因而，有時近乎安詳。

3

和田大橋很要緊，它負責交換車輛和行人。

它的左邊是就是出和田籽玉的那條河——當地人叫它白水河。出白玉，而和田大橋的右邊是黑水河，出墨玉。

白水河是一條帶有魔咒的河流。聽大人們說，整個和田城的根基就在這條河上，在水中。在南疆酷熱的沙漠戈壁，這條河流就像是情人的名字被乾渴的路人啜飲。

多少年來，不知有多少人造訪這條河流。它使這裏出了名。每天，河水潮漲潮落。歷史上有關它的流言和傳說，從沒停止過。

黑水河的水並不黑，涮著白色的濤花，在狹小的河道裏扭腰奔瀉，只聽大人們講，若干年前，這條河被人挖出些有點成色的墨玉，也就那麼一些吧，就再沒了啥動靜。

出白玉的這條河，將天上的白雲恰如其分地折射給迎向它的人們，有時是晚霞，有時是月光，有時是明淨光潔的一大片藍天。幾

棵沿河而栽的沙棗樹的枝條富有層次地倒映在水中，被說的人寫成了字，一串字：白玉河，白玉河。

這是白水河自古以來唯一的榮耀。提起玉石，這條河就該趾高氣昂。

那一年春天，白水河旁的幾棵棗樹在一場沙塵暴過後被大風折斷。河岸因而破損。從樹葉的縫隙間看過去，就能夠遠遠地看到河對岸一個製作桑皮紙藝人的屋子。

屋子的主人叫買買提江。當屋子外面的風繼續掀動薄脆的葦子牆，帶來嗆人的氣味兒，買買提江此時還不知道這幾棵棗樹與他家大狗的死將要有什麼神秘的聯繫。

那一年的春天，一直在颳風。南疆的天氣大都是這樣，沒有一次例外。當地人嘗盡了這種風沙。如果是在風季，路過這裏的人們，不停地抖彈髮絲上的濃塵，彷彿逃兵般匆匆甩掉這座暮世舊城，頭上裹著黑色面紗的老年婦女捲裹住耐心，慢慢地從巴札上的清真寺門前穿過。

他們是怎麼度過這難熬的風季呢？

不能問，說了也不懂，說出來就破損。

巴札的街口處有一個賣雜碎湯的小食鋪，簡陋得無以復加，讓古覺得，也許二三十年前，也許更早，它就是這樣的簡陋，但是每天的客人卻不少。

混合著青菜的羊雜碎是盛在巨大的搪瓷茶缸裏的，一個個挨著擺放在屋子中間一個大炭爐中間，茶缸裏冒出的咕嘟咕嘟的香氣把空氣變得潮濕溫暖。

後來的兩年多的時間裏，古總是單獨一人，常常來這家小飯館吃飯。黑乎乎的大門開著，迎著他，就像他的同伴們走後的那些日子一樣。

不過，直到古離開和田，他還是一點都聽不懂當地人的話。他們不停地說，說——時間在往前走，他們的話也越來越多。慢慢地，古熟悉了他們的口形，對他們說的話也能一一明白了。

因為，他們說的話永遠是同一個意思。

古為什麼來到新疆和田的原因，是他自己告訴我的，還是聽老爹說的，我記不得了。只知道他們這些外地人，要來這裏找什麼「卡牆黃」。

據說，和田過去所產玉料的一個最大特徵是，無論白玉或是青白玉都以糖色包裹而成，我們這裏的當地人叫「糖疙瘩」，其實是一種糖玉。有些玉石的糖色深，有些玉石的糖色淺，到了「口裏」後，就被人俗稱「卡牆黃」。

那是一九八二年三月初，當還在揚州任玉雕設計師的古得到了一個邀請——一支由十一人組成的探礦先遣隊將來到和田，打算從這裏深入到崑崙山深處探查玉礦。

他說，給我半個月的時間考慮。在往後的這半個月裏，他沒做任何事情。只是在等。等什麼？也許是一個電話，也許是一個人。其實什麼也沒有。

最後，古接受了這個邀請。

古後來對我說，剛到和田的時候，在夢裏，他看到的是一條並不存在的大河，它帶來濃烈的水的潮濕味道；細小的灰塵之味，一層水霧浮在河面的上空。

每天五次，河岸附近的清真寺召喚信徒們做禮拜的喊喚聲響起來。整個和田城內，人們就像是找到了一口奇特的鐘一樣，朝著它的方向湧去。

這是第一個夢，它是黑白的。

　　第二個夢也是黑白的。做夢的人站在白水河的大橋上，有四個人站在河流的淺灘處。雖是白天，亮而白的太陽光垂直照射下來，在一旁的小男孩把滑膩膩的、令人作嘔的河泥抹在腿上。有三個男人舉著油燈，湊在第一個男人跟前，照亮他。他的臉如同煮熟的羊皮似地皺巴巴的。而這個男人始終低著頭，像是在尋找著什麼東西。

　　一大群灰色的麻雀在牆頭上一動不動，橋下龜裂的泥土發出爆裂時的輕微聲響。清真寺的尖頂上勾勒出一彎新月的線條。

　　萬物都在沉睡之中。

第二章

和田

1

我當然記得，古，還有他們，是由長途汽車喇叭聲帶來的。

那輛長途汽車是當地唯一的一輛。

車身是舊舊的紅色。在夏季不颳風的時候，每一扇車窗都開著，每一扇的車窗後面上都有人，那瘖啞的目光也像是在懸浮，朝向來時的路。

只是這輛客車發出的聲音只比我後來見過的挖掘機要小些。不，要小很多。

就是它，每個星期天的中午從烏魯木齊的方向來——那是個在當地少有人去過的地方，老爹說了，車子在路上要走七天七夜呢。

當它遠遠地穿過蒙塵的大路，喇叭聲長一下、短一下地在和田大橋的另一頭響起，時值中午三點，正是巴札日，趕集的人最多的時候。驢車在人群中擠來擠去的，大人都各自盯著眼前半米的的事情，沒人聽見這來自外地的汽車喇叭聲在一點一點地逼近這個破落的沙漠邊城。

我當時在幹什麼呢？

不大想得起來了。那天我好像是在和田大橋下面的河灘上玩，離那輛車還遠遠的，就清楚地聽見客車的輪胎軋過大橋上的石子路發出的嘎吱聲。透過低垂的柳枝，我看見岸邊的同一側有兩個巴郎在玩耍。也許是我把體溫傳給了河水，它變得越來越柔和，越來越親切。

接著，橋上出現了一道巨大的紅色光束，斷斷續續，還遲疑著，一下子把大橋上的路一分為二，把橋上的人群一分為二。

「紅色的車，是外地來的長途汽車。」

我的心喜悅地跳了一下。

那時我才十二歲，和當地的小孩子一樣，在這個少有外地人來的地方生活，長這麼大，卻還從沒乘坐過汽車，也從沒到過和田以外的地方。真是虧欠。可我還算是見過它的呀，這輛長途汽車在巴札的路邊一停，就引來好多露出白牙的孩子的圍觀，其中就有我。每一天，也都一如往昔，彷彿我不曾離去，他們也不曾長大。

當我從人群中站起身，那紅色的光束好像又沒有了。

沒聽到汽車拐彎的聲音啊。

可是，古，還有他們，那些外地人，是真的來到了和田這個地方。

就在這一天，就在這個塵土飛揚的大橋上，我覺得，有一部分的我正開始不知疲倦地尾隨著這個外地來的人。

那個時候，古並未看見我。

而我，又是誰呢？

2

和田，我們唸：he tian。每一個音節都等著你的嘴唇，牙齒都在等著重新啟動。而你的舌頭，每回都重新彈跳一次，聽我唸：「和——田」。可是住在這兒的人，包括住在這兒三代以上的人，很少有人說得清楚這兩個字的音節是什麼意思。不過，這並不妨礙別人去詮釋這活潑的音節所帶來的謎語。

我們是一個喜歡謎語的民族，在意的是這兩個字的音節後面所隱藏的謎底。

作為外地來的漢人古也是。

古後來記起他第一次來到和田的那天是個很平常的一個巴札日，那是一九八二年的春季的一天，寬闊的和田大橋帶有一點坡度，從灰濛濛的遠處中，一輛長途汽車浮現出淺紅色的車體，沉重而緩慢地擠壓著路面。在某一個瞬間，它彷彿停在那裏，恍如記憶中的事物。

道路兩旁的店鋪門窗緊閉，隔窗望去，似乎蒙著些灰塵，有如老人一樣的暮氣沉沉的生活，古這才感覺到，自己真的是來到另外的一個異域之城了。

到站了。

所謂的站，是巴札的路邊上的巨大的榆樹下。旁邊就是一間賣抓飯和烤肉的清真飯館。

他們十一個人在這裏吃飯，這間小飯館裏有一種藥草茶溫熱清苦的香氣，裏面坐滿了維吾爾族男人。只有清一色的維吾爾族男人，沒有女人。他們低下頭默默地吃飯，面色黧黑、髒汙，他們抬起頭打量這十來個偶爾闖入的異族人，清一色的黑藍衣服如漆黑暗影一樣難以穿透。

很快，他們被臨桌一個約莫六七歲的巴郎子吸引住了，他的眼睛蔚藍，渾身髒汙，小獸一樣的目光緊緊盯著他們這些外鄉人，好像要從與他們目光的對視中，找到一種確認。

這樣一種放肆的目光讓同來的桑二感到非常的不自在，他一邊吃著硬而涼的抓飯，一邊用胳膊悄悄捅了捅坐在一旁的古：嗳，你以前來過和田嗎？

古搖了搖頭：沒有。

我也沒有。這個地方過於封閉，少有外地的漢人來，大部分居民都是信伊斯蘭教的維吾爾族人。

哦。古輕歎了一聲，算是回答。

等他從小飯館出來，並未發現自己朝著旅館相反的方向走了，他正路過一個集市，更確切點說，是當地人所稱呼的「玉石巴札」。

巴札上有好多家的店鋪裏，都有百十斤重的石頭橫在門口，放在那裏供人們摸、看。小孩子在上面溜上溜下的，多少年過去，已打磨得相當光滑，或遠或近地看上去，多少像塊玉了。

　　忽然，道路中間的人流處有了些躁動：「霍西（維語：讓開的意思）——霍西——」一位體型高大健碩的維吾爾族巨人驕傲無比地大步行走在道路中間，他的身後如侍者般蜂擁著一大群大人、小孩，人們喜笑顏開地走在他的身邊，仰起頭看——他面色黑紅，穿著破舊的灰黑色粗布長褸，腰部隨便用一根草繩一捆，嘴角始終有一抹輕蔑的笑意，俯視著周圍玩具般的人群。他走來走去，也沒什麼要緊事，好像來到巴札上就是為了炫耀他的高。

　　他走過的地方，人群中就會有片刻的靜止，人們紛紛放下手中的事情，看他——他真的是太高了，兩米四五的樣子，超出了人的想像。哎，長得高，就一定比別人看得遠、看得多嗎？

3

　　和田的這一年春天來得比往年要早些。

　　杏花是春天來臨最早也是最確鑿的信號。

　　大簇的花朵從乾澀枯黑的枝幹中綻放開來，引來成群蜜蜂。中午明晃晃的太陽傾瀉下來，照射在河壩子的水面上，光線刺目、瞭亮，空氣裏散發出一股濕熱的香氣。

　　可是，和田沒有春天的存在。南疆沙漠城鎮的春天，是颳著乾熱沙塵的天氣。

　　到了三月，沙暴會來，吹倒房子，吹倒樹。人們都知道它會來，每年都如此。像等一個老朋友，不，是個無聊的劫匪。不確定哪一天會來，要麼早些，要麼晚些。

　　那還是八十年代初，當地人的房子都是用沒有燒製的泥土砌成的，很經不起七、八月雨水的沖刷。

　　還有風。

　　沙塵暴到來之前的天色像黃昏，有著異樣的靜。這種寂靜是物質，就像灰色的牆，厚而冰冷。

沙暴到來的時候，可以聽見雲碰撞雲的聲音。然後是樹，是人——它們相互碰撞乃至撕扯。整個天空像著了火。那些沙子層層堆積，又像水漬一樣地漫延開，總有一天，它將不動聲色地填埋掉房屋、植被，還有人。

除了夏天，其他季節都被風吹得冷。

那時，有好多天裏，上了泥的紅柳枝屋頂被風掀起，颳到其他的屋頂上，把房子裏外的殘骸碎片都吹過來了，煙熏過的細椽木、沒玻璃的窗框，緊接著，哐哐哐跟過來的是打饢用的鐵皮盆子、酒瓶子，還有掉了封皮的彩色畫報。

我還撿過一個沒了眼睛的橡膠娃娃，衣服殘破，一隻胳膊指向天，另一隻指向地。

絕不是我夢見的那一個，我看了一眼，就扔下了。

只有到了夏季末，桑葉拖了細雨，青翠可人。

風把河灘兩旁的桑樹葉子吹得柔軟的時候，老爹總是要到樹林子裏流連，去剝那些桑樹皮。

他手裏握著一把鋒利的英吉沙小刀，選擇那些粗細均勻、表皮光滑的桑樹枝，從上往下劃一道口子，然後刀子橫切上去，繞樹一圈，再往下劃一刀，一條桑樹皮就剝下來了。

老爹每每把刀子插進樹身的時候，嘴裏就「嗷」地一聲，好像是在替那些被砍的樹喊疼。剝過樹皮的桑樹枝光著身子，在林子裏白晃晃的，很耀眼。

待老爹回來後，我就和他一起坐在院子裏一起剝樹皮，然後在水裏沖洗，嗯，再然後放上些粗鹼，在大鐵鍋裏反覆煮，熬成漿。一會兒，我的手、他的手，就多了些新鮮植物的氣息。

老爹製作桑皮紙的手法很靈巧。

他習慣於蹲著幹活。用手剝桑樹皮的時候，臉上的肌肉緊繃。

瘦而小的身體低低俯向腳下厚重的木盆。他用尖刀一下一下撕扯桑枝綠色的嫩皮，那像是嬰兒和青蛙的眼睛閃閃發光，說不清楚裏面到底流露出什麼。

每次用刀片削下一條樹皮，他就盤在木盆裏，一邊告訴我該放多少水，多少鹼。

老爹在大鍋裏把生鹼熬煮，用一把像掃把一樣的攪拌工具不停地攪拌，看著它融化成一鍋灰白色的稀薄液體，再把適量的新鮮桑樹皮倒進鍋裏，當攪拌工具把它們往下拌，濃稠的熱漿把它們包圍起來時，它們嘶嘶叫著，幾乎在同一瞬間，就變得蒼白了。

出漿了。

太陽底下，一排排木頭模子向陽擺放，木頭模子上的桑皮紙沒曬透，還是濕的，但它的紙面角上還沾著幾枚楊樹葉，想必是一陣秋風把它們從樹上趕到這正在晾曬的紙面上的吧。

這幾枚小樹葉嫩黃小巧，就像剛出浴的少女身上的幾點泡沫。我的泡沫。

不過，做好的桑皮紙，老爹從不拿到巴札上出售。每個月的月末固定的那幾天，會陸續地來幾個人到家裏收購。

像從前無數次的那樣，他們不是抱怨桑皮紙太薄了，就是漿太稀了，老爹冷冷地乾笑兩聲，他們就都不說話了，低著頭，一分不少地付過足夠的錢，悄悄地扛上裝滿桑皮紙的麻袋離開了。

對這些記憶的原始感知直接進入到了我的大腦，直到今天它們還在，就像扎入拇指的刺一樣直接。

那是個清晨，古走在去往我家的路上，他是來我家找老爹打聽雇用當地一個嚮導去崑崙山的事情的，當時，老爹正在院子裏打一間泥房。他有這樣的一個計畫很久了。這個泥房打好以後，說是用來儲藏桑皮紙還有模具。

古沿途看到一排排紅柳和蘆葦紮起的葦子牆，陽光從枝條的縫隙中滲下，泥牆的院落內外，已被主人灑過清水，散發出一股潮濕的泥腥氣。

和田這地方多年來一直有風，而且還很大。所以，當地人蓋葦子房的工程特簡單，早上動工，晚上就可以住進去了。

泥磚是用一種黃色的黏泥做成的。我們家的房子，也是用這樣的泥磚蓋起來的。

我常看村子裏的人家做泥磚，用水將黃泥攪成漿，然後鏟進木框格子裏，那是一種模具。人赤腳踏在模具的泥水裏使勁踩，泥水擠過腳趾頭吧唧吧唧地響，發出和姑娘親嘴一般的聲音。然後把泥踩結實了，就抽出木框子，留下一方方泥磚在烈日下曬。

遠遠望去，泥磚一列一列的，很壯觀，有一點讓人想要好好生活的樣子。以至於我只要在黑暗中閉上眼睛，就會聞到它們散發的微澀的泥腥氣。那剛好就是老爹家的氣息，我家的氣息。

蓋房子的時候，老爹還特意在房頂上加了層紅柳枝。當天晚上，一場雨下到了半夜，黃泥摻葦子草抹的房屋裏滴落下黃漿一樣的稠汁。

在和田，家家院落裏栽有杏樹、桑樹，早春的杏花在綠葉中綻開，骨朵結實，芳香四溢，清白肥厚的花瓣在隱約的陽光中隨風跳躍，點綴貧寒院落的破舊門庭。

那些屋舍都是泥土結構，嵌入細細的紅柳及蘆葦條，經年月已久的沙塵和陽光侵蝕成舊舊的暗褐色。

古是一個漢人，當然不瞭解我們，但也認為我們的習俗充滿了偶然性。比如說客人買穆賽萊斯酒，當主人打開酒罎子，發現其中的暗紅色酒液中漂浮著一隻鴿子或是一條羊腿，他並不會感到意外。

「喂──老人家，房子的皮要掉了。」

遠遠地，我聽見是古的聲音。他雙手插在褲兜裏，微微縮著脖子，才來和田不到一個月，就有了本地小伙子的「垮樣子」。

老爹聽到了他的叫聲，笑得下巴快要掉下來了，說：「不要緊的，太陽一曬就乾了，不要怕嘛。」

老爹說的沒錯，的確，太陽一曬泥皮就乾了。泥皮裏含有許多前年的鮮活草莖、草根，倒是很經事。沒多久，泥牆活了，長出來了許多的野花、野草，在風裏很招搖。

慢慢地，我發現，那紅柳泥房房子正代替它的主人呈現出一種表情，好像在暗自發笑，似乎在嘲弄著它外面的紛亂世界。

4

和田縣招待所在散發著一股尿臊味的幽暗巷子裏，兩層樓，卻沒有幾個人住。屋子裏到處殘留著常年來去的人的氣味。

在當地，這該是最好的一間旅館了。

靠近水房的幾個屋子的燈全亮著。這是古和同伴們來到和田的第十三個晚上，現在，他正費勁地抵著床頭，給桑二的家裏打電話。桑二在電話的另一頭說：他會儘快乘坐飛機趕到喀什，再乘坐夜班車與他們在和田會合。但是，這些天當中，古務必要在當地找到一個能帶他們去崑崙山的嚮導。

在和田這不短的十多天中，他們在縣招待所裏一起心神不安地度過。古不但需要應付同伴每日的開銷，還要每天聆聽他們因為水土不服而引發皮膚騷癢的抱怨，大概這十多天來一直如此。這些，把古搞得很疲憊，每一天成了前一天的重複。

天氣慢慢熱起來。路邊上，一樹一樹的棗花相繼開放了，空氣中瀰漫著的濃郁的棗花香氣，散發出腐爛的氣息。成群的蜜蜂也跟著來了，整條沿街的花樹只聽見一種嗡嗡的聲音飛來、飛去。隨

後，花粉灑落了一地，空氣中到處是那令人頭暈的香氣，澀而甜。

整個和田變成了一場由汗水、塵土還有噪音組成的夢。

但是，眼下最關鍵的問題，是在當地找一個能帶他們上崑崙山的嚮導。

那段時間，因為找不到合適的嚮導，上崑崙山的日期一直擱淺，無聊了就轉到河灘和巴札上看當地人玩「打瓜」遊戲。

在和田，「打瓜」遊戲好像是一夜間人人都在玩的東西，那些男人們人人都在玩，年輕人玩，中年人和老年人也在玩，流傳得久而廣泛。

那時候，生活是多麼地枯燥，就像包圍在其中的空氣。好在有夏天。每天的生活真的是太閒了，錢是那麼地少，時間是那麼地多，快樂不是現成的，得要自己去找。

白楊樹下、河灘上，到處聚集著玩「打瓜」遊戲的人，他們每天被緊張而有趣的一場又一場遊戲追逐著，抵達競技的現場，期待在競技中顯示出自己的力量。他們黑紅的臉上淌著汗珠兒，赤裸著胳膊，用巨大的熱情看著對手。時間在某一個瞬間被無限拉長，循環往復。

老爹說他以前也玩「打瓜」遊戲。聽他一說，我才明白「打瓜」遊戲中有些很微妙的感覺是無法說出的，比如手的感覺。一雙手終究沒法把那種微妙的感覺傳遞給另一雙手。

比如一隻瓜靜靜地立在那裏，面對的是各種各樣的人，每隻瓜都不是一個樣子，形狀厚薄也都不一樣，每個人打瓜的手法也不一樣，習慣也不一樣，有勁兒大，勁兒小的，一枚銅錢打進瓜裏什麼部位剛好，是沒辦法預知的。

一般說來，打西瓜是在兩個人之間進行的。每個人挑一個麥籽西瓜，用手掌打開，西瓜瓤子紅的就贏了。輸的人一般要付兩個瓜的錢，打開的西瓜嘛，都是看熱鬧的人吃，他們白吃，不要錢。

我問老爹：「打西瓜有啥竅門沒有？」

老爹說有的，就是眼睛尖會挑瓜，還會打。因為嘛麥籽西瓜長得怪得很，好多麥籽西瓜最紅的瓜瓤不在瓜心，是在瓜心與瓜皮之間，紅瓤子隔著瓜皮看不見嘛。會打的巴郎子剛好從瓜瓤的最紅的地方打開，這個「巴郎子」就贏了嘛，贏了的人高興，吃瓜的人高興，輸了的人開始不高興，後面嘛，看大家高興了，他也就高興了。

打西瓜就是這個樣子的。

老爹還說：「剛開始玩打瓜遊戲的時候，我的手氣一陣子好，一陣子不好，不好的時候一個夏季就輸掉過五十多次，不但要付瓜錢，連同那堆瓜也成了別人的了，圍觀的人一邊呸呸地往地下吐瓜籽粒兒，一邊拍著我的肩膀說：『玩嘛，不要當回事嘛，玩啥東西都得花錢，沒有白玩的東西，想再玩還可以定規矩重新開始嘛。』」

「那個時候，我是很厲害的，總是贏。直到都把人打跑了。找不到人玩就我一個人玩嘛。用左手打，用右手打。再後來就不玩了。我老了嘛，六十多歲的人，手沒勁了，我的左手總是打不過右手。」

不過，老爹說了，打甜瓜和打西瓜的方式不同。得找一個甜瓜放正，打瓜的人每人拿一枚銅錢對準哈密瓜，嗖的一下用力打去，將銅錢打進瓜裏的人就贏了。如果兩個人全部將銅錢打進了瓜裏，再挑一個瓜重打，直到決出勝負為止。

打瓜輸了的人要付全部的瓜錢。至於那些甩著手在一旁起鬨的圍觀者，興高采烈地則要大飽口福了。

打甜瓜也是在兩個人之間玩，和打西瓜一樣，周圍得有好多的看客。若沒了看熱鬧的人在一旁起鬨，「打瓜」遊戲也就沒啥意思了。

打瓜遊戲就是這麼簡單。

打甜瓜，還有一種比較難的，有時要求將銅錢從瓜上打進，瓜下打出，這樣就要將哈密瓜的兩頭用土塊墊起來。但如果被打的是加格達一類的冬瓜，倘若要將銅錢從上面打進去，又從下面打出來的話，就不是一件容易的事了。

待有一天，當我看到二弟玩「打瓜」遊戲，就知道他和平時的自己，和其他人的區別了。那些日子，二弟著瘋了一樣迷上了「打瓜」遊戲，反正日子長得很，有數不完的閒散時間要去打發。

二弟是個左撇子，這一街上所有的人在遠距離瞄準時，都是把手垂得很低，然後把銅錢直射出去，有那麼一點兒像用石片打水漂的姿勢。

可二弟實在是太厲害了，他的身子微微往下一蹲，用左手扔出去的銅錢，帶著弧度從人的腦袋頂上擦過，直奔瓜心而去。

連著好多天來，他幾乎沒輸過。

他的姿勢幾乎沒什麼規律可循，側彈法、大弧度彈射法——簡直叫他的對手抓狂。有一度，那些當地人沒人敢跟他玩「打瓜」遊戲了。

於是呢，他要麼跟我炫耀，要麼把它變成一個自得其樂的單人遊戲。好在大狗一直在捧他的場。

我問他，打西瓜是啥品種好，二弟用一種很不屑的口氣說：當然是麥籽西瓜了。一個麥籽西瓜有老爹的兩個巴掌大，圓圓的像個小皮球。皮薄，好吃得很，你沒吃過嗎？

我嚥了一口吐沫，使勁地點頭：我吃過的，吃過的。

那時候，我經常看那些當地人玩這種古怪的「打瓜遊戲」。

其實，我只想逛一逛，或是站在街角看行人在周圍走來走去的，我會整整一個黃昏停留在那裏，有時一直等到天黑。這些陷入遊戲中的人，此時會把他們的內心完全暴露在外，而我的快樂在於隱姓埋名。

　　我說不出這是為什麼。

　　那段日子裏，我從未向老爹，向任何人提起我在河灘上，在巴札上遇到的一些人：那些像羊眼睛一樣閃亮著溫順光茫的、黑皮膚的小叫花子，還有那些把襯衫的釦子故意解開的、嘴裏噴著辛辣的莫合菸味的男人；那些盯著我的臉看，衝我微笑的男人，他們跟在我的後面問：「你的家住在哪裏？你的家住在哪裏？」

　　我有些害怕。

　　離我不遠的地方，我看見河灘上那些洗衣服的女人的臉，眼眶下面，鼓起黑青的的眼泡，可她們好像看了我一眼，又低下頭繼續洗衣服了。

　　「快啊快啊。」河壩子上，一群群圍觀的人們在打瓜的攤子上瘋狂叫喊。

　　又一個傍晚，我跟一個叫阿孜古麗的女孩子到河壩上看人玩「打瓜」遊戲。二弟也在。在這樣的時候，二弟同別的男孩沒什麼兩樣。

　　遠處傳來河流的嘩嘩聲，最後一頭牛在河裏低著頭飲水，牠的身上披著暮色。在這樣的一個有魔力的時刻，輸了瓜，也不過就是瓜而已。我想別人也一樣，全都懸在時間中了。

　　如果沒了那些打瓜的人，河灘上會很靜謐。

　　人群中，我聽見古的聲音。他的異族人的聲音如此和諧地融入這份靜謐中，他好像認出了我，看了我一眼，讓我又驚又喜，一個勁兒地摩搓自己沒穿鞋的腳丫子。

　　現在，他在人群中面向我，兩隻腳交叉站著，一隻手插在他那身薄的羊皮夾克的口袋裏，還有一隻手的兩指間捏著一枚銅錢。身後的樹影在他的臉上投下陰影，整個臉都變得很模糊。

　　二弟有些嘲弄地對他說：「噯，你能不能在瞄準的時候不那麼使勁？」

他笑笑：「我是故意的」。

二弟笑得更厲害了：「如果你能打中的話，也只能算是運氣了。」

他沒說話，好像有什麼心事一樣。沒等他向我走近，我急急忙忙地對二弟說：「天黑了，遊戲結束。」

古笑了。在那樣昏暗的光線下，好像他是移動最快的東西之一。

因為這個回憶中的這個閃回，我一下子覺得手心有些出汗。可不可以說，其實在我的心中，都有一小塊地方在等著我。這樣的一個地方，我一共見過兩次。一次是在古去古麗家的路上，另一次是今天，在此刻。

在我沒敘述完的這一時刻，請你稍等片刻。

5

古在等嚮導的那些日子裏，他好像整天沒啥事情可幹。那時的和田，少有外地人來，更何況是漢族人。那些小孩子，當然也包括我，每天很關注他們的行蹤。好像我們在這麼一個偏遠的南疆生活，從小到大培養的就是對遠方的崇拜。

這真是個沒出息的想法。

可是在老爹眼裏，古差不多就是一個流浪漢，這個看起來無精打采的年輕人，一縷頭髮在濕漉漉的額前總是晃來晃去，一副來路不明的鬼樣子。

可他是個來自外地的漢人。

他的眼神很特別，無論看著誰的時候，無論眼神有多短暫，都讓人覺得他誰也沒看，就是只看了自己。

一開始，他和老爹混熟了，就經常來這裏串門兒，滿不在乎地大口嚼著甜瓜、葡萄乾的同時，他也用「口裏人」的一些奇聞軼事

款待我們，老爹也跟他講些當地的俗語：什麼有孩子的家好比巴札（集市），沒孩子的家好比麻札（墳墓）啦等等。

沒過多久，古對於和田這個地方，似乎表現得比一個本地人還熟悉。

聽老爹說，販葡萄乾的艾江最近有好事情了。他從南疆葉城的一處河灘裏弄了一塊上千斤的青白玉石回來的事一下子在和田城裏傳開了了，這些天，好多人紛紛跑到玉石巴札上，說是要看個究竟。

這樣的新鮮事，我當然不能錯過。中午，我匆匆扒了兩口飯，就跑出來了，大太陽曬在背上，暖暖的。可我毫無睡意，腳步越來越快，沿途路過一排老舊的土質泥房，還不知疲倦地繞了個大圈子，然後又回到玉石巴札上給我戈壁石的那個店鋪門口了。

果然，在清真寺門口，那塊灰綠色的石頭像一面牆似地堵著，有好幾個人早早等在那裏看，還摸。

早些年，像這樣的大石頭還是比較少見。不像現在，人都不稀奇了，也不知是不是真的，總之，看過的人目光都很閃爍。

一個阿帕（老太太）凝神，對著石頭露出的一小塊剁面吐了口吐沫，將信將疑地在上邊抹來抹去。眼睛貓似地迅速聚了一道光：「綠的，還出油了。嘖嘖。」

我懷疑她是個「托兒」。

不過，還是真想知道，當它半掩在什麼樣的泥沙和卵石間，是什麼樣的一雙手，能把它挖起來，讓我第一次見到它時那麼地勾人魂魄。

看完了玉石，我的心有些起伏，偷偷拿了十字鎬又一次來到了河壩子上。

沿途一路走，左邊是房屋，是防疫站、小學、抓飯館、派出所和商店，右邊是河灘。河岸與玉石巴札平行，所有房子的後門都通向河邊。

　　和田這座老城真的是小，所有的街道，所有的路最後總要交滙在一起。

　　河壩子上，我聞到空氣裏有一股好聞的香氣。

　　這氣味難以捉摸，像是從河水裏發出的，連同河岸邊的沙棗樹花開流溢的香氣連成一片，浮動在和田五月的空氣中。這香氣明亮生動。

　　我光著腳，蹚著河水踩在堅硬冰涼的鵝卵石上，身體一下子變得敏感起來。

　　這香氣是從哪裏發出的？

　　下河吧。

　　我和阿曼把褲腳捲到大腿上，光腳就站到了水裏。我脫掉鞋子，走到河水裏，我想走得遠些。玉龍喀什河邊上，幾頭黑牛在那裏嗞咕嗞咕地飲水，忙得水花四濺，渾濁的水流順著毛皮流了下來。

　　水有點涼，即使在夏天也是涼的。腳碰到水裏一緊，心裏也跟著一緊。邁腳一點一點往前探，河水原來是很淺的呀，水沒過了腿肚子，沒過了膝蓋，就感到了的阻力。

　　腿是重的，身體是輕的。我們不再往前走，彎下腰在水裏撈沙。好幾次了，我撈上來的東西有五分的錢幣、酒瓶子、沒帽的舊鋼筆。還有一次，居然撈到了一條男人的破褲頭，濕淋淋的，正朝著我們不懷好意地擠眉弄眼，直到我們臉紅，尖叫著再次扔到水裏去。

　　我先是站在一個高坡上察看距自己最近的一塊河床。凝神片刻後，走到一片長形的低水窪處，用手中那把十字鎬琢上幾鋤，然後蹲下來，將新翻出來的幾塊石頭看了幾遍，臨了，又抓起一塊圓潤的灰白色石頭，對著日光猛照，察看質地和紋理。然後直起腰，拍了拍手，走到身邊的另一處石頭窪地察看。看來看去，總是一無所獲，翻出的石頭很快堆成一堆，丟棄一旁。

在水裏，我主要是撈扁的和圓的石頭，看是不是玉石，可河水裏鋪滿河床的全是卵石。它們在沙子裏埋了很久，把前世的事都忘光了，一碰到我的手就出水，假心假意的。

我俯身撿起一塊——是紅色的，小而圓潤，有如河流的心臟，我一下子把它塞進了嘴裏，猶如吸吮著它內在的所有精華。

我喜歡一把石子兒溜過指間的平滑感覺。

可惜，沒有一次是玉石。

後來，我看中了一小塊沒人去的地方，那是河流拐彎處的一節小尾巴，水很淺，用手一撚，是沙土質地，剛剛一鎬下去，就挖出了一隻死貓。沾滿泥沙的貓皮很僵硬，皺巴巴的，像一張陰陽怪氣的死人的臉。

很不吉利。

站在河心，我又一次想起了那個秘密。

是老爹告訴我的，只我一人，且讓我守口如瓶。且讓這秘密有如這單向的有來無往的河流，永遠從這頭，流向那頭。

我知道它還在水裏，可它在水裏的哪呢？它在水底裏是否還放夜光？它與身邊出身貧賤的卵石為伍，會不會難過。我不能問，因為它早已不知蹤影。

到了下午，河壩子才是屬於孩子們的。

夏季來臨，河壩子上都是成群的孩子。大大小小，來自四面八方，在河灘上追逐、洗澡，或者在河灘的樹林裏，尋找還沒來得及成熟的桑椹，還有青澀的沙棗。

也有的孩子趴在和田大橋的欄杆上，搖晃著腿，等待著汽車捲起一團團塵土，在橋上發出難聽的劈啪聲，從他們的跟前駛過。

是的，眼下令這些綠洲孩子們驚奇的東西永遠是這輛紅色的鐵傢伙，轉動的車輪，和司機按出的喇叭聲。

喇叭聲越來越逼近，越來越清晰。

是那輛紅色的長途汽車。

通常，這輛唯一的車就停在巴札的路邊上——它的前方連著和田大橋。對當地人來講，這座破損的大橋永遠是一成不變的，永遠抽象，耀眼的，完整無損的。

買買提江的烤肉攤旁的那幾根柱子之間有不少人，老人和孩子，堆在地上的塵土吸吮著著他們的腳。人一多，買買提江的烤肉攤顯得很熱鬧，好像這熱鬧不是通過這煙霧繚繞的烤肉攤，而是通過這輛長途汽車，有它在，嗅著它身上的鐵鏽味，他們似乎都覺得自己同外部世界聯繫起來了。

即使這微不足道。

可仍讓人感覺得到，它能把自己徑直帶出這一小片沁透乾熱的日照、灰塵、沒完沒了的風，這埋著鹽鹼的綠洲周圍，是一大片不毛之地的沙漠戈壁。

在河壩子上玩累了，我和阿曼準備回家。路過巴札的時候，我看見有好些人圍著它。今天是星期天，才剛到下午，它運送完一車的乘客後，正喘息呢。

我走近它，小心翼翼地把手放在了紅色車身發燙的漆皮上，一點一點地往上移。有好幾年了，好像是第一次，我這麼近地看著它。

它太老了，作為一輛車，它可比老爹老多了。

一下子，我心裏滋生出對它的一絲輕蔑來。這麼多年來，它一直幹著人們要求它的活兒，以至於這活兒超出了它的體力，不少漆皮都脫掉了，有些斑駁。像不服老的女子裙下的殘妝，好在，顏色還是乍眼的紅，走多遠都能一眼認出。

「噯，你在這兒幹什麼？」

是古，他手裏拿著一小塊不黃不綠的石頭，大概是從玉石巴札那兒淘來的。在這裏遇見他真是意外。

「天熱。」我有些害羞，不知還能對他說些什麼，手指伸了出去，胡亂指了指河壩子。

他笑了：「你坐過嗎？車。」他用手敲了敲車身。我搖搖頭。

這是真的，我的確沒坐過。

他徑直朝買買提江的烤肉攤走去。很快，一個高個子的漢族男人隨他從圍坐在一起的人堆中走了出來：我當然認得他，他是司機。

「喂，你來。」

我聽見古在叫我。

「你──多大了？」他的聲音像是從遠處吹過來的。

見過他好多次，來過我家也好幾次，他倒是第一次這麼問我。

「十二。」

「十二。」他重複了一遍。

「這車──」他突然像是想起了什麼，「你從小在這裏長大？」他像是在問我話，但是在問話中隨意陳述著一個確鑿的事實。

我頗為躊躇，原地轉過身來看著他，不知道他為什麼一下子說這麼多的話。他歪著頭，好像是在思考他還能做什麼。

當他又一次地轉過身看這輛紅色的車，發現我和阿曼這幾個小孩子靠著買買提江家的牆跟坐了下來。

「你們──你想坐車嗎？」

那真是一次奇怪的經歷。

古不知用了什麼樣的方法，說服了那個高個的漢族司機，邀請我們，還有他們，那些從沒坐過汽車的人，沿著和田大橋、巴札、河灘旁的公路去兜一圈兒。

一下子，車廂裏被擠得滿滿的，小巴郎子被大人擠得發出了尖

叫聲。都是維吾爾族人。不是老人，就是婦人，最多的是那些眼睛
會發亮的小巴郎。不知他們從哪個角落裏冒出來了，並很快知道了
這個消息？

他們枯黑的皮膚上，也許是飽經日曬的緣故，都灑著一層淡淡
的灰黑色。

我靠在車窗旁看著窗外一片耀眼的暴亮，以前熟悉的街景，全
然變得陌生了，像是在懸浮。一排排掠過的樹在石子路的顛簸中，
像是溶解了，樹葉也融化成一片，在路的兩旁升起曲折的熱氣。

一會兒，車子路過了我家的門口。沒有人，唯有沙棗樹，每
一棵都是那麼地孤單。我看見了探出牆頭的枝葉，在烈日下也都營
養不良地萎黃著，短小，上面掛著一些永遠長不大的沙棗，遠遠一
看，就像是沒有來得及打開的玩具傘。這一刻的所見似乎是途中最
陌生的，彷彿不曾到過——我在那一刻產生了離家的感覺。即使歸
來，我的體內滴滴答答響著的也是異時的時鐘。

一下子，腹中的飢餓令我浮起一種難以言喻的焦躁，也許真正
令我不耐煩的是這輛汽車的速度和我內心的速度之間的不和諧的緣
故吧。在我的心裏，一輛車子正在脫軌，深深感覺到兩種時間的差
異。這種想法使我身心俱疲。

不知過了多久，一陣刺耳的剎車聲後，汽車突然在巴札的路邊
停了下來。由於停得猝然，車上的人嘴裏發出了尖叫，我的身體也
給帶得往前衝，幾乎要撞上前排的椅背，幸虧我及時舉起右手，一
撐，一頓，便又坐穩。

站立在走道上的一個老年婦女沒站好，身子猛然往前一傾，倒
在前面的人的身上，臉上蒙著的黑色頭巾滑了下來。「噢依——」
車上的人一下子亂成了一團。

停車了。

伴隨著好長一陣磕磕踏踏的腳步聲，和小孩子夢遊似的眼神，待車裏的人下去後的好長時間裏，一股尿臊味卻伴隨著汗臭，那是當地人特有的體味，直往我的鼻子裏鑽。

車廂裏空了，只剩我一個人張大了嘴，看著他，傻笑了起來。

然後，我頭也不回地下了車，走好遠了，我禁不住又回頭看了一眼。車身是肥長的一列，灑著一層舊舊的紅，只有輪子是陰鬱的黑，頭部略微腫大。我突然覺得失望：這長途汽車長得是有些古怪滑稽。

6

在新疆，集市叫巴札，就是趕集的那一天。

在和田等嚮導的那段時間裏，古最愛去的地方是巴札。古想他自己可能是一個有著「巴札情結」的人。而實際上，許多人都有這種「情結」，巴札本身所具有的一種強烈的戲劇感，足以讓人在輕微的眩暈中忘記現實。

而在和田，玉石巴札不是每天都有，而是在每週的星期五和星期日。在這裏，各種各樣的玉石攤子沿街而擺，鬧哄哄的街道表面上看起來是無序的，而實際上卻是非常的安定，每個人都在做著自己的事情。

即便是在冬天，和田也是一個暖和的地方，有人在街道對面的清真寺的臺階上呼呼大睡，滿不在乎地把整個巴札當成了自家的院子。

一到巴札日，整個街道的喧鬧聲就很重。沿街的一家手工樂器店又開張了，照例，店主為招徠客人，請來了兩位納格拉鼓的藝人在店門口持續不斷地敲打，聲音很大、很張揚，引來不少人的觀看。

古麗家賣草藥的店鋪與它相隔不遠，門虛掩著，光線很暗，把門外的噪音暫時擠出去了一部分。但是房間裏還有被侵入的各種氣味：烤「卡瓦」（南瓜）的味道，烤羊肉串的辣椒和孜然的味道，燒羊毛的味道，樹木被熱浪烤焦的味道，塵土的味道，洗皮革的味

道，還有靠在牆根前老人身上乾燥的油哈味道，隔夜的冷汗、頭皮屑子的味道。

那扇虛掩的門像一個微張的嘴，把那些聲音吐出來又吸進去，經年累月的，那種聲音，氣味就留在了屋子裏、牆壁上，和幾百種藥草的氣味混和在了一起，散發出一種發了黴的渾濁味道。

似乎要很長的時間，才能把這條街逛完。

這天下午，古藉口胃不舒服，第一次去了古麗家的「紅玫瑰」草藥鋪。肉孜不在，古麗說他去橋頭喝酒去了。看到古，古麗的眉毛動了動。

古麗沒問他「口裏」的事情。也沒問他啥時候上山。

古，還有他們，作為一些外地人整天在和田的大街上轉來轉去的，要上山尋玉的消息幾乎人人都知道了。

古麗什麼也沒問。

然後，古把凳子搬到一個能看見她側影的角度。古麗腦袋上一條一條的小辮子垂落下來，在肩頭活潑地跳動。她在往那一截長的貨櫃上摺疊盛放草藥的紙袋，她就是這樣，一旦認真起來，好像什麼都忘了，可這正是她最好看的時候。

一個下午，來店裏買藥的人出出進進的，說著他聽不懂的話。那疊好的白色的紙袋散落在桌子上，一個個張開扁平的嘴巴，在笑，並和他說話。

屋子裏太安靜了，兩個待在黑暗中的人都不開口。只要他們願意，可以把呼吸屏住很久，像兩個沒有生命的木樁子一樣。

時間在流逝，外邊，白日漸盡。

忽然，半掩著的門開了，一個黑皮膚的維吾爾族少年探進了半個身子，看見他們，露出了笑容，對古麗說了句維語。他聽不懂，看看他，又看看她。她笑著應答了一句，然後，就跟著他出門了。

一下子，門外的各種嘈雜聲像洪水一樣，全都湧進來了，這個房間剛好沉浮在噪音之中。那些維吾爾族人發出的聲音，全部的聲響，聲嘶力竭的聲囂，讓他想到沙漠上的語言，一種難以想像的奇異的語言。他無法融入其中。

他定定地看著敞開的門底下那一大片稍稍發暗的光斑，心裏突然湧入一種悲戚之感，一種從未有過的倦怠和無力感突然出現。

後來，古麗進來的時候，她看著古低著頭，被突如其來的驚訝嗆得微微咳嗽。她用一隻輕握的拳頭抵住嘴唇，像是想起了什麼似的，對他說：等有一天你要走了，就不會再來了吧。

他點頭，又搖搖頭，不知道古麗為什麼要說這個。他語氣稍頓了一下說：是的。

真的不來了嗎？

她放下了手中的那桿小銅秤，頭揚了起來。

他站起身來，向她靠近。他為什麼又朝她彎下了腰，她一時沒搞明白。直覺讓她把自己的整個肉體全部都送出去，可他只拉扯了一下她的髮辮，一枚沾在髮辮上的草藥葉子落了下來。他說了聲再見，就轉身走了。

被暗示過的心，像被吹拂過的柳條，很難平靜了。有好長的時間裏，她都在反覆地溫習他的手留在她髮辮上的感覺。

又過了一天，古又來了。

終於，這天下午，店裏只剩下了他們兩人。

陽光從她的肩頭爬過去，肩膀就明亮了。牆角的木矮櫃上放著一臺黑白電視機，螢幕上蒙著灰，像是好久沒擦拭的樣子。黑白電視機是破損的，早沒了遙控器，也沒有幾個臺的節目可供選擇。她微微彎下腰，很盡職地把頻道換了又換，轉到了維語版的電視連續劇《西遊記》上。

　　他專注地看著螢幕上的唐僧騎著馬，那隻猴子從乾草堆上跳落下來，搶在八戒面前，在唐僧面前作了個揖，說道：「師傅，前方路程遙遠，該上路了。」

　　她聽了，不禁大笑了起來。看著電視裏不男不女、非人非妖的幾個人，在這個小黑匣子裏跳來跳去的，有真心想笑，也有迎合。就這樣。

　　維吾爾語的《西遊記》裏說的是什麼呢？他不懂一個字卻被說話的人深深吸引。他跟隨電視裏人的動作、表情的眼睛出神至極，讓人感覺他是懂的，是一種更深的意會。

　　這也是一切美好誤會的開始。

　　也許是她沒有城府的笑為他打破了沉默，古開始說話了：「你是左撇子，對吧？」見她沒開口，注視著他，好像不是在用眼睛，而是在用她高高的、明亮的前額。

　　「我注意到了。」他坦承，「我看見你用左手給人抓藥。」

　　「我也是一個左撇子。」他自嘲地笑了一下。

　　她沒說話，微微啟動著雙唇，搖搖頭，又點點頭，但目光依舊遙遠，慎思。而他呢，話說完了，無法另起話頭，只得告辭。

　　「我走了，要去河灘。」

　　正要離開之際，他突然補上一句：「你──你要和我一起去嗎？」

　　她放下了那隻銅秤，笑了，似乎還點了點頭。那肯定的動作來得如此出人意料，讓他不敢相信，這意義重大的事情竟然能以這樣微不足道的動作表達出來──她的確默許了。

　　幾分鐘之後，他倆一起走在了外邊的石子路上。兩人腳步轉為輕快，朝河灘走去。其間，他只看了她幾眼。兩人挨得很近，像是一起約好似的，腳步相差不及毫秒。

　　這一細小的、幾乎難以覺察的動作，就這麼確定了他對古麗一生的戀情。

後來的事情就有些複雜了。在他們的交往期間,古作為一個異族人,在和田生活了大概有近四年的時間,這簡直有些不可思議。

可是古,你這個人,叫我怎麼說你好呢?你是個外地人,你走路的姿勢都能暴露你,還有你看人的方式,你抽菸,你拍打桑皮紙的姿勢,就像是來這個地方作客的人。但事實上你就是這樣。我能設想這突如其來的戀愛對於你來說是怎樣的一種新奇的感受。

記得後來的一天下午,我一個人穿過巴札,來到古麗家的藥店裏,古麗不在,只有肉孜眼睛半睜半閉地在打瞌睡,乾癟的手拿著一支毛刷。

破損的木質櫃臺上放著兩小垛瓜子殼,和兩杯喝剩的藥草茶。其實我是不需要這些物證的。直覺更準確地告訴我,古來過這裏,空氣和光線裏都有他。而且他的離去和我的到達幾乎重疊。他天性裏散發出的膽怯氣味在這裏好像拐了個彎兒,但仍在證實了他不久前的光臨。

我知道,我又錯過了一個過於喧鬧的聚會,彷彿一個重要的節日正離我而去。我渴望看到的杯盞交錯,現在一不小心變成了杯盤狼藉。

我扭頭就想走。

一雙眼睛在盯著我。

眼睛長在一隻動物乾巴、萎縮的腦袋上。那是一隻風乾的羔羊的身體,頭還連著身體,正掛在牆上的矮木架上,眼窩又大又空,還有鼻孔,連成了一片,正朝我擠眉弄眼呢。

我離開了她家的藥鋪子,拖著屁股上一小團影子沿著牆角偷偷溜走了。我不希望她看見我,同時也希望他徹底忘記我的這次拜訪。那樣就好像我沒來過她的店鋪一樣。

7

晚上，我決定去古麗的家看看。

可這個想法太大膽了，以至於被自己嚇了一大跳。我沒顧得上吃飯，直接去了她家。

坑坑窪窪的土路兩邊，到處都是沙棗樹，每一棵的枝葉都是那麼地孤單。在入夏炎熱的空氣中，都營養不良地黃萎著，樹冠短小，圍成一支小小的玩具傘，上面掛著青黃不接的、永遠長不大的棗兒。

一道裂石板覆蓋著黏濕的水溝，水溝再過去就是古麗家小小的後院，種著幾棵樹，樹身都微微地向不同的方向傾斜──靠近廚房的就向煙囪靠攏，正房的則伸向窗邊，靠近院門的則逾牆而過，樹身泌得出水來，大小不一的光的碎片在往上爬。

院門開著，一瞅，院子裏沒人。牆角一叢夾竹桃過人頭了，粉白的花在烈日下眈著，風一搖，瀰散開一股渾濁的香氣。

樹蔭下面臥著兩隻鴨子，滿不在乎地看了我一眼，嗒嗒嗒。鴨子拉屎的聲音好像一個老女人在不停地吐口水。

我嚇了一跳。

我走進了紅柳泥屋院落右邊第一個屋子，燈黑著，我什麼也看不到，往前一走，摸到了床和毛氈，暖乎乎的，這應該是古麗的屋子。

屋子裏混雜有淡淡的杏仁、塵土、河水、蕨類還有蘑菇的混合味道，這種味道一直灌到我的頭髮根，當我想到這種味道必定是來自她的年輕肌膚時，我的心浮起一股難以言喻的焦躁，像是被開水燙了似的，充滿了一種可怕的妒意。

這種妒意是一種飢餓的感覺。

不一會兒，我聽到了院子外邊傳來了一陣細碎的腳步聲，我有些緊張，就在這時，床邊櫃子上的黃銅水壺被我的手碰到，落在

了地下，發出很大的響聲，聽見這一聲響，我才感到屋子裏是多麼地黑。

我的身體開始發冷。

「你幹什麼呀？」當古麗在門口的亮處看到是我時，很吃驚地大叫了一聲。她的叫聲嚇了我一大跳，好像把我從夢中驚醒。

她的喊叫聲並沒來得及得到我的回應，情急之下，她拉了拉我的胳膊，力氣太大，只聽「哧拉」一聲，我的袖子便扯爛了一道口子，一陣涼風像鈍刀子一樣在肌膚上輕輕拍了一下。

現在，正是她獨自一人的時候，她彎下腰，靠近我。我感到她的年輕的呼吸吹在我的脖子上。有如一股夜氣，一種涼爽誘人的味道，沿著腳踝上升。

頭頂上的兩束暖光剛好打在她的身上，把她的全身映成單獨的一個，形成一道弧線。像有一種舞臺效果。把她和周圍的一切隔開了。

她用轉過來的烏黑長髮原諒我。

黑暗中，我感到自己笑了一下，很驕傲地轉身走了。

一路上，我想起她生氣的樣子，笑了起來，越發覺得，她的神情眉宇與我已逝的母親有些相似。這是不是暗示了我們彼此的命運？所以，我和古麗之間的交往註定是悲觀的。

我好像記不得剛才發生什麼事情了，我到底是哪裏出了毛病？

回去的路上，我一路跑著，像一個打開了禁匣的孩子。

空氣中有一種澆過水的泥土的味道。

回到家裏，我悄悄脫下鞋子，用手拎著，發出的聲響也沒驚動任何人。

古當然知道古麗是維吾爾族人。

依照他後來對我的炫耀，他好像一開始就留意她了。剛開始的

時候，他們好像誰也沒在意誰。究竟是什麼時候開始在意的呢？我不知道，他沒說。

但我知道，他平時的日常工作除了與同伴一起走街串巷尋找嚮導，有的是時間繞到她家的藥店裏與古麗寒暄。藉著給錢、找錢的機會，抽一根菸，看一會兒維語版的《西遊記》。

一般到了下午，肉孜不在店裏，去巴札上找人喝酒去了。古麗就替他的繼父在店裏不出聲地忙，動作很輕言細語。櫃臺的木板大概是由便宜的板子釘成的，很薄脆，大包大綑的草藥袋子扔在上面的時候，會發出咯吱砢咯的聲音，代替她說了話。

當時的情景相當的迷幻，好像那個下午所有的話，都是電視機裏維語版的《西遊記》娓娓道來的，而不是他本人說的。他好像什麼都不知情。

8

就這樣，古又忙忙碌碌地過了幾個星期。那是幾個星期以來一個人對另一個人的輕聲低語、探試，還有對另一個地方的安撫。現在，古正朝著一個明確的目標走去。

最終，他們在當地沒有找到一個合適的嚮導。

不過，上山的日子定下來了：六月十一日。就在古來和田後的二個月。那一天宛如旋風一樣地逼近了。他接下來的日子都在做準備工作：打包行李。包括抽空閱讀一長串的有關新疆和田的書籍：歷史、人類學研究、民俗風物，還有地質學等等。

如果不是前期瘋狂的準備，古簡直就無法享受隨後而來的平靜。

在他們出發前的一個月裏，當地的新聞廣播偶爾會有一些關於此次去崑崙山進行「玉石之旅」的報導，但他並不以為意。

畢竟，那個地方太過遙遠了，現在擔心也有些來不及了。而今一切竟都在眼前。

六月九日，和田下起了夏天的第一場小雨。

古默坐一旁，燈沒開。他的面前擺放著一張新疆地圖，還有一枝筆。地圖的一角已被打濕。現在，這些東西都凍結在一抹陰影中。他掏出鋼筆，開始在地圖上勾勾抹抹。好像在追溯他的真實的足跡，一縷頭髮在額前垂落了下來。

最後，他的筆在一個地名前停下，他仔細地劃了一個圈──崑崙山。

出發前的一個下午，古敲響了老爹的房門。我當時正在睡覺。

他手裏握著那塊羊髀大小的玉石，好像是一塊「糖疙瘩」。一抹胭脂色妖裏妖氣地從玉身的兩邊暈開。這是他無意間在玉石巴札上的攤子看到的，他的身子直直的，眼睛也不看別人，像是充滿了一種充盈飽滿的氣體，這塊「糖疙瘩」在他手裏已不再是玉。它既是輕的，又是重的。一會兒輕，一會兒重。

朝老爹家走的一路上，他在懵懂中，又幸福又茫然：這就是「卡牆黃」，它真的存在嗎？我一定會找到它嗎？反覆地問，反覆地懷疑，在一堆亂七八糟的想入非非中，他感到臉上微微發熱。

卡牆黃，卡牆黃，卡牆黃。我的耳朵裏嗡嗡嗡地一下子灌滿了這些聲音。

老爹看到了他手裏的這個小東西，不知為什麼臉色都變了。

「假的。」老爹朝他輕蔑一笑。這笑容很古怪。

臨出發前的那天中午，他和老爹走在街上。古消瘦，嘴唇乾裂，愛出汗的頭髮不那麼順從地貼在了頭皮上，兩眼目光機敏。此刻，驅散了雲朵，六月的風吹散了雲朵，空氣有些悶，一些樹葉兒在風中打轉，這股風似乎走錯了方向，沿著街道尾隨著他們，慢慢就消失了。

一路上，他們談一些微不足道的事情，比如天氣，比如桑皮紙的銷量、自己的出發日期、路線，還有，要是上了崑崙山了，怎麼

好好地照顧自己，不要讓自己生病等等。

　　一進巴札的路口，人流漩渦一樣湧到了街道上。走在這樣的集市上的確有點讓人昏昏欲睡，每走一步，都好像一股冒著熱氣的濁浪張著大嘴噴到他們的臉上，連空氣都在互相纏繞，變得有血有肉起來。

　　到處都是維吾爾族小販兜售商品的身影，人們從四面八方趕過來，招呼顧客們的吆喝聲，在他們的攤位的右邊無限延伸，看不到盡頭。膽小的羊隻被主人用麻繩牽著在人群中來回走，尋找著買主；一個商販試著讓一頭看起來很倔強的毛驢向路邊挪動一點，好讓驢車不軋著路人。

　　就這麼走在和田塵土飛揚的巴札上，他覺得每張臉都是自己所熟悉的，但每一張臉多會讓他感覺到驚奇。他甚至都有些糊塗了：

　　這世上怎麼有那麼多的東西？

　　賣哈密瓜的少年，頭頂著超大的鐵皮托盤，上面擺滿了一牙牙金黃色的哈密瓜，在人群中靈巧地穿來穿去。

　　紅色的辣椒麵兒在一個個麻袋裏堆得老高，還有佐料、土鹽。土鹽一塊塊地放在了地上，就算是整個和田人加起來，也吃不了這麼多啊。

　　最神氣的是路邊那些賣甜瓜的案子，他在自己的地盤上很神氣，他的一隻手在切開的瓜塊中揮舞著長的刃刀，另一隻手在趕蒼蠅。他每次在切瓜的時候，好像都要砍到手指，但刀子的寒光在指間一閃，案臺上就有了兩塊切割均勻的瓜塊。

　　賣烤雞蛋的攤子跟前圍了好多的人，蹲著的、站著的，地上是白花花的碎蛋殼。一群小孩子在人群中追逐打鬧，甚至碰翻了路邊壘在一起的香料包，那些片狀的、顆粒狀的香料從袋子裏撒出來，一股複雜的香味飄到人群中。

　　擺攤的人當中，有一個過於豐滿的維吾爾族女人，她用維語衝他們跑得很遠的身影高聲叫嚷著，他注意到他們是打著赤腳，在塵土飛揚的街道上留下一道道痕跡，和一陣沒心沒肺的笑聲。

後來，古被一群賣皮襖的商販擠到了路邊上。路邊有人在扯著沙啞的嗓子在唱歌。

他轉過身，看到一位瘸腿的維吾爾族盲人披頭散髮，在用石片敲擊著身子下的一隻破爛方凳，他咧著嘴唱歌，牙全掉光了，發出低沉的、含糊不清的號叫，節奏硬而急促。

他的腳下放著一隻舊鞋盒，裏面只有少量的錢和半塊乾饢。

「天哪，」他對老爹輕聲歎道，「這種聲音。」

有那麼一刻，古懷疑自己是在夢中。那些異族人的聲音，的確是從很遠的地方飄來的。

這時熱辣辣的太陽升得老高，路邊上，幾個維吾爾族男人正把一堆南瓜推到路邊的一間簡陋的店鋪裏。

巴札上，他們就穿梭在一排排曬乾的乾果和香料販子腳下散發著香氣的袋子之間，老爹不停地與人打招呼，雙手伏在胸前，微微弓著身，他們說著維吾爾語，聲音也像是從喉嚨裏發出的。

一路上，聽古說此行去崑崙山所做的種種準備，老爹有些慨然：「去崑崙山找玉石太難了。」

「再難也要去。」古笑了。

「旅程本身就很刺激了，於我而言，一切都是新鮮的。」

「你看看那些人。」

老爹突然捅了捅他的胳膊。

順著老爹的目光，清真寺的臺階上坐著、蹲著一排維吾爾族男人，他們的手上、腳下都是大大小小的玉石，他們一邊等生意，一邊相互聊天，看上去他們之間很熱絡。

「你看靠近右邊臺階的那個人了嗎？就是那個手裏拿了好幾塊石頭的那個人，他以前是一個專做和田地毯的商人，他這些年把全部的錢都用來倒賣玉石了。」

　　古順著他的手指，只看見黑壓壓的人群裏浮著一顆頭頂發亮的腦袋。

　　「剛開始他很厲害的，賺了很多的錢，後來就不行了。一次看走眼了，用了全部的錢，是二十多萬吧買了一塊假玉石，刨開一看，是一塊不值幾塊錢的石英石。家裏的老婆也被氣跑了。」

　　「不過，他手裏還是有些好東西的，你一定要仔細看，他手裏拿的這幾塊玉石，每一顆都很特別。」

　　「你再看他身邊的那個人——」

　　老爹朝他所指的方向點了點頭，又搖了搖頭。

　　「那個靠牆坐著的，人群中最老的那個人，他收玉六十多年了，其中有二十多年是在崑崙山度過的。我們叫他『強驢肉孜』。」

　　「我看到了，他戴的黑羔皮帽子上有一個銀環。」

　　「就是他。下次你靠近他，就看看他的右手，他有三根斷了的手指。就是第一次上崑崙山的時候失去的，被山上滾下來的石頭砸斷的。」

　　在老爹的講述中，古好像看到：那一次他們上山回來，突然天上下起了大雨，颳起了風。他們騎的毛驢全被山水沖走了，幾個人貼著山崖上的岩壁，用手緊緊扒著岩石，山水從袖口流進去，褲管裏流出來，雨下了整整三個小時，吃的全沖沒了。

　　雨停以後，他們在泥濘的山路上爬行了十幾個小時才回到了山下。

　　後來，周圍的人常開玩笑說，他身上的每一塊石頭都是用命換來的。

　　「真恐怖。」古噓出了一口氣。

　　「這還不算是最恐怖的。」

　　「他這一趟有收穫嗎？」

　　「就帶回來一塊拳頭大小的羊脂玉。真的像羊尾巴油一樣的白細。那是從山崖上被泥水沖刷的岩石縫裏摳出來的。現在是個傳家寶，誰來了都不給看，當寶貝似的，他無論收到多好的玉，都沒法和它比。」

老爹咂咂嘴，像是在對這一件事情做了肯定。

「你應該去找一個人。」老爹說。

「找誰？」

「打蹤人。」老爹一臉神秘的表情。看到古一臉的困惑，老爹笑了：

「我也是聽說，沒見過。只知道這個人是一個思維很古怪特別的人，身上附著有一種特別的能力，這個人能掐會算，可以找到任何你想找的東西，包括人。

不過，當地人知道此人的也不多，這個人呢總是孤單單的，沒人知道這個人真正的名字。」

「這個人是維吾爾族人嗎？」

「聽說是。」

「打蹤人。」

古小聲嘀咕著這幾個令他困惑的字。

好像有感應一般，從草藥攤子那邊傳來招呼老爹的聲音。

古還有很多問題要問，都是關於「打蹤人」的。但是老爹很快和他告別，消失在人群裏，留下他一個人，漂浮在黑壓壓的羔皮帽子的世界裏，那是個伊斯蘭男人的世界。一個他無法走進的世界。

古呼吸著和田巴札上陌生而混沌的味道，這味道孕育著某一種暗示。

第三章

尋玉

1

第二天就要上山了。

在凌晨到來之前，古像是窗戶被風吹開一樣地甦醒過來。窗外的月光像水一樣地流到了他的床上。屋子裏寂靜無聲。剩下的時間裏，他都在胡思亂想，對這即將到來的行程感到不安。

還不到十點，他們出發了。這一天的徵兆很好，天是藍的，是個好天氣，不冷不熱。一路上，他從不想自己。不去想投在黑暗山谷裏的身影以及河水中的映象。在前往崑崙山尋找玉石礦脈的路上，他意識到自己才是可靠的。

黃昏時，他的臉朝上，平躺在帳篷裏。在一股帆布的濃烈氣味中，透過虛掩的帳門，他看落日捲起暗金色的金邊，和灰色的煙流。

沙漠寂靜，他感到心裏有些奇異，好像這些曾經是他不止一次看到過的景象——好像他曾經和現在一樣，枕著手臂躺在四面來風，在咔擦作響的黃昏中，帳頂在落日中散發出平滑的金屬光澤。

而這暗金色的落日煙流也曾經不止一次地在帳前掃過。

數天來，他們沿著崑崙山的方向行進，向北走了很遠，土地乾裂，植被也稀疏起來，一路上，他們在沿途中的很多村落都停留過，而這些村落的名字串在一起就像咒語一樣：克里雅。克里雅。克里雅。

這些村落的居民都住在用樹枝搭建的簡陋棚屋裏，棚屋七零八落地趴在地上，渾身塵土，似乎僅剩下一副副骨架，隱隱散發出燒焦了的氣味，而敞開的房門就像一張燒焦了的嘴。

就好像被一種氣味吸引似的，他來到村頭邊的一個山崖底下，他看見山崖的中間除了眾多的鳥的影子，還從中拔出來幾棵歪歪扭扭的野蘋果樹，個個炫耀似地紅得頑皮。由於沒人可以採摘得到，所以它們熟透了以後，就自己落到坡上了，不發出一點聲響。

　　通往伊瑪安的露營地是一個小盆地。坡上覆蓋著茂密的灌木叢。他們的帳房就是在灌木叢中的這片空地裏搭起的。從外部看，很少有人能發現他們的存在。穿過這片盆地，就到崑崙山的腳下了。

　　在沙漠裏，黃昏來臨。他們用撿來的乾柴燒了兩堆營火。然後圍坐營火旁，等待一天中最後的晚禱。

　　經過這麼長時間的移動，他們都很疲憊，吃完了飯就睡下了。

　　他的右臉頰被日光照耀，試圖想像自己得到了溫暖。當他累極了仰身倒在早已斷流的河灘上，柔軟的姿勢讓他看起來像具神秘的死屍。

　　第二天早上，在半夢半醒間，他被腳上像針刺一樣的疼痛喚醒了，這種疼還伴著一種痠脹。

　　他起來一看，右腳腕處凸起一個膿包，一定是什麼小東西拜訪過他了。他的眼睛在帳房內四處察看，一隻拇指大的灰黑色的蜘蛛正緩緩地朝帳頂爬去。

　　看到這隻蜘蛛，他想起了古麗。

　　在和田有一陣子，他不知為何原因連續好幾天耳鳴，去了當地的好幾家診所都沒用。他就來到藥鋪，找古麗的繼父肉孜大伯想要問個究竟。

　　「得吃藥，吃藥治耳朵。」肉孜很理解地說。

　　肉孜開了幾副草藥，讓古每天煎著吃。都是些很平常的草藥，只是有一味草藥的藥名很奇怪，讓他笑出了聲：爆牙狼。

　　她看著他，一副很嚴肅的表情，告訴他這是一味秘方呢，凡是秘方都有一味藥引子來配。還有更奇怪的呢，這藥要用公蜘蛛的尿來當藥引子，母蜘蛛的尿也可以馬馬虎虎地代替，但是效果肯定不會好。

　　她沒說公蜘蛛與母蜘蛛怎麼區別，好像這對他來講是一個秘密。

　　他記得，這是她對他隱瞞的唯一的一個秘密。

　　數天後，他的耳鳴不治而癒。只是，他從未去找公蜘蛛的尿來當藥引子。

兩天後，他的腳不再腫了。

古一廂情願地認為：一定是古麗在那天晚上拜訪了他。

當天晚上，他就做了一個夢。

他的夢是這樣的：他正迷迷糊糊地躺在白水河的石頭上。正是初夏，正午的太陽像熱氣騰騰的舌頭一樣舔著他的全身，把太陽溫厚、淡白的炙熱光線灑在一個年輕女孩赤裸的身體上，在她的四周漫溢開來身體金黃色的豐腴的輪廓線。她的嘴張得很大，嘴角的一抹唇紋更加彎曲。

她一言不發地俯向他，不是用她深陷的眼睛，而是用她高高的、寬闊明亮的前額。

但她的目光又是如此地遠。

她的下顎輕揚，從側面望去，突厥人種似的鼻子相當修長，這從日光中脫出的體貌特徵在夢中給出。他下體的陽物不可抑制地膨脹，在肚皮上直挺挺地勃起。

她坐在他的身上，低低地向他的身下俯去，帶著乾燥炎熱的沙漠、沙漠蠻荒貧困的生活交織在一起的多重力量，帶著濃郁鹹味的、新翻的泥土氣息和熱烘烘的乾草味道，一起朝他俯下身去。

2

就在古走向崑崙山的那天早上，我隨著老爹去樹林子裏剝桑樹皮。

我光腳走在白水河的河岸上，黃濁的泥水從乾裂的腳縫中滲出來，很快塗滿了腳背和腳窩。那是我與河水肌膚相親的時刻。

河裏流著的水是一道紅色的暗傷，恰如河流之美無法癒合。

但我並不知道，就在這個時候，古麗的母親已經睡著了。這個地方，的確天很快就黑了，她帶著不被人理解的沮喪在那張破舊的毛氈上睡眠。

她在睡著一個老婦人睡不沉的覺。

晚上，下起雨了，山上有洪水。下雨時候的睡眠是另一種睡眠，帶著水的波紋，使現實中的一切漂浮在水之上。有的時候聲音渺遠，有的時候影像亦然。在睡眠中，白天那些熟悉的東西開始變形，變得模糊不清，枝節橫生。

古麗的母親躺在床上，偶爾會醒來，聽到那些雨在下，斷斷續續的。空氣中有濃重塵土的味道，一股泥腥的味道。在她的身邊濕潤的聚集，從頭到腳充滿了她，進入到了她的睡眠世界。

就在他們走後的這一天晚上，古麗的母親還夢到了古。

在夢中，她看不清他的臉。他的臉似乎是白白平平的一片，沒有五官。她唯獨記住了他的笑聲。他的笑聲像他的人一樣無法理解。

他是誰呢？從什麼地方來？他的一切被包裹在秘密之中。

是的，古在和田滯留的一個多月裏，從未對任何人講過他過去的生活。他的行蹤──就連他自己也像是從那裏逃出來的一樣，是一場夢。一個不可思議的夢。

古來自「內地」的一個南方城市，當地人叫「口裏」，這是一個令古深感迷惑的詞。在古麗的母親眼裏，「口裏」有外省的意味。可能在她的潛意識裏，對和田以外的「外省」一直懷著複雜的情感。

又一個巴札日，太陽很好。老爹一大早去了河壩子割桑樹皮了，二弟照例不在家。我剛剛洗了頭髮，搬了個小凳子，找了個很舒服的姿勢在院子裏發呆，一頭濕漉漉的頭髮在暖暖的陽光裏散發著水氣，我像貓一樣眯起了眼睛。

眼前閃過一道紅光，準確地切入了灰色牆壁構成的畫面。

我在那一刹那間受到了驚嚇，睜開眼睛，是古麗。她的輕盈身材讓我想到了一種在河裏的水禽。

我站起來，有些結巴地問：「你──你來幹什麼？」話一出口，我的臉燒得很厲害。

我來看你，找你玩啊。

古麗輕笑了一聲。

我拘謹地低下頭，眼睛死死盯著有著破洞的布鞋，心裏緊張得要命。

「你知道嗎？是古救了我的命。」

這個關鍵的句子就在這個時候出現了。儘管這件事情我早就知道，但我還是能從這件事情上敏銳地覺察出，在這句話中，有什麼東西正被悄然開啟，像擊碎了一塊玻璃，一些曖昧不清的光線折射開來。

在短暫的沉默當中，一種微妙的力在流動。

3

在沙漠中的好幾天裏，他們在清晨、午後還有黃昏中任由司機帶著他們由北向南，汽車走得很慢，好像一直是在逆風而行，視野中的一切無法改變。有的同伴在車廂裏不時地吐出一連串的片語和短句在緩解旅途的焦慮。更多的人是在沉默。

克里雅，克里雅，克里雅，連續地吟誦，感覺像是一首聖歌。

太陽迅速沉落，一隻鷹拍動翅膀擦過山脊飛行。

沙漠沿途地帶的路邊店大都是維吾爾族人所開。多少天來，他不知道自己走過了多少鄉村城鎮，每一個地方都相距遙遠，都颳著風，它們的樣子都大體類似，一條或兩條主街，幾排老店，家家都掛著維吾爾族人的招牌，門口有意無意地種了些果樹，在灰塵和熱氣中耷拉著葉子，枯枝萎垂開列如傘骨，倒也結了些果實，其中一些熟了，竟沒人摘，野鳥啄了一個口子，裸著紅色和晶亮的黑色種子。

那天中午，他們在混合著孜然和羊羶味的飯館裏吃飯，黑白電視機髒汙破舊，裏面放著維吾爾語的《西遊記》，他帶著一副漠然

的、心不在焉的神情聽著那些對白，恍惚間竟產生了一種誤投塵世的感覺，對睡眠的渴望也隨之而來。

他的身軀因為疲勞而呆滯沉重，可是他還沒有睡意，沙漠是如何地遼闊，像人們所形容的那樣。此刻，他極其渴望能看見如同疲倦一樣恆久無盡的事物。

終於，他睡著了。

白水河稀薄的的水流指明了通向崑崙山的方向。在空無一人的山谷裏，他們又記下了開始行走的時間。

第六天下午四點多，一陣刺耳的剎車聲，讓古從睏倦的睡夢中驚醒了過來。張開眼睛，窗外一片暴亮。

地圖裏的位址是伊斯蘭居民的村落，泥房都很低矮。

遠遠地，一個維吾爾族男人抱著卡龍琴從一間泥屋走了進去。

流水村到了。流水村是一個玉石中轉站，再有八百多公里的路，就到崑崙山的腳下了，前面的道路崎嶇狹窄，只有騎馬才能到達。

車子停下來沒多久，很快，村子裏的一大群人像是嗅到了什麼味道似的就圍了上來。都是維吾爾族人，男人、女人和眼睛發亮的小孩。在他們被太陽曝曬的枯黑的皮膚上，都一律潑灑著不均勻的褐色，如黴。

一個衣衫破爛的維吾爾族老婦人的腰間披纏著看不出顏色的布，露出身上皺皺的蛙肚。

下了車，迎頭一大股曲曲折折的熱氣輕輕重重地扎著他的身體。就在古低下頭繫鞋帶的時候，一個約莫四歲的「巴郎子」用小髒手飛快地彈了一下他的臉，說了句：「白的，像麵粉！」就在一群小孩的哄笑聲中跑開了。

他所到的那個維吾爾族村落幾乎都是老人，還有孩子。晚飯的時候，那些維吾爾族老人在樹底下的破氈子上輪流唱歌跳舞，樂聲

像脈博一樣在村子和綠洲中迴蕩。有好幾次，他在這一種奇怪的音樂中不能自己。

第二天臨行的時候，正是中午，液態似的陽光熱辣辣地潑濺在手臂上、臉頰上，車子發動的時候，流水村的好多維吾爾族孩子，還有老人們一起圍了上來，默默地看著他們，還有車。

古順著他們的眼神看去，黑色的車頭上都是灰塵，顯得略微腫大，很是古怪滑稽。

待他上了車，他感到那些目光還在往他們的身上投照，並向他們揮手，讓古的心裏忍不住一動，他趕緊以同樣的姿勢，向車窗外的他們揮手。

彷彿就在所有人的揮手中，車子開動了。好像是他們以揮手帶動了車子的開動。待車子行出好遠時，沙漠上流溢著白色的日光。

前往阿拉瑪斯玉礦的山路上不能行車，只能騎馬。馬由於受到重用，其步伐也顯得輕佻而傲慢。

風也不像平時那樣帶有侵略性，一行人騎馬沿著克里雅河向北而去。只是路太難走了，還沒到中午，他就已感到睏倦至極。慢慢地，他就被拉在了後邊。

他一邊在馬背上搖晃著，一邊抽菸。一陣馬蹄聲，桑二從原路返回來找他了。他沉默著，沒有表現出驚喜。

你心裏有事，一路上特別安靜。桑二說。

沒——

他們繼續前進。

很奇怪。他說。

怎麼啦？

你是第一個從不問我為什麼要來和田的人。

他朝他看了一眼：是嗎？這對你來說也是一個問題？

他沉默了好一會兒，說：有時候我在想，我為什麼會在這裏。

「你想得太多了。」桑二看著他，「不過──」他的聲音低了下來：「你是一個有故事的男人。快走吧，小心點，這一路上會有很多危險。」

4

古在六月的克里雅河的河道上慢慢走動，他像當地人那樣繫了一件傳統的袷祥，嘴裏含了一枚尖形的樹葉兒，好像那是食物一樣。他有些髒汙的鞋踩起塵土，身體處於休眠狀態，他似乎正站在綠洲六月的邊緣上。

在短暫的夢境中，那一年發生的事情在他疲憊的軀體中擴散，暫時忘記了桑二正在山谷的另一面急切地尋找他們，他的喊聲驚起了烏鴉的呼叫。

古記不起回去的路程了，記不起自己是怎麼經過一處又一處的戈壁沙漠。

人漸漸與他的遭遇混為一體。

其實，這一點都不奇怪。漫長的路程混淆了象徵他許多年命運的那句話。

凌晨兩三點鐘，雨下了起來，到天亮還不肯停，像是哭了一夜──

雨在第二日的中午驀然終止，陽光從帳房微閉的窗戶傾瀉進來，扯下無數條雜亂無章的光柱，纏繞著古的心裏和身體上的不適也在這時候一下子消散開了。

第二天早晨，他們繼續上路。但是連續三天的大雨引發的泥石流，堵截了石橋，幾條延伸過來的便道在河邊突然斷去，河裏水流的聲音斷斷續續的，好像他們的腳步正在遠去。

古獨自站在亂石灘邊，眼睛緊盯著通向山上的路。整個山峰沒有綠色植被，像一隻巨大的手，掌心朝天，呈現出雜亂粗糙的紋理，他感到自己正越過那條線。

落日的餘輝呈現出暖暖的紅色。以他的猜測，第二天準是豔陽高照。在這個無法收到任何通訊信號的日子裏，他只好自己預報天氣。在路上，他一天一天地數著日子，就好像囚犯在手心裏刻上記號。

他有時在想，是不是自己心裏太緊張了呢？就好像是一根被拉緊的晾衣繩。

古開始悲觀，自己也許永遠無法按照先前的設想到達山頂了。

下午，沙漠戈壁顯現出它野蠻而空曠的輪廓，很遠的地方，一片鉛灰色的山巒遮住了小半個天空。毒熱的太陽穿過沙塵，把他的影子投在路上，薄薄的一片。他有些感動地看著那片山影，相信山神也在一定在那裏看著他。

現在，他們六個人站在那裏，夕陽從右前方照過來，把他們的影子拉得越來越長，乾冷的空氣漫捲而上。山口上升起一層薄薄的雲霧，這就是說，第二天等待他們的將是一個大晴天。

夜晚的沙漠裏寒氣逼人，他們在沙地上升起了一堆燼火。在荒野的暗夜中，這堆火其實並沒照亮什麼，不斷上升的寒氣讓脊背發涼，但他們還是拚命地靠近這點灼人的明亮。

庫爾班說，我冷。他特有的灰色眼睛，含有一種悲戚的味道。

他看了他一眼，乾脆說你害怕就是了。說完，他扔給他一件羊毛氈毯，讓他在火堆旁坐下了。

維吾爾族玉工們開始吟唱刀郎木卡姆，歌者就坐在他的對面，營火照亮了每個人的雙肩。他們半跪著，雙手曲放在大腿上。如果願意的話，他想像自己是他們其中的一個。

天空明淨，月亮的形狀接近了完美的圓形。

很久以後，古聽說了維吾爾族關於月亮的看法，就會明白，為什麼這個時候很很重要，維吾爾族人把單薄的條兒叫「新月」，這也只是信仰伊斯蘭的人理解它的方式。去問問那些老人，他們會告訴你，只有彎月是新的，它新鮮，象徵著開始；而圓月則年老體衰，很快就要消亡，人們就得要特別注意，此時是否有凶兆出現。

天色逐漸變亮，風聲小了。四周很靜，沒有人，路邊雜草叢生，天熱了起來，古感覺頭頂上滲出了汗，嗓子乾辣辣的，他伸手搖了搖水壺，又快沒水了。在沙漠裏，「水」這個字眼就像情人的名字那樣讓癡念的人飲盡空虛。

早晨起來，天邊傳來了隆隆的雷聲。還是晴天朗日，沒有一絲烏雲。不像往日，冷風聚起陰雲，雨就下起來了。

這是一件奇事。他盯著天邊看了好久，心裏閃過一絲不安的預感。

雷聲時大時小，時斷時續地響了好一陣子。

「看，那是什麼？」古看見遠處一大片連綿的鉛灰色剪影。

「崑崙山。後天一早我們將到達那裏。」

「崑崙山」這三個字像燧石一樣擦亮了眾人的眼睛，但所有的火花都紛紛隨之熄滅。

「崑崙山。」古重複了一遍這三個字，看著那一片灰黑色的群山似乎要懸置空中，古想到白水河的源頭流經這些山脈，想到也許在某處有一個人正在黑暗中等待著，也許正盯著同一片天空。

這個人知道古的名字。

崑崙山的每一處都還是它的原初狀態，山體撐裂，見不到任何稍微和緩一些的曲線，如同未經男人愛撫過的女人。

這種無可言說的奇異之感，人只有站在山底下才能感受得到。遠離它看到的則是一個平淡的異物，近了吧，則什麼也不是，人的眼睛根本不能捕獲它，它居高臨下，把凜凜的寒氣放了出來。

　　一路上，鉛灰色山體依舊。焦乾猙獰的山影繞著溝壑，古忍著喉嚨的灼熱感，在遍地是亂石的空空的山谷中前行，沒有什麼能夠展示他們的存在。他們都是一群無聲無息的人。嚮導庫爾班的單薄身影，在河流淺水的倒影中破碎。

　　一路上都是岩石，從地面上突起，先前平坦的地形開始變得狹窄，他們走在峽谷之間，好像是走進了地球的腸道。

　　整整一天下來，他的體力和心思都在這條路上耗盡了。

　　就這樣，他們在空無一人的山谷中走了六天，對一切聲音不再感到害怕。這是一種需要盡力破解的神秘的預知力：他無法相信自己會活著再次看到戈壁沙漠。

　　早上，他們向崑崙山的阿拉瑪斯礦走去，一路上，古大聲唱著歌，想趕走心裏的恐懼以及寒冷。在結冰的崖道上，他們的冷來自另外一個區域。

　　他感到自己的四肢快麻木了。他儘量用手拍打身體，以獲取知覺和溫暖。

　　他們不知道自己還要走多久。

　　又過了三個小時。「我冷，跟我說說話吧。」

　　聲音就在他的頭頂。

　　他低下頭，看見厚厚的塵土灑落在他的肩上。他斜了斜手臂，灰塵從身上落了下來。

　　古是在第七天與桑二他們走散的。

　　古脫下鞋，伸直雙腳，一下一下地敲擊著岩石。駝工們舒服地靠在駱駝背上打盹。一隻巨大的老鷹垂直翅膀滑下山谷。當他聽到更多烏鴉和其他鳥類的叫聲的時候，他就明白發生了什麼事情：山體被炸開了。

　　他朝著發出巨大聲響的方向望去，等待著一絲火藥味兒向他飄來——

　　風聲停止了，重傷的男人眼睛望著前方。就這樣，在他恍恍惚惚時，一聲砲響抹掉了他。

　　天色漸晚，可能到了八點。崑崙山層層山巒的周圍，開始變得昏暗。

　　一路上，他們不斷地與玉礦上的採玉工們相遇。那些人習慣於摸黑在山道上走動。一路上，他們一直說著話。他們好像不止六個人，中間可能還有一個幽靈，不時地來到他們身邊。

　　特別是走在其中的那個長著「馬臉」一樣的人，他奇異的瘸腿撐不住他的身體。這個人走過古的身邊後，還看了他一眼，讓古感覺到，在這些悲苦的挖玉人身上，甚至也渴望感受那股暖流。

　　山谷裏一股寒氣逼來，夜色降臨鉛灰色的山巒。採玉工們又一次提著燈離開。

　　崑崙山的漫長烈日在有風的天空中緩慢滑行。好幾隻黑色的鷹在低飛。牠們的自由似乎在暮色中得以釋放，身影融入山體邊緣夕陽的餘暉中。那情景，就像一把碎紙片一樣迎風飛舞。

　　打砲的聲音又一次從對面的山上傳了過來，像一口邪惡之鐘，似在提醒它還在。

　　過了好久，他驚喜地聽見有驢鈴的聲音從很遠的地方傳來，他看見幾個騎驢的維吾爾族人的身影，是上山撿玉的驢客們穿越暮色，從山口那邊下來了。還有玉礦那些穿藍色工裝的人，出現在山的拐角處。

　　他們沒有槍，但他們有開山的炸藥。縷縷青煙升上來，原來，是他們點燃了導火索。

　　玉礦工人的生活點選擇在了阿拉瑪斯礦的河邊，是一排很舊的平房，他們選擇在這裏作為定居之地，也許就是為了在單調寂靜的房子裏時刻傾聽河水的喧囂。

入夜的崑崙山裏寒氣難耐，河水的流淌聲蓋過了崑崙山深處的一切聲息。到處是一望無際的漆黑。在這個沒有高樓大廈，沒有霓虹燈和喧嘩的夜裏，一切都是為了裝飾靜和黑，襯托靜和黑。深處的夜混合著河水的鳴響，像是一種天籟，給了古以前從未有過的感受……兩岸的懸崖峭壁不斷向河流中央擠壓，帶來濃重暗沉的影子。像是一個暗喻。

收工了。礦工們陸續下山回到礦點，伙夫們忙著劈柴擔水，準備晚飯。他們在沿岸上搭建了幾個水泥地方充作水窖，收集河中的水，作為他們日常生活中的水源。我嘗了一下，水微鹹、澀，還有些渾濁，門是開的，磚砌的爐灶已傳出紅柳柴禾燃燒的嗶剝聲，嗆人的煙霧充滿了小小的灶房。

飯菜簡單、粗糙，但是在一個個粗瓷碗裏冒著的熱氣後面，晃動著一個個疲倦、飢餓的面孔。他們幾乎顧不上說話，只需要用山裏最簡單的食物補充能量，需要足夠的睡眠來恢復體力，吃飯的聲音一時響成一片。

「這條路在山洪到來的時候完全會被山石淹沒。」

庫爾班在古的身邊對他說。

他看見古警覺地張望著，看道路在前邊陡然下降。

果然如古所料，通向二號玉礦的路實在是太難攀爬了，他不得不緊緊地抓住灌木叢、樹根、小雜樹等，上衣都濕透了，臉上大汗淋漓，感覺自己孑然一身，像一頭哀怨低吼的野獸。

生活在山裏的人，眼睛習慣於向上，看見岩石、山峰，看見空闊藍天。在這由驢蹄踏出的路上，他走在最前面，身體僵直而腳步虛浮，被腳蹬掉的一塊風化的浮石墜落下去，與壁立的岩壁碰撞著，發出細碎的聲響。其他六個人站在絕壁邊上，臉色蒼白，感到有些頭暈。

隨著時間的推移，每走一步就近一步，他總能感覺到那玉石礦就在崑崙山的某處。他看著雲霧的濁浪在腳下平靜地翻著浪花，他甚至都聞得到它散發出來的氣味。

　　古對高度的恐懼幾乎讓他的每個細胞快要失去了知覺，他依舊往上爬，不敢往下看，他越爬越高，越爬越冷。但心裏好像有一種神秘的力量在牽引著自己向上，一直到達峰頂。因為害怕和乏力而不住地渾身顫抖。他像具死屍一樣的躺了好幾分鐘，任憑岩石的粗糙感使他恢復了知覺。

　　周圍一下子失去了聲音，像巨大的罩子降落下來，把周圍的吵鬧聲隔開了。在這樣的寂靜中往往預示著更嚴重的事情發生。

　　「我剩下的每一點理智都在反對。」

　　庫爾班低低叫了一聲，從岩石上掉了下來。

第四章

家事

1

崑崙山的探玉之行最終以失敗告終。

回到和田的時候，夜已深，路燈以及橋兩邊的房屋留給和田這個城市模糊不清的影子，在一陣風傳遞過來的煙霧中越加灰暗，不真實。

古走在和田的大街上，一種異鄉的生疏感在加深他旅途中的倦意，他微黑的皮膚在不易覺察中隱隱升溫，又長又油膩的頭髮由於髒而變得沉甸甸的，耷拉在額角，就像是一塊破氈子，有些地方還露出結著汗痂的頭皮。

而那件灰綠色的棉布襯衫泛出了一層鏽色，那是汗水一再濡濕後又被身上的體溫烘乾的緣故。

最後，他靠在橋頭一家賣清真小吃的店鋪門框上，他的手所觸及的玻璃上寫著饢、烤包子、缸子肉、羊肉湯之類的字樣。

門緊閉著，透過油膩髒汗的玻璃，店鋪裏的微弱光線打在他的臉上，隱約還聞到孜然的香氣，他像一頭拒絕離開畜欄的牲口，心一下子熱了起來。

也許，他生來就屬於這個這個新疆地圖上最南端的戈壁沙漠，哪怕他曾在別的城市生活過，但依舊會重新回到這個已經打烊的灰濛濛的世界中。

那始終是一個他從未曾到達過的一個地方。

半明半暗的光線中，一切都顯得很陌生：暴雨在崑崙山的徹夜轟鳴，白水河的水閃出微光，凌晨的雲團像灰色的巨大幽靈──這一切，要比他生活於其中的現實要神秘得多，模糊得多。

他明白了，無論自己現在做什麼，過去的另一種生活永遠慰藉著他。

回到了和田的住所，古感到身心疲憊，好像有好幾隻巨大而有力的手毫無憐憫地擠壓他的背，一種說不出的痠痛刺在腰間。

他一身疲憊，回到屋子裏，衣服也沒脫，竭力抵擋住洶湧的思緒，把頭埋進枕頭，睡著了。這天晚上，他睡得格外好，濃黑的睡眠，像在出生之前，像在死亡之後。紅柳葦子的棚屋像宮殿，而身子底下的木板就像一張天堂的床。

古在和田的生活，好像又和從前一樣了。

不過，和田對於他來說，仍是一座想像中的城市，他對此有一種秘密的熱愛。那裏的街道、集市以及狹長的白水河——

這些，都是他不曾瞭解的一個陌生的世界。

可是古，很長的一段時間以來，他聽不懂這個城市的方言，或者說，是維吾爾族人的話讓他常常感到為難。他們，又是他們，一群群地，在餐桌旁，在巴札的樹蔭底下，在河壩子上，一個個的，是多麼地喜歡扎堆說笑話，說起笑話來青筋暴起，眼睛充血，鼻子發亮，然後是一陣沒有來頭的，突然爆發出來的笑聲。可是古絲毫也無法領會。他荒草叢生地站在那裏，認真地看著他們每一個人的嘴，讓人覺得，他在好脾氣地為自己的這個笑話捧場。

塵土永遠在路上飛揚，窄窄的巴札兩旁，是一間又一間的泥土房屋，巴札上人來人往，到處都是維吾爾族人。他們在人群中或急或緩地朝各自的方向推擠著，他們每一個人走路的姿勢好像都不一樣，各自在人聲嘈雜中孤身自立，就好像身在眾人之間卻永遠是孑然自處。

古走在這裏，由於數月來長久的疲倦，使他覺得自己有如衣服一樣飄在喧鬧的人群中。

一到巴札天，人們從鄉下趕來，驢車被擠在了路邊上，把路塞得滿滿的，一臉髒汙的小男孩把刺猬毛一樣的腦袋從窗子裏伸出來，好像還在辛酸，疲憊地笑著，邁著慢騰騰的步子，垂著眼皮沒一點精神。從于田縣的車上上來了幾個小伙子，他們整天形影不離，都是一副懶洋洋的，嘴唇半開半閉的，露出一種嘲諷似的笑容。

在這樣的巴札天裏，哪有鬥雞和販賣玉石的黑市，他們幾個就會出現在哪裏。

巴札上，小販們鬧哄哄地叫賣著貨物，女人的頭上鬆鬆垮垮地包著頭巾，斜插著一頂黑色鑲金絲的小帽子，她們的裙子也很寬鬆，而且有一個不同的名字：艾德萊絲。這幾個奇怪的音節似乎是一口氣呼出來的，而不是說出來的。他邊走邊看，額頭上滲出了一層細汗。這時，一陣模糊的音樂引起了他的注意。

起初，他不知道這音樂從哪兒來，好像是從清真寺的迴廊傳出來的，聲音遙遠，猶如耳語，和維吾爾族人的禱告聲交織在了一起。就像那天，他一邊在玉石巴札的路口邊等車，一邊看穿梭在鋪天蓋地的各種攤子上的人流，他們就好像永遠也不知疲倦似的。

在玉石巴札上，古遇到一位賣山玉的維吾族人。這個賣玉的男人叫木拉提。他來自崑崙海拔兩千多米的喀什卡什鄉，漢語的意思就是「玉石之鄉」，當地人習慣叫它「火箭公社」，大概是說它所居的位置很高吧。

木拉提每個星期四上午從家裏出發，身上揹著幾十公斤重的幾塊山玉，裏上兩個乾饟，玉石料的密度大，揹在身上很沉，這讓他看起來像微微躬身的蝦米。每次下山，他要翻越一座海拔近三千米的山，這些路幾乎垂直地開鑿在懸崖上，他必須走一步是一步，一步都不能打滑。他一側身，手就能伸到裏著岩石的雲朵中去。

下了山就坐上班車，剛好就可以趕上每週兩天的玉石巴札。吃完饟餅，在巴札上找好一個位置安定下來，趴在放玉石的編織袋上睡一會，沒多久，集市上的人聲鼎沸吵醒了他，玉石巴札已經開張了。他抹去眼角的眼屎，把幾塊「山流水」擺放好，等待買主。

到了下午，他的「山流水」才賣掉了一塊：八十元。有巴掌大小。集市就要散了，他去馬路對面的「卡瓦」攤上（在饟坑裏烤熟的南瓜）吃了兩塊「烤卡瓦」，又吃了一份拌麵。看看天色，要回去

了，下星期再來。他笑了笑，打了幾個飽嗝，齒間還留有沒剔除乾淨的「卡瓦」雜質，站在冒著熱氣的「卡瓦」攤位旁，他同意古給他拍個照。

他把古給他照相看作是對他本人的某種接納。

在一間小吃店的門前，一個頭髮蓬亂的少年盯著古好半天了。待他走近，突然把一隻手伸向古，攤開一把小石子兒。可能在手裏攥的時間長了，不乾不淨，個個油膩得很。

「玉石。好得很。便宜賣了。」

在和田，這恐怕是最小的生意了。

那些孩子稱這些石頭是玉石。

這些「玉石」大都沒啥好成色，真假難辨。大都如鈕釦，杏核般大小。他們纏著你，但不討厭，因為這些孩子不貪婪。對他們來講，一顆圓潤潔白的小石頭後面就是一把糖果、幾本作業練習簿、幾串紅柳烤肉而已，他們只是在玩這件事情，以它為樂趣，活著，度過童年時代而已。

這個少年的另一隻手，在臂膀這裏就斷掉了。也許是砍的，也許是燒的。不管是怎麼斷的，都要癒合。長到後來就圓滑了，不覺得缺損。他搖了搖臂膀，好像是在向古炫耀自己的斷裂和枯萎，還有手指與手掌的不知所終。

古別過頭去，快速地走開了。

2

秋天降臨了。蜜蜂熱烈而自信的嗡嗡聲已經平息，和田夏末的空氣涼爽了下來，空氣裏有一股澆過水的泥土的味道，一陣微風像熟睡的小牛的氣息溫暖輕柔地在林間低語，好像是在給河灘邊林子

裏成熟落下的果子降溫。它們有的在樹上，有的落在地上，散發出腐敗的芳香，像是在打著嗝兒噴出一股軟熱的汁水。

我的鄰居亞力克家的第四個孩子艾布這個週五要進行「割禮」了。亞力克早早請來了割禮師。這個長著長長的如同馬臉一樣的老頭兒我認得。那麼老了，卻是我們這裏第一個穿上漢族男人才穿的夾克衫，戴上了鴨舌帽的人。

這天，八歲的艾布的「割禮儀式」進行得很熱鬧。割禮師，把割下的包皮一下子扔到了房頂上，人群中響起一陣歡呼聲。割禮師異教風俗，而古作為一個漢族人，是無法融入到這個儀式中去的。小小的艾布坐在花毯上，他的嘴大張著，被一個剝了皮的雞蛋塞得滿滿的，看上去可憐又可笑。他東張西望地看著大人們相互擁抱，不停地勸酒，一個滿嘴酒氣的男人試圖去抱地上的一個小孩，結果卻被他尖細的小牙齒咬出了一排小牙印兒。

「總有一天，我會對你講一講割禮的經過。」亞力克拍了拍古的肩膀說。

古是一個外地的漢族人，讀過很多年的書，會潛水，收藏了好多的古幣還不算，又跟著一大群人來這裏找什麼玉石。可幾個月的時間過去了，玉石沒找到，人卻搞得日漸消瘦起來。他在和田待的時間長了，似乎忘記了自己來和田來幹什麼了。他說他的家裏沒什麼人，只有一個弟弟。

說起弟弟，他的眼神變得柔和起來。古說，他和你差不多大呀——不，是要大好多歲。他和你不一樣，他是個啞巴，但是能發出響聲，能發出歡喜的、拒絕的、調皮的、不耐煩的、點頭或者是搖頭的聲響。這種聲音誰都聽得懂，你也聽得懂。

他看著我，有說了一句：反正你不會聽不懂的。

恍惚覺得，他說的這個弟弟，會不會是我失散多年的小哥哥呢？不會的，時間不對，地點不對，小哥哥早夭多年，不會是他。

我嚥下了諸多話語。

二弟和大狗總不在家。沒了大狗和我整天眉來眼去的，我有時會感到寂寞，會想到我未曾謀面的小哥哥，他出生在一個很糟糕的年代。

老爹說，小哥哥活著的時候，每天從早到晚幹的一件事就是哭泣。可大人們老是顧不上他，他是什麼時候會說話的，家裏人不知道，什麼時候會走路的，家裏人也不知道。

老爹還說，小哥哥是「三年自然災害」裏得傷寒病死的，死的時候才三歲。但老爹堅持說他是餓死的。

後來我才知道，在小哥哥患傷寒死去的那段日子裏，老爹和二弟的關係極為緊張，老爹認定，小哥哥的死是二弟偷吃了小哥哥手中的最後一口糧——一塊滲出黴斑的紅薯。老爹還說了，二弟有一顆惡毒的心。二弟想讓小哥哥早點死，這樣就沒人與他搶糧食了。

老爹的認定讓二弟無比的委屈：「怎麼會是我偷吃呢？」

「我是他的哥哥，而且，那時我才五歲。」

二弟說。

二弟說其實在那天，老爹一大早就出門找吃的去了，說是到河灘邊的樹林裏挖野菜，刮榆樹皮。臨走前，他看見小哥哥坐在破甕子上，張著空洞的嘴，樣子一點不像個人，倒是像一個目光哀哀的小野獸。

老爹看不下去了，就從衣兜裏掏出了一塊滲出黴斑的紅薯，遞給了小哥哥。小哥哥握在手裏，光看著，沒吃。

老爹出門後，二弟偷偷溜進屋子，看兩眼小哥哥，小哥哥也看著他，人越來越瘦小、乾枯，頭上滲著細細的汗，微閉著眼睛，手好像也握不住紅薯了。二弟學著老爹的樣子，把毛巾用水濕透，擰乾，輕輕擦去小哥哥頭上的汗。他在做這件事情的時候，眼睛不時

地盯著小哥哥手中的紅薯。等他給小哥哥擦完了汗，他自己的嘴巴裏還在嚼著最後一口紅薯，細細品咂著，好像還捨不得嚥下去。

小哥哥身上的熱氣慢慢開始涼了，頭歪向了一邊。窗外卻有著溫熱陽光，沾在院子裏的一棵樹上，它們的葉子邊緣都裹著一層短短的絨毛，在風中微微起伏。二弟突然發現，老爹正站在了他的身後，冷冷地注視著他的動作。

他哼了一聲，抬起了他瘦而有力的腿，將二弟一腳踹出了門，一根傾斜在屋頂的短木樁恰好掉了下來。

二弟的腿疾就是這樣落下的。

二弟忍受不了老爹刀子一樣的目光，於是，他從那時起，躲開老爹，躲開他的看見，無論是在哪裏。

哥哥，我的在三歲就死去的小哥哥，無形中成為了老爹和二弟之間的隔閡和腫瘤。近十幾年的時光過去，他們之間冰冷的關係並沒得到改善，反而更加堅硬如鐵。

我比我短命的小哥哥小十九歲，我是在他死後多年才出生的。現在，除了老爹還記得他的模樣外，沒人還記得他的什麼。只是老爹有時在發呆的時候，會突然提到他：

「你的小哥哥要是還活著——」

記憶留給我的印象就是，老爹和二弟之間是有仇恨的。表面上近而不親，他有時在斜眼看著二弟的背影，目光裏抽出了鞭子。

有一回，我看見老爹在二弟經過的院子門口，朝他扔過去一片不大不小的碎磚，剛好就砸中了二弟的大腿，裏面傳來老爹咳嗽一樣的笑聲。

二弟存在著就是為了與老爹對著幹，爭吵，繼續他無所事事、惹是生非的生活，直到老爹真的成了老爹。

在我家裏，這真是一部豐富的鬥爭史啊。

　　在正常人裏面，二弟算是殘疾人。可二弟的跛腳不是你們所懷疑的遺傳。他的個子一點都不高。他身體的殘疾使他的氣質增加了一點冷颼颼的感覺。他從小到大就穿著一身黑羔皮的夾襖，在他的有生之年，好像一直是這麼個裝束，連髒汗的程度都完整地保持了下來。

　　他的黑色小羊羔皮帽永遠壓住眉毛，使他一雙微陷的雙眼置於陰影中，使他在看不清他的時候而他能看清你。

　　老爹對二弟毫無辦法：

　　「你這個造糞機器。」

　　老爹有事沒事地就這麼叫他。

　　長大了以後，我才知「造糞機器」說的是那些光吃不幹活的寄生蟲，是句罵人的話。可又有什麼用呢？二弟，就這麼堅定地當起了「造糞機器」。他像一條怯懦的蟲子，一邊心安理得地享受著寄生生活，一邊給老爹不停地找麻煩。

　　二弟是個瘸子，右腿比左腿長出一截。因而，左肩也比右肩傾斜了一截，左高右低的。一些小孩子總愛走在身後模仿他走路，還笑得要死。他也咧開嘴跟著笑，笑容裏看不出蒼也看不出涼。

　　我找不出一個詞來描述它。也許，每個詞都有各自的局限。他粗重的呼吸裏有痰，有石頭，有沙子，在人群裏逸斜出得很。瘦小又窩囊，像個無椎動物一樣叫人看了不舒服。

　　也因了這個殘疾，他從沒有上過學。他受不了自己殘疾帶來的嘲笑。

　　我也是，越大越受不了。他走路的時候，是那種用一隻手撐住瘸腿才能走的樣子，像划船。走啊走，划啊划。跑起來腿一拐一拐的，樣子真是難看，看得我心裏又酸楚又好笑。

　　因為家裏一個跛子的存在，我的臉面總是要受到損害的。

　　好在他的殘疾不會傳播到人群，也不會汙染空氣，可是這體外的病，誰都看得出來。他早已被人分了類。

可是，自從二弟開始有了偷盜，還有製作假玉的「手藝」之後，他從骨到肉到皮都變了模樣，變成一個心懷鬼胎的二弟了。

老爹偶爾也有快樂的時候。

有一天我準備出門，那天，老爹在院子裏一邊刮桑樹皮，一邊聽我大聲唱歌，老爹刮桑樹皮的聲音很細脆，刨刀下的枝屑一條條彎曲著，像花朵，老爹笑得很靦腆，很慈祥，讓我以為好日子就是這個樣子的。

可二弟的反應不冷不熱，他在院子的另一角，用木槌在盆子裏搗漿，骨節突起的手黑而髒汙，他看我們倆的眼神是冰冷的，總是在一旁弄出很大的聲響，干擾我和老爹之間的和諧相處。他身穿那件黑色舊襖，過大的領邊袖口，好像身上到處都空空蕩蕩。

其實，二弟有時也會笑的，只不過沒我笑得那麼歡快。

那次──是為了什麼事呢？我好像已記不得了。但那時我是一個多麼愛笑的孩子，一笑就笑得喘不過氣來。

可我與他們，老爹、二弟之間似乎總隔著一道跨不過去的隔閡，讓人想傾訴卻總也開不了口。每個人好似一個神秘的團體，靠著一種難以置信的悲哀緊緊相連。

我有時恨不得他們每一個人都消失，徹徹底底地消失。可是，這種念頭總是一閃而過。我還那麼小，小到還無法在這個世界上獨自生活。

有時，我坐在門檻上，不知怎的就想起死去的母親了。

我用手指沾著水，在身後木頭的門板上寫了「阿媽」兩個字。乾熱的太陽光線透過樹枝的縫隙落下來，我突然感到一陣暈眩，忍不住地閉上了眼睛。

是的，貧窮和潛藏的敵意總讓我們想著離開對方的辦法，老爹和二弟從不擁抱，二弟和我從不擁抱，老爹和我，也從不擁抱。

最後，我們不得不承認彼此互相怨恨。並且都有一種想要離去的願望，可是，隨著時光的流逝，我們又找到種種藉口打消了這個念頭。只是厭倦還在，厭倦不斷地襲來，它從更遠處來，在過去的某個日子裏挖好了它的洞穴，使一個厭倦的盡頭成為另一個厭倦的源頭。

一年一年過去，我們總想著生活會有所改變，但他們的生活並沒有改變，將來和永遠也不會改變。

3

在那個還沒多少外地人來和田的年代裏，白水河離我們是那麼地近，它使我產生錯覺，以為我到那兒的河壩子上玩一圈，閉上眼睛，就能回到那樣的時光中。

這是唯一，唯一溫情的時刻，讓我硬不起心腸去說它的壞話。

偶爾有一兩個名字在傳說中的新世界裏被我弄丟了，但它仍然有著某種可疑的氣味，指向舊日時光。

那麼，就請原諒一個內向人的無知吧。自我出生後再也沒離開我的福祉，換句話說，我在一切場合都儘量保持敘述的順序性。

比如，從沒人告訴我這條街的來歷。

聽聽這條街上那些店鋪的名字：

喀瓦普（賣紅柳烤肉的地方）；薩木薩（烤包子店）：這種包子是在饢坑裏烤製的。餡是用牛羊肉丁、羊尾巴丁，再加一些洋蔥、孜然、鹽拌成的，把包好的「薩木薩」貼在饢坑裏，十幾分鐘後就熟了。

過西開待。我最愛吃的是和田大橋下面那一家老頭兒做的一種圓形的大包子，他叫它「過西開待」。味道好得呀，嘖嘖。可那些調皮的漢族人給它起了個怪名字，叫它「男寶一號」。

我不懂。

　　的確，在我十二歲時，我就聲稱自己只喜歡那些令人驚奇的事物。那時候，和田還是一個封閉的地方，少有外地的人來。特別是漢人。對於所有來和田的一個個的外來者，我幾乎如數家珍。

　　你要原諒我的拖遝。直到現在，我想要敘述的事情還沒出場。

　　不過，你快看到了。

　　古，你總懷疑我沒見過世面，讓我怎麼來說你呢？那時候的和田人，很少看見有外地人來此。再說了，和田人好像無一例外，對外地人有一種天生的攀結和好奇。外地人要是走在街上，會有人肅然起敬地遠遠跟著，流連在他們的身後。

　　不過，在和田當個外地人，也不是那麼容易的。古很快就發現，我們這個民族，不喜歡被凝視。

　　有一次，我和古來到和田城邊上一個陌生的村子，一路上走走停停，看到路邊的楊樹下，兩個年輕的巴郎腿盤在半人高的土臺上，像捏泥巴似地在捏一種麵餅——饢。

　　古第一次看到這樣的稀奇事，一時興起，想看個真切，便趴在饢坑邊上，朝裏邊專注地看，兩腳翹得高高的，像隻彎曲的大蝦。

　　這下壞了，從旁邊一間黑洞洞的泥屋子裏一下子彈出個年老的婦女，衝著他大吼大叫。

　　都離開饢坑好一陣了，那位維吾爾族老婦女，還在叉著個闊腰對著他指指點點，他很心虛地背過身，對著路邊的那些樹直呵氣。

　　我沒怎麼聽，反正沒啥好聽的，只好比他走得更開。

　　其實，這是我的錯，我從未告訴他，我們這個民族的人在烤饢的時候，如果被人凝視，饢在坑裏就貼不住；織布的時候被人凝視，就會出現斷線；還有還有，灌面肺子的時候，要在面肺子上蓋一塊布，否則，被人凝視了的面肺子就會破。

最要緊的一個說法是有關孩子的。

說孩子要是被路上的陌生人凝視或照了相，那這個孩子的靈魂就被人偷走了。

我從未給他說過，我也不喜歡被人凝視。

但是在從前，在我從前的從前，我的眼睛曾被陌生人盯過嗎？

一定被盯過了，否則，古，為什麼我看不見你？

讓我看不見的還有二弟。

好像從這個夏天開始起，家裏很少再見到二弟的身影了，還有大狗。家裏冷清了許多。不知為什麼，他常常在夜裏出去。有時是那個撈沙女人來喊他，有時是別人。我不知道他在外邊會有這麼多的熟人。他一離開，我就覺得家裏有些冷寂。

當家裏一旦失去二弟和大狗一重一輕的腳步聲，還有背影，沒了大狗與我整天眉來眼去的這些再平常不過的風景，我就會覺得百無聊賴。像丟失了什麼貴重的東西似的，在巴札上還有河壩子上終日遊蕩。

4

又一年春天了。

塵土，正從和田四周的邊邊角角升起來，摻雜到原本浩蕩的夜色中，樹上，還有房頂，到處都是，滿得不得了，往日熟悉的街道變得陌生起來。浮塵一上升就淹沒一切，把樹林子，房子像是一一澆鑄在混泥土裏似的。

二弟慢慢走著，頭腦裏已是混沌一片，看著四周黏乎乎的浮游物，他產生了一種害怕的感覺：那種混沌與陌生是從他的身上散發出來的，就在他自己的心裏。

二弟站在路口用力喊大狗的名字，他的聲音又濕又涼，曲曲折折拐過了街角，在寂寥的清晨中顯得突兀、怪異，還有些不安。

沒有回應。過了好一會兒，二弟又開始喊起來。

下浮塵的天氣下午像黃昏，黃昏像夜晚。而早晨也根本不像早晨，土黃色的浮塵轟轟烈烈地在大地上浮游。沒有太陽，他的視線模糊，腳底像踩了羊油似的打滑，他在同樣塵土飛揚的路上行走，走得很小心。

他的聲音一落下，馬上有了動靜，一陣急促的碎蹄聲從很遠的地方潛游而出，化成一個無聲的黑影，在身子後邊不遠不近地跟著。

是大狗。

牠十分熟悉二弟的呼吸和腳步聲。

現在，他和大狗兩個一前一後地走在塵土飛揚的道路上，二弟走路的樣子很硬，好像他的腿彎曲不了，上坡的時候是直著上，而下坡的時候身子整個往前傾。

大狗很敏捷地在他身邊躍動著，帶著他熟悉的動物的體溫，和他單調而複雜的嗒嗒的腳步聲輕重相合。一旦停止而行，也就是兩個鑄入混凝土的物件兒，灰頭土臉。

每逢這樣的天氣，他就格外地不想說話，聞著空氣裏嗆人的塵土，他在心裏懊惱著，好像不明白這樣的浮塵天氣為啥年年都來。

偶爾路邊有幾個過路人與他擦肩而過，同時停下腳步，雖然看不清他們的臉，但是那聲音卻是他熟悉的。

「河──壩──子去──？」

拉長調的是依不都拉音，自從他的老婆子癱瘓了以後，他總是一副慘兮兮的樣子，說起話來氣息奄奄的。

「老爹的身體咋樣了？」問這話的一定是依不拉音了。

他喜歡喝烈酒，他的又大又紅的酒糟鼻看上去就像一座城堡。兩年前他得了哮喘，差一點要了他的命，從那以後他說起話來很吃力。

「你的褲子掉了。」一陣大笑。這是愛捉弄他的吐遜江。

那次在河壩子，吐遜江當著好些人的面，把他的褲子扒下來了以後，兩人打起了架，可他每次見了，還總拿他說事兒。

二弟回答這三個人的話都很簡短：

「嗯。」

「好得很。」

「呸。」

每天，二弟獨來獨往的。不，不是一個，是兩個，他身邊總有一條大狗。那狗壯實，看起來才五六歲吧。似乎長著一張人臉，五官擠在一起，那麼窄小，如果笑起來可能會有一隻羊的表情。

他一早起來站在窗子跟前，盯著大狗看。大狗在院子門口遊蕩，像個沒啥事情幹的「二流子」。牠跑起來的時候，臀部結實，介於有力和倦怠之間。

河灘邊的棗樹林是我經常去的地方，棗花的芬芳氣味讓我深感安全，它們在看不見的地方把夏天釋放出來，棗花的綻放就是某種信號，就像皮膚上的那層薄薄的油脂，緊緊依附在我的身上。

二弟也有一個固定的去處，就是帶著大狗去河壩子。每天都去，就是在秋風涼了的時候也是如此。

河壩子面朝大橋的方向到處都是棗樹，那巨大的陰影隨季節和時間的變化而略有不同，而二弟也隨著樹蔭的變化，所處的位置當然也有所不同。

我突然想起二弟殘缺的身形：

他手裏經常拿著一根用來嚇唬大狗的紅柳棍，枝條上天生沒葉子。他整天拿著這麼個粗棒子戳在地上，身體缺少的位置，好像在此刻得到了補充。

二弟真是個怪物。

在二弟不在家的時候，我偷看過他的房間。他的房間很髒亂，那些陳設看起來好像他從不睡覺，像個幽靈。

實際上他真的是。

有一天，我和幾個小孩在河壩子裏玩，用石片打水漂兒，我是個半大不小的人了，可還是愛好這種娛樂，真讓我臉紅。

平靜的河面像是一塊透明的灰布，灰布上，慢慢地冒出兩個一大一小的兩個影子，一個長條，一個短促，像隨手捏出來的一樣。高的在前，短的在後，在河岸上一路狂奔，高的影子光著腳，頭髮蓬亂，一路嗷嗷怪叫著，眼珠子快要彈出來，那一排排棗樹的枝蔓都擋不住他，把路上的一排搖搖擺擺走著的鴨子嚇呆了。矮的影子緊跟在他的身後，一路猛追，屁股上的尾巴一會兒有，一會兒沒有，跑得像要斷掉似的。

跑著跑著，兩個影子重合了在了一起，很有些瓜葛的嫌疑，但其實不是那樣的。

然後，兩個影子像突然出現的那樣，又突然一起消失了。

自從大狗跟了二弟以後，二弟每天要花很長時間來訓導牠，調整牠的姿勢和坐臥。慢慢地，牠不屬於任何人，只屬於二弟了。二弟對牠大喝一聲，牠就會抖著身子伏在他的腳下。

最早的時候，二弟發現這個髒臭的玩意兒會斜著眼睛看人，還要露出嘴裏的那顆殘牙，摸牠一下，還像老人一樣哼哼，二弟的心裏便一動。

現在，牠時而低頭拱幾下青草，時而追正在專心刨食的雞。沒事還老衝著過路人吠，硬是把自己叫成了一群狗的陣勢。

　　當那條大狗還是條小狗的時候，就和他同住在一屋裏，好幾年過後，以至於他們倆的神情，步態最後都有些像了，氣味相同，其他方面可能也差不多。

　　牠跑到巴札上去，人們見了牠，第一個反應就是讓人想到二弟的樣子。二弟不喜歡的人，人們以為大狗也會不喜歡。

　　在這個家裏，二弟總是很沉默，我儘量想讓他開口說話，以便問他一些問題，但好像總是在浪費時間，二弟在家裏沉默得像一團濃霧，一千個夜晚都不足以讓他掏心窩。

　　他走哪兒都帶著這隻狗。他們同居一室，形影相隨，簡直親密到了鬼鬼祟祟的地步。

　　那年春季的一天，有時候很晚了二弟還沒瞌睡，在路上大聲地吆喝狗，把大狗驅趕得跟瘋了一樣。

　　一個在前面跑，一個在後面追，街道兩邊的景物都虛幻了，路燈的光在跳躍間拉成了一條長線，閃個不停。二弟的頭髮好像也離開了頭皮。狗喘得也像是拉風箱似的，渾身沾滿泥巴，叫聲很軟很滑，像在唱歌。

　　時間長了，二弟的身體裏有一股低等動物的臊腥氣味。

　　也許他太愛大狗了，有時會低下身子親吻牠。他的親吻有些過火，用牙齒輕咬牠的鼻子，用舌頭舔牠的耳朵。我甚至聽到了舌頭攪拌唾液的聲音。大狗仰起頭，一副訓練有素的樣子，像根本不需要狗的言詞。

　　當大狗不發出聲音的時候，牠純黑的身體就和夜色渾為一體。他給牠一個脊背，長久地不發出一點聲響。

　　不知是不是真睡了——我也屏住呼吸，張著自己的耳朵，聽外邊風搖樹枝的聲音。

我無疑受到了冷遇。

聽著他和牠之間越來越相似的呼吸入眠，總覺得那隻大狗的眼神特別，陰陽怪氣的。連叫聲都很吞吐，欲言又止。牠是能說清楚的。

真想上前去問問。

不過，大狗臨死之前都沒有屬於自己的名字。七前，當大狗像一個預言，神神秘秘地跟著二弟來到我家時，我才五歲。

5

還是說說那隻大狗吧。牠剛抱到我家來的時候，嘴臉平常，不過一隻普通的狗而已。

那天，二弟在河灘的樹林裏打麻雀回來，天都快黑了。走到家門口，就感到了身後重重的呼吸聲，回頭一看，竟吃了一驚：一條渾身烏黑的小狗跟在了他的身後，烏亮的眼睛緊緊盯著他手中的一串死麻雀。那些麻雀像一串下水，被他滿不在乎地拎了一路。

大狗看看他，又看看牠。

二弟不想把這麼一個不祥的小怪物引到家裏，他從相反的地方快步走，圍著離家不遠的平房區繞了幾圈，路上，他還虛張聲勢地朝身後跺腳，扔石子兒，等他再一次走到了家門口，發現那條狗還在身後，正伸著舌頭踱來踱去，樣子既可憐又可怖。

二弟只好再掉頭跑。

幾個來回之後，他就妥協了，徹底放棄了抵抗。

這條狗就這樣以狗本身的形象來到了我家，沒一絲摻雜。

這條狗沒有牠的過去，沒有自己的名字。

我為牠上哪兒去找來一個名字？是從牠毛茸茸的叫聲，還是氣味裏？或者，從老爹心緒不寧的沉默裏？

　　那些日子裏，我們橫七豎八地給牠起了好多的名字，有了個好名字的狗自然會希望牠交到好運，老天會賜福予牠。但我覺得牠有沒有個好名字，都會像其他同類一樣走完狗的不長的歲數。

　　直到後來，有關大狗的哪一個名字都沒有叫熟，家裏人只敷衍地喚牠「大狗」。

　　我叫牠狗。

　　「狗，你是誰？你從哪裏來？為什麼要來這裏？」

　　狗沒有回答我。

　　我筆下的這條狗如此惹我心愛，正是這樣，你來看我今後怎樣加害於牠。

6

　　後來，古從崑崙山回來後不長的時日裏，是無意間與那個傳說中的打蹤人相遇的。那是降初冬第一場雪的時候，白水河的河床還沒有封凍。

　　其實，古在前往崑崙山的一路上，經常沉迷於老爹所暗示的「打蹤人」的預言裏，關於「打蹤人」的事情越來越離奇：巴札上一個賣烤雞蛋的維族老婦人說「打蹤人」能找到死去的人的靈魂，讓他重新回到人世。

　　因為沒有辦法證明他們說的是真的，而變得越來越離奇。每個認識「打蹤人」的人都根據自己的願望來描述和描述。

　　一些老人說了，在和田，只有一個人是「打蹤」的高手，就憑了失物者所描述的失物走失的時間和形狀，就知道它丟在哪裏了。

　　說是有一次，在長滿荒草的戈壁灘上，幾個開車的過路人看見一隻羊單獨地在公路旁，下了車，把羊塞進後備箱就走。車走了好遠，見路上一個維吾爾族老婦人攔車，就拉上了她，接著又走了很遠，也

沒見老婦人有下車的意思，其中一個人忍不住地問她到底去哪裏，這個老婦人的臉上沒一絲笑容，看著他說：我的羊去哪裏我就去哪裏。

這個老婦人是傳說中的「打蹤人」嗎？那麼，她又是如何知道自家的羊在什麼地方呢？

這真是個獨門絕技。不能說，說出來就破損。

消息傳來傳去的，漸漸地傳成了兩種說法，其中一種就是，「打蹤人」的預測哪怕是再靈驗，也都會在同一件事情上失效。

在這些缺乏尖銳情節的自敘中，古很快掌握了故事的核心力量。

傳說中的「打蹤人」住在和田黑水河那邊的村子裏。

那一年，黑水河的水漲得比往年都多。靠著和田大橋的水裏橫陳直插著一些枯木死樹，以至於河水格外地喧嘩，日夜有聲。

不過，在過去，河流岸邊的這一帶樹木豐茂，一些來自南疆另一方言的某一族群，也就是當地人說的「盲流」，他們也許就貪戀它的這一點好處，才不嫌它偏僻、人少，才在這裏落戶的吧。

不過，和田農村這一帶的鄉村，每一處似乎都大體相似：一兩條主街，幾排老店，加上村子裏慢慢增多的小飯館、雜貨鋪什麼的，村子裏開始人來人往的，有些熱鬧了。

他們拖兒帶女的，在這裏又種下了很多的樹，桃樹、李樹，主要是桑樹。當地的幹部為了獎勵他們創造的繁榮，和田的一些漢人又為他們帶來了另一世界的文明，拉來了水電，還建立了小規模的衛生所、派出所及郵局。

初冬的一個明亮的早上，太陽照在背上，可並不暖和。

天空藍得發綠。在它之下，路兩邊禿筆似的楊樹枝顯得黑而髒汙。地上重新落滿了密密的褐黃色的葉子，太陽的光線越發寒涼。

古憎恨這樣的鬼天氣，近乎木然地想到即將到來的冬天。這讓他感覺很不舒服。比這個天氣更不舒服的還有，最近一個夢總是糾纏著他。

兩個月前，古第一次做這個夢，他被驚醒，在困惑中醒來——發現自己根本就記不起夢的內容，睜開眼睛，只有夢的感覺。這種感覺每次都很相似。

直到有一天早晨，古帶著熟悉的困惑從夢中醒來，恍惚間記起他身後的黑暗，他在人群中行走，手裏托著一件什麼東西。

村子路口的電線杆和電線杆之間，棲止著好多隻烏鴉，鴉屎給杆子下面的破驢車上塗上了一層白霜。

一路上，古在這個村子裏打聽「打蹤人」。

還是早上，一些老人起得很早，出來給自家的院子掃地灑水。這些老人熱心地告訴他，他們沒聽說這條村子裏有這樣的人，要不，你到別處找找去。

怎麼會呢？他嘀咕著。

這時，一位七十多歲的維吾爾族老人不吭聲地在自家門口的泥牆上揮打一條馬鞭子，他一直在重複這樣的動作，似乎這是一個有益的運動。

聽到古問到他這件事情，他不緊不慢地說：怎麼會不記得這個人呢？早些年和田沒啥好東西，除了河壩子的石頭，戈壁灘上的草藥，就是這個人了，怎麼會不記得呢？

那，這個人在哪裏呢？古問。

沒有人回答他。

古又朝著空寂炎熱的巷道返回去。

呈現在他面前的這條小巷，永遠是一條灰色的褲帶的形狀，兩邊的土房子有如褲子上的皺紋，死去一樣地固定在那裏。

一路上，古走走停停，不像是剛來到這裏的一個陌生人，好像是在尋找什麼人，很快，他進入到了一個他從未去過的一個狹窄

的巷道，燈光出現了，古往左轉彎，又走進一條更為幽深狹窄的巷道。但是和田市區的地圖上並沒有標註這條小巷。

路兩邊的泥房子低矮破舊，有些房屋一點燈光都沒有，被熏黑的衣服晾成幾行，整個巷子裏，腐爛食物的氣味混和著塵埃在汙水溝裏靜靜地發酵。

一個女人探出門，怒氣沖沖地把一盆髒水潑到了門口，有幾滴還濺到了古的身上。一些人懶洋洋地靠在巷道曬得發燙的泥牆上，或蹲或站，面無表情地看著古從跟前走過去。

古繼續走，也不知道自己到底在哪裏，剛下過雨，昏暗的街道上，一個個淺水坑扭曲著，閃著忽明忽暗的光，低矮錯落的磚房退在一旁，寒冷的天氣讓它們個個都蜷縮起身子，一些路人裹緊衣服急匆匆地往家趕，他也忍不住縮緊了肩膀。

突然，頭頂上被一個小物件敲了一下，一枚沾著髒皮的桃核兒落了下來。

他回過頭，一個髒兮兮的小孩用褐色的大眼睛回望他，眼珠子演戲般地亂轉，一邊用手背擦嘴，表情很無辜。

他把目光定在小男孩的臉上，他的眼睛是這條巷子裏唯一靜止的東西，他長久地盯著他看，幾乎將自己催眠了。

很遠的地方傳來清真寺阿訇悠長的喊喚聲。剛才路邊上的那個小孩子一下子就不見了。再一看，巷子裏的人也都全沒了。

這一切讓古感到有些不可思議。

在狹長的巷道盡頭，一個人緊裹著一件渾身漆黑的棉大衣，線條臃腫僵硬，「他」佝僂著腰，磨磨蹭蹭地走在古的前面，偶爾一回頭朝他看，滿臉木刻似的皺紋讓人頓生憐憫。

古有些奇怪，跟著他走到巷子的拐角處，在他背後幾步遠的地方停住。這個人低著頭，似乎覺察出古的到來。他把手放在胸口，

轉過身子，不小心被一個小石塊絆住了腳，便趁勢一屁股坐在了地上，一大截髒汙的綠花裙角露了出來，被帽子捂嚴實的前額上還探出了幾縷長髮。

骨節嶙峋的手指間夾著一根用報紙角捲起的莫合菸。

看到古慢慢走近，她竟咧開嘴笑了，牙齒上沾著泛黃的菸草葉。她的身上有一種妖氛的氣息，就是大白天，任何人看見她都會感到脊背發涼。

古隱約有一種不安的感覺，像從背後吹來一股涼絲絲的風，帶著冷氣流控制了他的脊背。

傳說中的「打蹤人」竟然是個眼睛瞎掉了的女人，一個年長的婦女。不過，倒還不是完全瞎，還能感光，還知道往有光的地方走。

瞎是另一種殘疾，但反倒可能會增加她預言的可信度。

想到這裏，古暗自笑了一下，伸手把她攙扶起。

第五章
禁忌之愛

1

每年春、夏季開始，白水河的河道就開始動盪不安。洪水橫衝直撞，在並不寬闊的玉龍喀什河道上氾濫。

石頭相互撞擊發出各種輕輕重重的聲響；黃色的濁浪中翻騰著從貧困人家屋子裏沖出來的床板、毛氈、紅柳柵欄；有時濁水中還一上一下浮現出羔羊驚恐的身影。

發洪水的時候我喜歡到白水河邊看水──也不是我一個，河邊還有好多人，還有孩子。強烈的泥腥氣味從黃亮的水中散發出來，凝固在空氣中。

雨已經停了。

而河裏的水又黃又濁，好像厚了許多，打開平日裏不打的漩，像一些肥碩的大花，浩浩蕩蕩地漂下來，一個接一個地，都亮汪汪的，把被厚雲堵著的鉛色天空映得有些亮了，但看上去和平時的亮有些不一樣，亮得有些怪異，亮得有些不明白，好像在這亮的後面還隱藏了些什麼。

那時，在被重重道路阻隔的和田封閉、貧窮，像我一般大的更多的孩子還待在他們的童年裏，奔跑、嬉笑，或遠遠地望著天邊的鳥兒發呆。那時，白水河裏的水還很清，河壩子成了孩子們的遊樂場所。

河水乾了，一道細長的黃泥湯像一條又扁又長的蛇曲折貼地而行。沒有水的河灘上堆滿了大大小小的鵝卵石。

每一年，一到夏末暴雨後，漲潮後的河水不論漲得或深或淺，就要作惡一番，白水河的水域變得複雜，神秘莫測，每年會發生一些溺死人的事情。一口氣吃掉好幾個小孩子，剛剛出生的還不算。

好在那些女人們，真的是能生養啊，一個又一個，一點都不知疲倦。

那麼多的孩子，大大小小的，嘴裏散發出沙漠乾旱地帶的小野獸一樣的熱氣，散落在地上到處都是，像一小股潮水一樣地就來了，落在滿是髒汙的塵土中。攀上掛滿桑子的桑樹枝，手和嘴巴都是斑駁的紫。這麼些酸甜的果實，他們永遠都是飢不擇食。

他們太多了。所以，必須有孩子死去。

我來到河的淺水灘處，水面上蒙著一層盛夏時節又寬又亮的光亮。河水中裸露出來的石頭蒙著灰綠色的苔蘚，像鏽斑一樣。

這就是叫艾布力的那個孩子掉下水的白水河。

我那時也是一個小孩子。我第一次感知死亡是在這條白水河的水流聲中開始的，並在斷斷續續的回憶和講述中，露出了端倪：比如在河灘上看到一個人溺水。

在這之前的許多個夜晚，總有一種聲音在我耳邊出現：白水河的水怎麼都乾枯了？是不是流到甘溝裏去了？那個淹死在河裏的孩子是誰？還有，河面上那麼多的藍翅蜻蜓怎麼都不見了？

她的聲音清冷、銳利、充滿瓷的質感，穿過十幾年的時光向我逼來。

我試著回答她的問題：甘溝是南疆一帶三面環山的一片大窪地，白水河的水流到這塊窪地去了。窪地的盡頭是汗尼拉克河，也許用不了多長時間，白水河裏的水就會與汗尼拉克河交匯；那個淹死在白水河的孩子是我家對門茹鮮古麗的私生子，剛九歲，從莎車老家接到和田的第二天，就淹死在這條河裏了。

我回答這個問題的時候，一聲低低的輕吁聲帶著一股陰涼之氣從我的肩頭滑過。她的目光中閃過一絲異樣的神情，讓我周身發冷，一種已然逝去的年代久遠的氣息從身後瀰散開來……

她不再要我回答有關藍蜻蜓的事情。

她說：藍蜻蜓才真正是這條河流的精靈，牠通曉白水河的所有秘密。牠們並非你所想的那樣最後變成了水草，在水底搖曳，成為河流

的一部分，而是在一年夏天雷鳴電閃、暴雨如注的夜晚，成千上萬隻藍蜻蜓聚集在一起，像一塊巨大的、閃著神秘藍光的雲朵在天邊消失。

消失的那一刻，只有我一人看見了。

她說的這些話令我極為震驚，這些都是我在夢中夢見過的呀。

暗夜中我感到她的聲音極為縹緲，我想看清她的面容，問問她是誰時，卻發現她不見了，看見的卻是白水河上空成千上萬隻藍翅蜻蜓在飛翔。牠們聚合在一起，像一塊閃著藍色光茫的雲朵，不疾不徐，無聲地從白水河的上空緩緩地滑過……

讓我不得不驚歎這種前所未見的、怪異的美。

2

那年我九歲，卻彷彿覺得這條白水河與我的命運有什麼特殊的聯繫。那裏會有什麼東西在將我等待，從而改變我的生活。

艾布力，我家斜對面的寡婦茹鮮古麗的私生子，和我同歲。我記得很清楚，那一天，在一個臨近中午的時辰，我家斜對門的茹鮮古麗就來敲我家門了。身後跟著一個我從未見過的小男孩。

「這是艾布力，我的侄兒，昨日剛從莎車來。人生地不熟的，你倆搭伴兒去河壩子玩吧。」茹鮮古麗一臉討好的笑。

艾布力從茹鮮古麗的身後探出半個身子，眼珠兒不錯地看我。

我的天，從看到他的那一刻直到現在令我難忘：艾布力八九歲的樣子，五官不清，像是一張令人不快的、皺巴巴的、老人的臉。

我就要走到我記憶中的最深處了。

這是讓我追悔莫及的事實。

我記得那天我和他走在去河壩子的路上時，夏日正午的太陽毒辣辣的，刺得人眼睛發痛。被重重山巒阻隔的山風帶著清涼之意在很遠的地方展開了扇子。熱、戈壁灘稀疏的灌木叢中細微的蟲鳴。

但那的確是個寂靜的日子。沒有風聲。看不清他的臉，他留給我的總是一個太陽下面涼而薄的背影，小小的。且無聲，像一片樹葉兒般飄動著，像是我的影子和替身。我倆慢慢地走著，在默默中接近一種神秘和未知。

在正午炎熱的陽光的照射下，河流散發出一股濃烈的腥氣。河壩子上空無一人。艾布力走到河邊他離我不遠不近地蹲著，看跟前一棵死掉的桑樹。沖刷上來的水流把它沖得歪歪斜斜，根部有些腐爛。

走在路上，他好像還回頭看了我一眼，可我當時正被河灘灌木叢中一隻從未見過的、碩大的藍翅蜻蜓所吸引。

牠光滑、美麗、舒展地駐足在一片泛黃的草葉上，在正午陽光的照射下，藍翅蜻蜓閃爍出鬼魅的光芒。我不知不覺被牠吸引，全然忘記了艾布力正裸足踏進了河水裏、寬闊的河床閃著白光，湍急的浪花挾帶著渾黃的泥沙拍打著他細小的腳脖子。

這時，我聽到有什麼東西掉進了水裏，我回頭看，沒有人。

就在我要接近那隻藍翅蜻蜓的時候，我感到眼前有亮光閃了一下，然後就是一片黑暗。我不能描述那樣的過程，因為它太短暫、太短暫，忽地一下，就墮入了一片黑色中。

當我從黑暗中回轉身來時，我彷彿看見一個模糊的身影在前方向我俯衝下來：

「你醒了？」

是老爹的聲音。我不知該如何回答這樣的詢問。

「醒」是什麼意思，我並沒有睡著，只是感到頭在疼痛。

「艾布力淹死在河裏了。」

老爹說。

傍晚的時候，艾布力被人抱了回來。他渾身腫脹發紫，硬邦邦地躺在一張門板上。

入夜時分，前來探望的左鄰右舍們唏噓著一一離去，燭火搖曳

著，使這個夜晚更像多年前的一個更為遙遠的夜晚。

茹鮮古麗當時沒哭，眼睛也不往我身上看。她一遍一遍、反反覆覆地說：「艾布力是不識水性的，你為什麼不阻止他下河呢？你要是阻止他，艾布力就沒事了。」

艾布力出殯的那一天，茹鮮古麗蓬頭垢面地衝到棺木跟前，死死地扒住棺木一角：「艾布力，別丟下我不管，我是你的阿媽呀。」

棺木「啪」地一聲合上了。這樣又過去了許多年。

艾布力出殯的幾天後，我又一個人來到了河壩子上，在河水發出聲音的地方，我朝水面往下看，彷彿看見一個小身體仰身躺在河水裏，周圍冒著氣泡。一張沒有五官的臉朝天空。

他已失去了知覺。

也可能那是我出生以前的事情，是一個夢，可為什麼我對這個溺水事件的每一個細節都記得那樣清楚呢？好像我親眼看到了一樣。或許我真的看到了：

那時，我還是一個未出生的嬰兒，卻能透過母親的肚皮向外觀看，好像那是一扇門，但只對我一人敞開。

可是，淹死不淹死誰，是水說了算嗎？

古麗告訴我說：

「我小時聽大人講，要是掉進水裏的話，只要不驚慌，就不會被淹死。只要面背著水，吸入點氣，把頭浮出水面就行了。可我總學不會，看見水，就像是看見一艘沉船。落下去了。」

「要是你落過水，你就該知道那種恐懼。」

我沒告訴她，其實，我十二歲時也差點被淹死過。

那時剛發育，有少女肥，有點醜。可那天中午，我終於鼓起勇氣下了河，拎起裙角在河的中心慢慢走去，另一隻手搭在額前，做眺望狀，真是造作得很。

　　恍惚間聽見背後有人在叫我，我想回過頭，卻被腳下的一塊石頭絆了一下，身子失去了重心後，滑倒了，我的嘴裏、耳朵裏、鼻孔裏灌的全是水，水漫到耳邊。我一喊，水就不住地塞滿我的嘴。不讓我發出聲響。

　　同伴們在岸邊的小樹林裏玩，沒人注意我。

　　也許他們是故意的。

　　沒有比落水更讓人心碎的事情了。最後，我是怎麼被人拖上岸的，有好幾個版本。

　　好在我知道了，救我的人是個男的，很醜，像個河馬。

　　聽說我被他拖上岸的時候，我的上身是光的，裙子被水退到了脖子處。那時我的胸部剛發育，有些微微的腫脹。

　　真下流。

　　竟被他看了全身。

　　我閉上了眼睛，在想那個我曾經忘掉了的溺水事件又一次出現在我的腦海裏。不知道在我如此年幼的時候，竟可以從那麼平靜的地方摔落。

　　我把這次落水看作是一種徵兆，一個晦澀的徵兆，一個不容忽視的告誡。

　　在夢中，那個被淹的人到底是誰呢？他的沒有五官的臉，頭髮漂浮在臉的四周，這是我出生前就留在我腦子裏的形象。

　　沒有五官——想到這裏，我嚇了一跳：這只是一個幻象，不可能是他，艾布力沒淹死，他正生活在另外一個地方。

　　這是我自己創造出的一個預言：那個被淹死的人，那個沒有五官的人，就是出生前的我。

　　我想我早就被淹死了，我躺在河道的暗處已經記不清有多少年了。我以前年紀還輕，現在離死不遠。只是作為一個孤單的遊魂在

人間來回走動。我對人世的情意一直停留在那個年齡。

　　從那以後，我裝瘋賣傻，按時進食，從不被人懷疑，一直到現在。其意義我以後會明白的。

3

　　——兩隻老虎，兩隻老虎

　　跑得快，跑得快，

　　一隻沒有眼睛，

　　一隻沒有耳朵，

　　真奇怪，

　　真奇怪。

　　落日前的日光，篩下沉重的濃蔭。

　　兩個人，一男一女相跟著，女的矮些，紮了滿頭的辮子，男的高些，從背後看，頭部白亮亮的，像是剃了個光頭。

　　他們一起沿著河壩子的方向走去。

　　起先，人都在樹的濃蔭裏，不知什麼時候開始起，樹林子裏有劈劈啪啪的響聲，他們好像也並不在意——有一兩個月了，也聽慣了。

　　可不知什麼時候開始起，他們覺得身體發熱，一路沒有話，只是僵直了身子，走著，一直走到了河灘邊一塊像屏風的岩石後面。

　　好像有什麼事情將要發生。

　　那天，老爹讓我去河灘的樹林子裏找些粗的桑樹枝回來。

　　一直磨蹭到黃昏將盡，我又一次去了河壩子。

　　但我的雙眼中，一直引以為傲的神秘的預知力已經消失，身體像一副空衣架那樣晃蕩。我脫下鞋子，走在河壩子上，洪水過後的

河灘，裸露出一些冰涼、濕潤的石頭，泥地裏還有好多小水坑裏，也都有些冰涼的顏色。

我把衣服脫下來，扔到了水裏，看它們在水裏漂浮、膨脹，然後把頭髮紮起，前額輕輕觸進水裏，再然後是臉，我沖洗疲憊的雙眼。

距河壩子的不遠處，有一頭牛在水邊低著頭飲水，牠看見了我，卻視而不見，牠把我當成了陸地的一部分。

這時，昏暗的光線下，靠岸邊的石頭堆一側有個東西發出了亮光，似乎還有一些奇怪的聲音傳來。

我沒能忍住好奇，一邊捋著頭頂上的濕髮，一邊踩著石頭慢慢挨過去。

原來，石頭堆的那邊發出亮光的是一個空了的酒瓶子。

我放心地繞過石頭堆準備上岸。可是，那從石頭堆的後面發出的聲音又開始了，輕輕重重的，我側了側身——

是鄰居家艾力的大兒子吐遜江和他的「小相好」米麗班。

吐遜江那深黑色的、堅實的手臂在抵住她腰部的時候，一切禁忌都解除了。我看見他扳過米麗班的頭，眼睛裏有一種可怕的疲倦，還有恐懼。他伸出舌頭，一下一下的舔著她的眼睛。

他好像嘗到了鹽的滋味。

我吸了了一口氣。

河壩子裏的光線似乎更暗了，暗到恰好能分辨出他們在一起交纏的輪廓，吐遜江和他的小相好米麗班，他們用一種我完全陌生的方式交纏著，他們是怎樣被框到這一個畫面來的，好像已超出了我這個年齡的理解範圍。

河水裏嘶嘶作響的衣裙，不斷在一起開合的腿，這個從未經歷的夜晚讓我的心跳加快，臉頰發燙。突如而來的事件帶來的奇妙體驗讓我吃驚不已。

我被其中的畫面所震懾。

這時，我聽到了身後的沙石堆裏一陣窸窣聲，站起身來，就撞到了一個瘦而硬的身體，嚇了我一跳。

那是個很精瘦的維吾爾族老人，看起來很瘦，摸起來一定是骨連皮，皮包骨。彷彿他身上的脂肪已被南疆的烈日蒸發。是個我不認識的人。

除了我，還有他們，還有現在這個他，可能是今晚最後一個離開河壩子的人。

我從未見過他。

「壞東西，你在看什麼？」

他雞爪一樣的手鉗住了我的脖子。

「你都猜到了，不，你都看到了。」

「是。我知道你知道的，你知道我知道的。」

他似笑非笑地看著我，說話的時候，他的嘴巴幾乎一動未動。笑得不明不白，我開始感到耳朵根下面的一小塊骨頭隱隱地痠脹了起來。

我的心裏突然感覺到一絲不安。還有孤獨。感覺自己像一頭哀怨憤怒的野獸。想用手中捏得緊緊的小石子兒投向河裏的鴨子，投向赤裸身子在河水中洗浴的小男孩，還有河岸上龜裂的爛泥。

我的頭一偏，扭開身子從他的胳膊下溜走了。突然開始奔跑起來。跑過白水河的一道滿是沙石的斜坡，坡下是一個亂石灘，河水又寬又厚的光亮從夏末暮晚的河水上空流過。

回去的路上，我遠遠地看見古在和田大橋上教古麗在學騎自行車。古麗尖聲大笑著，聲音很大。昏黃的路燈下面，沒有別人，只有他們兩個。

我一下子就跑開了，感到我的臉頰在發燙。

這是一種奇妙的關聯，由這麼一個「連體人」帶來的關聯。在我的身體內部，開始有一個沉睡很久的東西在緩慢地甦醒。它是我的身體裏所獨有的部分，和相同的本質。可是，我只願被古這個異族的男人發覺，由他的一雙會流汗的手喚醒。是時間、地點、人物缺一不可的巧合。

真主作證：古，這個異族男人將是我精神世界的一個啟蒙人。

在以後的日子裏，我只想要求古一件事：讓他教我像古麗一樣地航行，就像吐遜江在這樣在微綠的河水中所示範的，像我在以後的日子所一再重複的，在隨便哪一個不合時宜的地方，庫房、廁所、矮樹林，而不是獨自一個人。

總之，一定要在黑夜、在陰影中。

我相信世界已翻轉過來了，但仍記得，夕陽的光線同樣也可以傷害人。

只是現在，所有的水，啊，所有發鹹的液體，都湧上我的頸部：是我，在往下沉。

有好幾分鐘，我像棍子一樣僵硬地躺在地上，呼吸著河壩子的沙地上釋放出來的潮濕氣味。

腦子裏一陣空白。

當天晚上，我做了一個夢。夢見古麗失足落在了水中，各種我沒見過的魚類向她圍過來，面目可憎。她用雙手護著臉，但魚們並不放過她，開始咬她，從她身上撕下一塊塊肉來。

她好像在喊我的名字，而不是古。嘴一張一合的，一會兒就塞滿了沙子和草根，眼睛睜得很大，但沒有眼皮，白白的，色澤渾濁。就在那一刻，我是不是就已預見了古麗的命運？

我被驚醒了，頭上滿是汗水，大口地喘氣。這時，我看見我一個人躺在了床上。

床有多大，多空。

我哭了，哭得像一個孩子。

「哭吧哭吧，這樣才能乳尖充盈。」

我想起有一次，婆婆這樣對我說。

自從那次小小的發作之後，我感到自己與從前的我，不再是同一個人了。

隨之而來的是二弟房間裏的一夜騷擾。撈沙女人呻吟聲拌隨著床板一夜的吱嘎聲，以至於這筆帳像奇蹟般地被一筆勾銷。

4

自從上次小小的發作之後，我好像不再是同一個人了。好像一下子擺脫了童年裏那些蒼白彆扭的季節。

又一個仲夏的一天，沙漠送來了雨。成群的驢車在泥灣的土路上帶起泥水，向著樹木和村路兩旁的葦子牆飛濺。

到處都時棗花的氣味。

那種味道在七月的空氣中瀰散，撲向路人的身體。他們猶豫著回過頭，左看右看——一個個像是被嗆住了。又像是晚春時第一次打開泥屋的儲藏室，裏面一股濃烈的氣味恰好迎上了雨的熱氣。

此刻，古跪在了古麗的面前。

他的臉貼著她裙子的下襬，然後用舌頭抵住她脖子上一對又小又硬的帶鹹味的鎖骨。她的膝蓋緊繃著，實際上早已卸去了盔甲。

遠遠望去，他們倆在一起組成了一尊奇特的雕像。

古想起自己當年第一次見到她，是在和田的白水河的河壩子上。

認識她的人叫她「親愛的綿羊」。她聽到了，微微一笑，就彎下了腰，樣式簡單的綢裙上有幾道交錯在一起的細紋。

　　古在想，如果沒有記錯的話，在這之前，他應該是見過她的
——在書本裏？還是在想像中？不過，可以確認的是，古麗來自一
個信教的民族，塔克拉瑪干以南的一個乾旱沙漠的邊緣——她生在
這兒，一個貧瘠多風的地方。

　　他遇到古麗的時候，她略顯豐腴。她的美貌恰到好處，赤腳走
在烈日下單調的泥沙地上，身上帶有草藥的汁液、岩石的灰塵、棗
樹上的花粉、河流的陰影，還有鮮豔的香料——這一切，讓她看起
來就像是來自一個沒有國度的地方。

　　而古自己，他又是誰呢？他有時困惑自己為什麼來到了這裏。

　　好在，他與她的想像中的相遇與現實中的相遇驚人地吻合——
他的鞋尖與她的裙角正好吻合；他的眼角的一抹皺紋與她眼睛裏的
陰影正好吻合；她站在窗戶下的一小塊陰影與他微黑的皮膚正好吻
合；說話時他搖動腦袋，而她的影子也正好隨之搖擺——

　　因而，作為一個真實的人，古麗只不過是預兆中的那個形象的
延續。他在見過她之前就早已塑造出了她獨特的形象。

　　如此，他懷著秘密的渴望等待著她。

　　當她鬆開髮辮，她似乎變成了另外的一個人。手臂上映著星
宿的圖案，而手中握著一束小麥。當古在向她靠近的時候，在黑夜
中，她的頭髮閃出靜電火星兒。

　　寧靜，像是經過了祈禱。

　　現在，就在夢中，古麗站在了古的面前。

　　她注視著古下額處的那塊疤痕。

　　她變得好奇了。不是對那疤痕，而是對自己的那張臉。在這之
前，他從未注意過這疤痕。

　　那沙褐色的圓形坑跡。

　　她說她喜歡這個。

　　他也是。

　　不知有多久，他好像記得自己的手最後撫摸的地方居然是她脖子上的那塊骨頭——一塊帶有凹蝶形的鎖骨，像一對小而硬的翅膀，突兀凜冽，在他細長手指的撫摸下，這一對小翅膀變得溫順起來。

　　他想為它們命名。

　　他讓古麗修長的身軀緊緊挨著自己，好讓自己再次迷醉於她身上散發出的乾熱氣息、濕泥的氣息、草藥的氣息——那不是森林、海洋的氣息，而是被南疆炙熱陽光烤熱的泥土的濃烈的腥氣，混合著壯碩雲彩的急雨後的芳香。

　　正是這些味道吸引著他，讓他無法抗拒，沉浸在這氣味中滿心讚歎。讓他對古麗的愛，從一開始便是充滿了貞潔之意。

　　就在古和古麗關係初萌之際，那天，正是那天，他們兩人說笑著，以比剛才更慢的速度，一路走到樹林中去。

　　他們肩並著肩，風輕輕地沿河吹，每一次的傾斜，都吹向往昔。不遠的地方，像一個身著青灰色布衫的老人從身邊緩緩走過去。

　　「跑啊。」他的聲音像是夢魘，帶著小小的詭秘的詩意。

　　她的腳在黑暗中猶豫。

　　他抓住她的手，動作中帶有一股蠻力。

　　依照他們現在的心情，看棗花兒已經不是目的。讓人覺得，只要自己發出「看花」這樣的意念，就會看到黃白色的花盛開。

　　他想，這會兒，即使注視棗樹花的不是一個人，而是兩個人一起，也不會礙事的。

　　古發現，接下來的事情就簡單直接多了，無須任何解釋。

　　兩個人沿著河灘微凹的平地走著，一些矮小的灌木叢在石頭縫裏露出來，隨風搖擺。

　　古麗走在古的身旁，只想向這位陌生的漢人描述她的家，描述她從出生開始居住其中的點點滴滴。描述她的生父、他生父的父

親，還有母親。起碼好幾代人在和田這裏生活。曾經目睹一代一代的人在這裏出生，男孩接受割禮、結婚直到最後死亡。

古靜靜地傾聽，然後說起了老爹。說起關於另一個人，關於老爹如同「身居農業時代的古董」，關於他打好的桑皮紙漿的味道，枝葉的形狀，關於風乾的桑皮紙的用途，不僅僅是老爹，還有這個地方不但自給自足，更是像環鏈一樣維繫著其他事物。

「是啊，我見過他幹活的樣子。」

古麗歡快地笑出聲來。

「當我還是個小女孩的時候，」古麗翻開她的記憶，「每次來到河灘上，看見老爹在桑樹林裏，腳下堆滿了熬製紙漿的桑樹枝幹，他的砍頭鏝插進樹身，就會聽見他『嗷』地一聲，驚起了樹林裏的鴿群，牠們張開翅膀飛上了天空，那樣子像是撒下白色的紙片，歡迎我們。」

說到這裏，頭頂上響起了飛機劃過雲層的聲音，抬頭一看，一道捲曲的淡白色輕煙拖得很長，然後慢慢消失在雲層裏。像是一個寒酸的問候，在迎接兩人的到來。

古麗說到「桑皮紙」這個詞的時候，用的不是漢語，而是用當地的維吾爾語說：「艾孜耐可。」

對於古而言，這發音上的小小分野意味深長。可這並非是語言上的差異，這分野意味著他們之間可能有的一種親密，和一種脫口而出的關聯。

「是的，桑皮紙這門古老的手藝就要絕跡了。」

古接著解釋說：「這是一個沒落的行業，就要不見了，再也看不見了。」

接著，古麗也給他說起了她在去年初夏的一次冒險：

「當然，那整個的夏天，我跟著繼父去南戈壁灘上挖草藥。還有別人，男孩，還有男人。

有一天，繼父先回去了，單獨留下了我，在南戈壁，一個中年的維吾爾族牧羊人帶著我走遍了南戈壁的角角落落——那是一個

極其荒蕪，但是又極其豐富的世界。在地底的深處，在地面上，真的，那是一次很難忘記的經歷。

那些我從未見過的草藥，花花柴、駱駝蓬、刺沙蓬、中亞婆羅門參，還有那些昆蟲，他說的是古突厥語。我想知道的，和想看到的，他都一一教給我了。」

古麗說到了這裏，不覺提高了嗓音：

「不過，我想要說的並不是他，不是我和他共度的三四個晚上，我待在他的小茅屋裏，用他給我的羊羔皮襖取暖，還有他的體溫。我想說的並不是他，而是那些在沙漠邊緣成片沙棗林裏採摘花朵的人。

我告訴你的是那天早上，我在南戈壁的一片沙棗林裏，看到一些附近鄉村的維吾爾族婦女們正在採集剛開花的花朵，至少有八個人。她們一邊採摘，一邊大聲談笑，將碎如米粒的沙棗花塞入一個個巨大的粗棉袋子裏，看上去波浪交疊。

那天早上，她們讓我也加入了。這樣，八個女的變成了九個，她們讓我把地上成堆的採摘好的花朵塞在袋子裏——就這麼簡單的活兒，我幹了足足一個星期。她們供我吃住。我整天被那些花浪薰得胸脯鼓脹。

沒想到，在這一天早上，在沙棗林裏，我的初潮提前來臨了。她們當中有個女的很想要我，她一個勁地撫摸我的身體，大聲叫我的名字，像是一個情感洋溢、容易激動的母親，我很害怕，一把就推開了她，可她好像無所謂，整理了裙襬，抹掉頭髮裏的花葉，然後遞給了我一大碗的駱駝酸奶，還有一把一把的紫桑椹。其實，我就是這樣的，喜歡這樣被人不停地關注。」

古麗繼續說道：「而且，我希望這樣的冒險永遠都不會停止。」

「繼續說啊，」古鼓勵她。

「我可從未想到要跟人說這些。」「說啊，我聽著呢。」古的聲音近乎呢喃：「說吧。」

「我從未覺得自己有一天會給遇到一個人，會說起這些。真讓人難為情。」

古麗低著頭，把手伸向了古。古也同時伸手相迎，讓她散發出熱騰騰氣味的身體緊貼著自己，再次沉迷於她身體散發出來的濃郁的林間氣息。那是天然的氣息，是戈壁灘上的夜氣，沙漠中壯碩濃郁的沙棗樹的芬芳。

一路上，古發現古麗一直在注視著他微曲的手，就忍不住了：「你——現在，還會經常夢見他嗎？」

「誰？」

「你的生父。」

「是的，我夢見他在家裏的院落出現。第二天就是偌如孜節，院子裏有剛宰過羊的臊腥味兒。地上堆著羊毛，他的手上也沾滿了羊毛，他身著破爛的棉衫，我夢見了他對著我笑，還夢見他在這裏出現。還是這條河，周圍有棗樹，還有桑樹，我夢見他在這條河裏洗羊毛，還有皮子。有時沒注意，河水把他正在洗的東西帶到了遠處。我夢見的就是這些。」

她一口氣說完，眼睛看著他。

對古而言，這一切都是真的。古看著她，表情看似嚴肅，其實是在自問：

「——古麗夢見了她的親生父親，從她的神情中發現了他父親的形影。她的沉默，還有與生俱來的憂鬱。她身上的諸多特質，無不洋溢著燥熱、多風地帶的蠻荒氣息？一如沙塵，覆蓋在她的外表之上，與來自蠻荒之地的艱苦生活交織在一起。土地若能決定容貌，那麼，古麗身上的諸般特徵無不充滿貧瘠土地的味道與戈壁沙漠的蠻荒氣息，現在，都一一刻畫在她緊閉的嘴角，全都濃縮在她的身體裏。」

在此時，現在，他想好好看看她，可是一種無力感讓他看起來像是一個紙做的人，虛弱、飄乎，忘記了自己曾是一個在沙漠與小鎮之間的那個獨自往來的人。

而現在，在黑暗中，她睡著。她的臉看起來似乎與白天有所不同。連同那一聲低低的呻吟。她的臉更像我所認識的另外一個人。一個姐妹。

這種想法令我困惑。

她躺在床上，看幾個光斑在她眼前飛舞。她被四面牆包圍著，屋子裏安靜極了，只有她微微的喘息聲。

她睡醒時，已是晚上了。她在昏暗的燈光下看著自己的手。這是一雙奇怪的手，手形優美但是皮膚粗糙，尤其是指肚上，暗跡斑斑的黃綠色，她仔細嗅了一下，一股子草藥的濃烈味道，這氣味好像已經長進了肉裏，再也洗不掉。那是她長年在草藥房裏沾染藥草的特有味道。

她喜歡看自己的手，這是一個古怪的毛病。這個毛病讓她也常常去看別人的手，比如古的手。

她的媽媽告訴她，手的形狀很能說明一個問題，手又大又長而指頭不尖的人，心一定是善的。

這就是古的手。

這手遠比他的臉和身體要年長成熟、憔悴，帶著苦命相，好像是在風吹日曬的大太陽裏勞作了半輩子。可現在一看，倒是有了一股不管不顧的狠勁兒。

古知道她熱愛和田的日子。

她和她的周圍是和田所有的戈壁沙漠。

那些日子，他時常把古麗想成半人半鳥。

她說話時，古望著身邊這張曬得發熱的面頰，她略微低下頭，有著歐羅巴特徵的臉龐出奇的疏離與遙遠。手指間有發黃的藥漬。還有，她在說話時，會伸出舌頭，舔一下乾裂的嘴唇，那模樣就像是一個無害的小動物。

　　看到她，古的心裏不禁有些陡生困惑：她謎一樣的有著誘人的深井，值得挖掘的東西還有很多。

　　終於，古向她攤牌了：「我想留下來，留在和田。」

　　「為什麼？」

　　古看著她，彷彿要把他的的心思和盤托出：「因為這兒有東西，就在這裏，這個地方。我是相信的。」

　　「是什麼東西？」古麗問道。

　　「就是一直吸引我的東西。吸引我要留下，留在和田。」古一口氣地說了下去：「不管今後找沒找到玉石礦脈，我都想留在這裏，一年，兩年，只要能待在這兒。」

　　那段期間，古仔跟著古麗學習維吾爾語。

　　「河流」

　　「艾德萊絲綢」

　　「沙漠」

　　「羊群」

　　那些異族人古老的語詞，感覺就像是所有的東西出現了兩次，一次是在他的眼前，一次是在古麗與他的言語之間。

　　好像那些沙漠戈壁，那在眼前奔騰不止的河流、塵土，這一切都轉化成了語言，這異族人的語言在包容著它們，包容著一切。

　　眼前，簡陋的紅柳屋舍的上面煙囱無數，其中一些已青煙嫋嫋。

　　對他們而言，這一切無庸置疑。

　　古麗很明白，古對於維吾爾語的興趣，遠遠超過了一個遊人單純的考證，而是與她自己有關，與那樣的「空間」有關。是這樣的一個空間激起了他的好奇心。在他的潛意識裏，那一定是比回憶更加悠遠的事物。

　　她家屋角有一隻灰黑色的土陶罐。門口有一張落滿了土的花氈，隱約可以看出暗色花紋。古還一直記得古麗說這些話時，帶有舊時城郊居民的那種緩慢的、憂鬱的鼻音。

　　只是，她的小腹不知為什麼一直微微地鼓起，好像懷孕了似的，只不過懷的是自己的死亡。

　　這種感覺，讓古感到害怕。

　　還有一個夢，古從未給古麗說。那是一個有關他與古麗的性愛之夢。

　　好像洪水過後，白水河變得寬闊、平靜。當古麗看著河水的時候，古發現她的眼睛會發出一種綠色的瑩光，就像貓一樣舔了舔嘴唇。頎長的軀體一下子充滿了活力，散發出泥水的腥味來。

　　現在，她赤裸著雙腳站在淺水裏，前額微微上揚，帶著笑意的眼神裏有一種雌性的光彩。

　　「來啊。」

　　這是她的聲音。她的聲音在他們剛認識的時候就已經固定下來了。他甚至覺得，她的笑也是這樣的，一碰，就能發出聲響。

　　涉過河灘，他倆待在雨後的樹林裏，那裏長滿了桑樹。她看見葉片上的水滴落下來，落在他粗糙結實的胳膊上。他們的頭頂上是大團的桑樹枝葉，枝葉向下延伸，交疊在一起。

　　他低下頭，傾身向前，用舌頭把水珠舔進嘴裏。

　　那一瞬間，他覺得自己身上的一切都流失了，心裏有著對這個女孩無限的欲望和需要，但不能說給她聽。

　　不能說的是他對她第一次的欲求。那是開始。

　　是的，是第一次的開始。

　　他從頭頂上扯下好幾片桑葉，擦乾淨順著她大腿上流下來的血跡。然後，把這片浸著血的桑葉含到了嘴裏，沒有一點不適，而是用自己的唾液再一次融合了它們，使之成為一體。

　　在愛情中，兩個來自不同宗教、不同民族的差異竟可以這樣一筆勾銷。

　　古麗的腿微張著，她不想這麼快穿上衣服，不想這麼快地起身離去。

　　古都看出來了。又一次起身，以一種溫柔而致命的手法，從桑樹的枝頭上擼下來一把帶汁的紫桑椹，塞到了古麗的嘴裏，紫色的汁液從她的嘴角流了下來。讓她再次想起他剛才對她使用的動作。

　　有關他的一切，好像都無足輕重了。

　　但是到了清晨，當夢醒來之後，古被清真寺阿訇叫人去做禮拜的喊喚聲喚醒。——他恢復了理智，又變成了一個有些寡言、有些落拓的的人。他在不同的時間和地點看到她，以至於把這一切當作是一段變奏的和聲。裏面依舊瀰漫著陳年舊雨的味道，舊毛氈上沾著沙塵。

　　她看著他一言不發。

　　整整一夜，除了他與她之外，所有的人都睡了。

　　但實際上，他們倆在一起，一直過著形式主義的生活，禁欲生活。沒有越過雷池一步。他越發意識到，性愛不僅牽涉到他或她的愛情觀，而且還牽涉到兩個不同種族之間的文明和禁忌。

　　這禁忌根深柢固。

　　那個秋天與夏天，他們的貞潔在一個村莊裏相遇。

　　在夢中，也只有在夢中，他夢到與古麗後來的一些日子，他倆整天呆在一起，彼此間相互撫摸，但不說話。偶爾發出幾聲低沉的歎息。他們擁抱著沉沉睡去，又被凌晨的清真寺阿訇召喚信徒們做禮拜的喊喚聲驚醒。

　　在早晨清冷的空氣中，戴著白帽子的信徒們陸續走進離家最近的清真寺，合掌跪拜在舊花氈上，禱告的聲音從一個塔尖傳向另一個塔尖，彷彿是在傳播他倆的流言蜚語。

　　他們走在乾爽冷冽的清晨中。

　　清真寺中信徒們讚美真主的聲音飽含著木碳和孜然混合在一起的濃烈氣味，瀰散在空氣中。

　　他們是城裏的罪人。

第六章
撈沙女人

1

每天早晨，到了固定時間，離我家不遠巴札上就有叫賣烤雞蛋的吆喝聲。一會兒，又有叫賣「烤卡瓦」（南瓜）的叫賣聲。然後，混合著烤肉、烤玉米、烤茄子、烤饢的香氣，一股焦香味順風飄得好遠，就著這一股子香氣，我早上吃早飯的時候都忍不住地多吃了好幾口。

尋著味兒，我在巴札上一棵巨大的核桃樹下，看見好幾個維吾爾族人蹲著、站著，手裏拿著個烤蛋，嘴裏直哈氣。攤子上的小鐵皮車上有堆炭灰，裏面埋著數枚雞蛋，黃黃白白的，一旁碼放著一溜子已烤好的雞蛋，這幾個人吃得正香，還不忘一毛錢一個，一摸口袋，沒錢，不過，看一看，聞一聞是不用花一個子兒的。

烤的雞蛋為什麼會這麼香啊，烤蛋的老頭笑嘻嘻的，每天都有新詞誇他的傑作。可它怎麼不會成「炸蛋」呢？就是烤爆了、蛋黃四濺，弄不好還能燙傷人。我蹲在攤子旁，琢磨了老半天，原來，烤雞蛋用的是木柴灰，將雞蛋放進灼熱的柴灰裏，要不停翻動，慢慢烤，火候要恰到好處。

終於有一天，我從老爹的衣服口袋裏偷了兩毛錢，在烤蛋攤子買了兩個蛋，笨手笨腳地把蛋殼剝開，烤蛋真的與煮的不同啊，肉脆脆的，一口咬下去，很緊實爽口，蛋黃有股淡淡的焦香。

正吃著，看見我身旁有兩個拖著鼻涕的小巴郎，各持一個烤雞蛋，以蛋的小頭相撞，「啪」——光頭男孩的蛋殼被碰破了，而蛋殼沒破的長臉男孩卻得意地跳起來，一隻小髒手朝他伸了過去，作為輸家的光頭男孩將自己的這枚烤雞蛋遞給贏了的長臉男孩。

我站在那裏，看了看手裏的這枚烤雞蛋，猶豫了一下，就轉身離開了。回到家裏，見老爹用了個木托盤把菜端上來，見到他，猛一緊張，手裏的烤蛋一下子落了地。

「老爹，你看她這麼大人還整天沒大沒小——」是二弟。他指著我笑著說，笑得袒護、慣使。老爹看了看我，沒說話。

晚上，老爹講了個故事，裏面的一個歌好像就是對我的警告：南瓜沒有手，南瓜沒有腳，可南瓜在追烏龜。顯然，烏龜在騙人，牠天性不誠實，還說不知道南瓜還有手腳。可我覺得，一定是南瓜從屋頂的藤蔓上掉下來追牠，追過草地，追過白水河，它追的樣子一定讓烏龜驚魂未定。

老爹是不是覺得這首歌更適合我。我才冤枉呢。後來，再路過烤雞蛋的攤子，我總是要小心地看看四周，看看有沒有什麼球狀的東西朝我滾過來，雨點一樣地砸向我，在土路上追趕我。

除了去河壩子和巴札玩，我們這些小孩子還喜歡捉弄一下路人。

那天，一輛拉土豆的車從菜市場路過，土豆堆成了小山一樣，把平板車的輪胎壓得癟癟的，當這輛拉土豆的車從巷口路過，早有一些孩子等在那裏了，將鐵鉤子藏在身後，笑嘻嘻地看著拉車人的身子弓得像一隻大蝦，等他一臉狐疑地慢慢走過去，身後，大大小小的土豆就落了地。

對於吃煮熟的土豆，我是很有經驗的。最重要的是不能一邊吃土豆一邊喝水，這樣的話很容易脹肚子，還容易噎著，脖子一挺一挺的，看上去和一隻生了氣的雞一樣蠢。

可二弟偏偏就和一隻生了氣的雞一樣蠢。

那天，我站在家門口一副沒心沒肺的無聊樣，吸引住了這一帶有名的「二流子」阿布力孜的注意。他從我家門口路過，遠遠地朝我吹了個口哨，笑嘻嘻地對我說：

「你家裏還有石頭嗎？」

「啥石頭？」我傻乎乎地問他。

他咧開嘴笑了：「你裝什麼裝啊。艾山造的假玉石都賣到『口裏』（口裏：內地）去了，生意好得很。」

艾山？在當地，可是很少有人這麼認真地說出二弟的名字。我笑嘻嘻地看著他──艾山？艾山做假玉石？這個「二流子」，這

麼多年來他不只學會了整天閒逛和小偷小摸，竟然也學會做生意了
——做假玉石？

我看著他，小孩子無聊的好奇心被勾起來了，我討好地拽了下
他的衣角，倒是很有興趣想聽下去他在到底還要說什麼。

後來我知道了，二弟，他，還有他們，跟著一些外地人在偷偷
仿造一種古玉石。

我在玉石巴札上見過的——那是些從死人的墓室裏挖出的古
玉，一顆顆看起來詭異得很，彷彿每一顆石頭上都禁錮著一個會說
話的靈魂。

古玉若是真的，色澤好的，比如棗紅色，一定是由屍體的死
血浸染成的。墓中有石灰侵蝕，玉石表面呈鬼魅的桃花斑，還有褐
色、粉色、青色——只要知道根據什麼原理而成色，那麼就可以大
膽地做手腳加工加色了。

它是一個失傳的絕技：把新玉做舊。

舊玉新工是一門技藝。

比如，把新玉石放進牛奶裏泡，然後在鍋裏反覆蒸煮，玉石就
會產生古灰色的舊玉效果。

還有使新玉產生深紅色桔皮紋效果的辦法。

我記得古好像有一次說過這件事：好像是乾隆年間南方無錫的
一個人發明的。這塊石頭要先混合好多的鐵屑一起攪拌，再用燒熱
的醋澆淋，要一點點地澆，然後埋在濕地裏數月，才能取出。

這是因為玉為鐵鏽所蝕，玉的身上會布滿深紅色的桔皮紋，而
且還有土斑灰。

如此，就像塊古玉了。如此一變身，就更加的值錢了。

那真是個獨門秘方，很像是跟冶煉金屬有關。

只是，傳聞中的這門技藝相當神秘，一般都是閉門操作，讓幼
小而深邃的我感到十分稀奇，很想偷師竊技。

可是我是個女孩子，這麼小，性情又這麼毛躁，怎麼會有耐心學成這門手藝？還是算了。

現在是二弟。

後來聽古說，外地人還有人發明了一種偏方，就是使用了一種新科技：用微波爐給皮面枯槁的玉石「焗色」，只要控制得當，滋潤通透的好玉色足可以假亂真了。

他說自己沒見過微波爐，我也沒見過，也都只是道聽塗說。

後來，也就是好多年的一天，我有幸看過一個人用這種方法「焗」壞了的石頭，黃黃綠綠的、假假的，顯得浮腫。

多年以後，和田的玉石巴札還有這種包了皮子的石頭賣，一堆一堆的，看起來是要論斤的，但是做得比以前還花哨，一個個滾圓飽滿，圍觀的人還是那麼多，上當的人還是那麼多。看了可以不買，指指點點不要緊，算一算，一顆要不少錢呢，就有些捨不得了。

可一旦拿起來又講了價，就一定要買走，一點都不許賴。

就在當天，我急匆匆地來到了玉石巴札上，巴札上嘈雜、混亂，人潮湧動。

玉石攤子，草藥攤子，瓜果攤子——小販們在人群中竄來竄去。賣乾果的人在屋頂上各自拉一塊簡單的篷布，炎熱的陽光從篷布的縫隙中傾灑下來，一股熱氣在臉上蒸騰。

牲畜攤子上，許多的羊聚集在一起。牠們的脖子上繫著繩子，主人牽著牠們慢慢穿過擁擠的市場。一個衣衫很破的男人蹲在雜貨店的門口，頂著髒汙的纏頭一動不動，彷彿一條立在牆角的舊麻袋。

到處都是人群，黑筒子一樣的羊羔皮帽子千般百種地在頭上浮動，不時地轉變方向，或急或緩，手裏捏著、懷裏抱著大石頭，遠遠地看著路人。你慌他不慌，沒錢卻有的是時間用來消磨手中的玩意兒。

　　我在一個又一個的玉石攤子上走動，氣氛好像不一樣了。但我說不出哪一點不一樣。小販們的叫賣聲，還有大大小小的石頭的撞擊聲。在這個幾近瘋狂的巴札上，只有這兩樣東西從來不會沉默。

　　我在一個包著頭巾的邋遢婦女的玉石攤子跟前蹲了下來：她在石頭攤子的一旁，正慢條斯理地給一顆紅皮石頭上「紅燈牌」頭油。

　　這些石頭大的如拳頭，小的如玉米粒兒，一個個油亮亮的，堆滿了她腳下的破氈子，她的腳邊還放著一瓶「紅燈牌」牌的頭油。這種「紅燈牌」牌的頭油古麗家裏也有，一瓶子要六毛多錢才能買到呢。好幾次，我想讓老爹買，可他不給，說是我還小呢。

　　這個婦人低著頭，滿不在乎地給手中的一塊石頭「上光」。她腳下的舊氈子上，凡上過這種「頭油」的石頭，個個看起來像剛摘下來的果子那樣新鮮，讓人忍不住猜測它的來歷。可她一副很坦蕩的樣子，倒是很想讓人享受這個來歷呢。

　　她見我不走，還盯著看她，就慢慢地把這塊「玉石」舉在了我的眼睛跟前。這顆拳頭大的綠石頭抹了「頭油」後，就像塗了層釉，體積好像大了許多，笨頭笨腦的，不過也亮了許多，

　　我盯著它看，表情一定很專注。

　　最後，我挑釁似地看著她：「假的」，這些石頭是假的。

　　女人很無邪地笑了，鼻孔裏的清鼻涕也一抽一伸的。

　　按照阿布力孜的指點，我來到玉石巴札盡頭的那個舊車庫。

　　大鐵門上的一副鐵鎖像我初次見它那樣掛著。

　　走近一看，老舊的外殼上附著斑駁的漆，輕輕一拉，鐵鏈絞起一陣響動。透過鐵門裂隙裏泄出來的光，我看見二弟他果然在這裏，正在裏面自得其樂呢。屋子裏到處都是水，好像剛下了一場雨，地面上、木桌上濕漉漉的。

　　他在自己的房間裏搭起了灶，還找來一些磚和卵石，對稱放著，就能架鍋了。鍋是鐵的，舊得不成樣子，鍋蓋和鍋都凹進去好

幾處，蓋子都蓋不住。他還砍柴，沿著河灘走很遠，砍好的梭梭柴碼好，長的短的，很乾燥，拍上去會有銅的音質。這些柴是他用來燒火的。

燒火幹啥？熬煮草藥。如此，那一小堆原先看上去不起眼的玉石就這樣鍍上了一抹桃花斑。

桃花朵朵開，實際上不過是藥液所化。一個個渾身斑斕，比真的石頭還好看。

老爹告訴我，以前在和田這一帶，我們那些維吾爾族匠人無論是織地毯還是染土布，都是從礦石裏，還有植物中提取老式的天然染料。

用來做染料的品種有很多，有核桃皮、石榴皮、蒲公英，還有和田的戈壁灘上十分常見的黑蜀葵（染紅色）、帶顏色的礦石粉。

除了這些，這些當地人還知道，水冬瓜用來染咖啡色、麻粟果染黑色，黃粟皮染紅色，水馬桑染黃色。

要是想染成黑色的話，家裏的黑鐵鍋刮出來的鐵灰也有人敢用。

可是，這些造假的玉石匠人們不知從什麼時候起，開始流行用硫化染料代替他們以往一直在用的植物和礦物質染料了。

結果，硫化染料的腐蝕性太強，才又恢復了以往傳統的用黑蜀葵（染紅色）和本地產的礦石粉來熬煮石頭，使其變色。

這些技藝，真是深奧。後來說是二弟跟著外地人學的，我看不像。早在老爹發覺之前，他就知道把染料放入盆內，要放多少水合適？還要與什麼樣的植物染料混合才能發色？要經過多長時間才能拌勻？要防止掉色應該如何處理？這些細微的事情必須面面俱到。

還有，染液的溫度不能太高，否則染液裏的發酵菌就會失效。

用撈沙女人的話說：染液就「死掉」了。

現在透過門縫，我遠遠地就聞到了一股藥腥氣，像在水盆裏漚了好多天的衣服的味道。

我不能適應，就徑直推開門走了進去。二弟被嚇了一跳，眼神很是驚異。

我一把掀開牆腳堆放稻草的席子，那事先用植物和礦石粉漚好的染液，在盆子裏泛著暗紅色的泡沫。

還是八十年代初，在和田，當時操這種行當的人並不多，二弟算是一個，那他該算是一個藝人了吧。民間藝人。平時對於他是幹什麼的，當地的人們習慣不問長短。老爹也不問。也許，二弟他自己也忌諱著呢。

好在，用五花八門的方法做舊玉的這些路數和招式還是記得的，做得也像回事，便被他沿用多年謀生。

真假的玉，經他的手，也就無分真假了。

現在，二弟把皮手套摘下，眼睛並不看我，而是看了一眼在牆腳打盹的大狗。由於突然的多愁善感而目光發愣。

他直愣愣地望著鐵鍋裏煮著的石頭，幾分鐘後，他想站起來，又覺得很吃力。好像眼前的那些石頭在圍著他旋轉。

然後，他倒向車庫柴房的稻草堆一側，昏睡了過去，全然不顧我還在屋子裏，肚子還餓著。

二弟在睡覺。在這樣冷的天裏他仍然光著腳，我可以看到腳腕的有些地方已裂開了口子，並且上面還沾滿了骯髒的泥巴，但是，這些在他看來是多麼地無關緊要。

很快，他竟然在這時發出了熟睡時的酣聲，胸膛起伏著，好像裏面充滿了溫暖的氣息。大狗也像是接到了統一的指令一樣，貼著他的腳睡著了，喉嚨裏不時地發出咕嚕咕嚕的聲音。

──不知過了多久，我望見靠窗戶的牆角有一個灰白色的蜘蛛網，隨風一蕩一蕩的，便有些奇怪：它怎麼會動呢？

可能是我弄出的響聲驚擾了二弟，他「霍地」一下就坐了起來，瞪著眼睛看了看周圍：周圍的一切都是熟悉的，桌子、椅子、許久沒擦拭的窗戶、熟睡的大狗，還有身子底下花紋不明的羊毛氈上留有的他的體溫。

然後，他看了看我，重又倒在了毛氈子上。

就像是天突然黑了一樣，他，還有大狗──他們一起進入了睡眠的時間。睡著的是也許是外表上的他，但沒人看見，其實他睡得和內心裏的他一樣的沉。因為非凡的業績他精疲力竭了，在此刻終於成為了同一個人。

他和大狗擠在一起的樣子是多麼地和諧，讓我不由得相信，他絲毫沒有被冬天的寒冷所傷害。

我使勁地嚥了一口吐沫，小心翼翼地退出了屋子。

2

春天來了，從牆頭探出頭來的總是一簇杏花。

杏花最先開放。杏花青白色肥厚的花瓣散發出的清香，一陣又一陣。

然後是桃花、槐花，最後是棗花。它們一般都在五月裏開。

棗樹的淡黃色的花柄只有黃豆大，小而堅硬，在月光下泛著一種紙質的光澤。但它的枝葉散發出一股濕漉漉的氣味兒，在整個院落的角落裏浮動如影。一股濃稠的異香從烤肉的焦香，沙石的泥腥氣中分離出來，像霧一樣地漫延在整個院落，又在道路的兩旁逶迤而行。

每個睡著和沒睡著的人都聞到了這股異香，層層疊疊，飽滿而深厚。

在這樣些好聞的味道中度過的日夜，心裏也忍不住對那些冒冒失失的外地人充滿了一種善意。

然後是夏天。

夏天的早晨，如果沒有雨的話，我一般很早就出門去，到河壩子的樹林子裏去給老爹摟一綑打好的桑樹枝。

夏天是個發洪水的季節，聽大人們說從今年初開始起，就要沿著白水河修築大壩了，河壩子上每天都在招人。他們都是些民工。身板都很健壯，行走在晨光中的河灘上，腳下的沙子濕而軟。怪不得這些日子來，河灘上那些小孩子都一個個地不見了，替換成了大人。那些孩子，好像是經歷了一個夏天之後，他們突然長大。他們每天都聚在一起，一堆一堆的。有男人也有女人，個個都顯得活計很多的樣子。

還有一些沒被雇用上的人每天也來到這裏，眼神和身體都縮在了一起，等待著下一個好運。

河壩子上，幾個管事的人坐在樹底下一頂綠色的帆布帳篷裏打牌，讓胖子庫爾班監督那些民工幹活，二弟和庫爾班很熟，以前總是在一起「打瓜」，就叫了二弟白天給他照看下這些人，說好了照看一天給他三塊錢。

二弟答應了。

二弟模仿著庫爾班，在河壩子上背著手走來走去，他最愛去的地方是幾個撈沙婦女那兒，沒幾日，他就跟她們談笑自如了。

別看二弟他在屋子裏頭悶，不說話，可他到了外邊，他很善於說笑話的，有時說的笑話很深入，讓做活的婦女們滿臉通紅，好幾次把鏟出來的沙子倒在了自己的腳上。特別是遇到順眼的女人，他還給她拿來饢餅。看到饢餅，這些女人就什麼也不顧了，一邊嚼著餅，喘著氣，一邊看著他，嘴邊流露出一抹討好的笑意。

　　有一個撈沙女人引起了二弟的注意。她瘦瘦的，肩頭很尖，穿著破舊的土布衣服，那顏色斑駁得很，一看，就是用野蘿蔔花、沙蒜葉子染出來的。可現在早都沒人染了。

　　她的一雙灰黃的眼睛平靜地亮著，神情比別人都成熟，像個過來人似的，冷冷地看著他們在一旁調笑。

　　她剛來這裏撈沙才兩天。

　　二弟覺得她很實在，包括實實在在地幹活，吃他的饢餅，而整天不和他說一句話。當然，也實實在在地索要每天的工錢，之後，才安穩地坐下來從河水裏鑵沙子。讓二弟認為，對待她，也應該實在一些才是。

　　她畢竟不像別的撈沙女人那樣刁潑——啥都騙走了，吃的，喝的，幹活還偷懶，可到了關鍵時刻卻像水蛇一樣滑溜，像抽走一條毛巾那樣，從二弟的懷裏抽走她們柔軟的身體。

　　想到這，二弟心裏就憋屈得很。

　　這天，二弟是帶這種全新的想法和這個撈沙女人相處的。

　　很快，在一個午後的帳篷裏，他倆就有了一次動人的談話。二弟說：「你從哪兒來？」

　　撈沙女人看著他：「葉城。」

　　「那你的家裏還有什麼人嗎？」

　　「有啊。三個弟弟。」

　　撈沙女人抬起頭看著他，好像不明白他到底要問些什麼。

　　「那你出來了，他們在家幹啥？」

　　「幹啥？他們個個都走了邪路，還能幹啥？」撈沙女人眼睛一紅，低下了頭。

　　二弟皺著眉頭聽完了她的話，用手一下子扳住了她的肩膀，急急地對她說：「我想和你好。」二弟一臉的壞笑。

　　撈沙女人對他點點頭，又很堅定地搖搖頭，目光閃爍得很。

後來，她站起來，彎下腰身在二弟腳下的竹筐子裏扭下一大塊
饢餅，便往門外邊走了。

二弟嘶著聲音，最後問了一句：

「真的不行嗎？」

撈沙女人出帳門的時候，微微欠了欠身，一塊白色的小石頭在
領口一閃，好像替她應了一聲。

到下午了，撈沙女人還在河灘上幹活。一堆堆的河沙在她身後
堆成了尖。她把很久沒洗的長辮子散開，抖到河水裏沖洗，沒發現
一個乞丐模樣的小男孩這個時候來到了她的身邊，朝她的領口伸出
了手。

「狗屎啊。」

她一賭氣推開了小孩，小孩還想偷偷把她脖子上的紅線墜子拽
走呢，被她發現了，就打掉了那隻不懷好意的手。她不理解他此時
的壞情緒，不理解他明明在受著這個東西的吸引，卻流露出厭棄的
神情來。

她有點怨。

自從來到這個地方撈沙，她把這整天在河灘上閒逛要飯的小
乞丐看成是她的一個很親近的人，可這小孩鬼著呢，從不輕意這麼
想。在河灘上，他一直聽信別人的謠言，說她其實是一個沒人要的
傻婆子、瘋婆子，像他一樣不知從哪兒冒出來，在地上撿東西吃。

就是這個小乞丐，經常吃著她給他買的熱饢餅，吃完了就偷偷
對著天上吐三口唾沫，說是怕吃了她的饢餅拉肚子，吐了這樣三口
唾沫就能避邪。

她看著他，一把拍掉裙子上的沙子，然後，用裙腳擦拭自己濕
漉漉的頭髮：「小毛驢子，連你都欺負我。」

小孩笑了。

她後來頂著散開的濕髮，一個人在巴札上走，走到老桑樹底下，她又看到了那條大狗。她認得牠。現在，牠蹲在樹下，目光陰鬱，懷著人的心事。

直到過了很久以後，在那天看到她的人在此後回想起當初的情景時，都帶著不可思議的語氣說：她漂亮極了。沿街開雜貨店的那個高個子男人，是在門口看著她走過去的。他後來對二弟一再重複說：她漂亮極了。

但是二弟卻不這樣看。他後來重溫她離開帳篷走出去的那一刻，想起她的樣子，他仍顯得十分冷漠：

這個撈沙女人，她的眼睛裏冒著邪氣。

撈沙女人租住的地方是和田巴札二街醫院的一間廢棄了的倉庫。離倉庫不遠的地方，有一排沙棗樹，個個枝繁葉茂，很陰涼。在沙棗成熟的季節裏，空氣中散發出一股黏乎乎的味道，如果用木棍把果子打下來，還會招來一群群的蜜蜂，還有蒼蠅。

一些賣小吃的小販很喜歡這片陰涼，把攤子擺在了樹下，放一些簡易的椅子，引來一些人或蹲或站，在一起扎堆兒。

每次，撈沙女人的出現總會引起他們的注意，都是一些「二流子」。

他們有時給點她吃的，還不忘把一個曖昧的目光遞給她。也有的人拿她開玩笑，從暗處往她的身上砸果核，無關痛癢，但是讓她很不高興。

二弟有時也出現在這群無所事事的人中間。

好像是從他認識了撈沙女人的那時候開始的。和田這麼小，他們隨時都有可能遇見。後來，他在這裏出現得越來越勤了。開始是三五天，然後是每天都來。直到有一天，人們發現他倆在共用一個飯盆吃飯；在撈沙女人晾出去的破舊衣服裏，出現了一件男人的上衣。

在以後的日子裏，我一想到撈沙女人，就百思不得其解，一次，又一次，他倆都做了些什麼。

我不知道。

只見到有一天早晨，小飛蟲們飛得低，有的沾到臉上，癢癢的。我看見二弟踏著一地的樹葉子唰拉唰拉地往前走，後面不遠不近地跟著那個撈沙女人。早上的風很涼。大狗又在距他們不遠的地方跟著，小跑著追幾步，又定住了。遠遠地看，他們三個都有些輕微離地的感覺。

這畫面怎麼說好呢，真的很是詭異。

可是這樣的畫面，為什麼只獨獨被我一個人看見呢？二弟早說過了，我雖是一個小破孩兒，可是我卻有著壞心眼人的聰明。

什麼話呀，我不過是有著善良小孩的遲鈍罷了。

二弟和撈沙女人「好」上了的這件事很讓周圍的人錯愕。這個被活人拋棄的女人，與二弟開始了親密交往，讓人覺得很怪誕。他們在一起，以各自灰暗的衰弱氣息，腐化著原本蓬勃的生命力。我一直無法想像二弟和這個撈沙女人在一起的情景。他的手一碰撈沙女人的臉，衣服便自行滑落。身體若即若離，摩擦，進入做愛前的調味狀態。

當地一些無聊的小孩子，總是會帶來些有關他倆關係進展的新消息，還有攤販和食客們的反應。後來，二弟在這裏出現得越來越頻繁，她屋子裏的窗臺上，開始擺滿了一些瓶瓶罐罐。

後來，他倆乾脆把鍋灶搬到了樹底下，煮一些黏乎乎、稠乎乎的東西，樣子很不好看。大中午的，有時還看見他們在樹底下一起打瞌睡，身體的陰影和樹的陰影都重合在一起了。

那些小販們發牢騷：這樹下不就成了他們倆的地盤了。可時間一長，似乎也認可了。

幾棵粗大的榆樹下，這一群奇形怪狀的人在一起其樂融融。

撈沙女人到底長得好不好看，好像還沒人能夠說得清楚。她看起來有時年輕一些，有時年老一些。那是她在沒有飯吃、心情不大好的時候，她看起來比較年輕，因為她的動作會加快，臉會變瘦；而心情好的時候，她看起來哪兒都是圓的，連動作也是圓的，比如說，她在彎下腰的時候，會有一個弧度，生氣癟嘴的時候，也有一個弧形曲線。所以，沒人能猜得出她的真實年齡。

不過，撈沙女人一向是當地的那些人嘲弄的對象。當地人說起她，樂了。七嘴八舌的，像在評價一頭有價值的牲口。

二弟也好不到哪去。

有一次，我看見二弟仔細地撫摩老爹的上衣口袋，還要仔細地聞一下，才從裏面慢慢掏出些髒的零錢來，他好像感覺我在他的身後，猛一回頭，果然看我貼著門框看著他，被嚇了一大跳。

沒等他伸開爪子向我撲來，我就早跑遠了。

偷盜——二弟本性中這樣一個可憐又可悲的缺陷打敗了他好幾次，不過不只是我，還有她，這個撈沙女人看見了。

有一次去「托依」（維吾爾族人的聚會），二弟面前的一隻小巧透明的酒杯讓他屈服了。趁著人不注意，他不動聲色地把它放在了口袋裏，還用手輕輕拍了拍，好像它是一件活物，還會叫。

可一回頭，卻發現撈沙女人在看他，眼神筆直，然後突然大笑了起來，還笑出了聲，以至於嗆到了自己，咳嗽起來。

那真是一個折磨人的時刻。好像他幹了一件驚天動地的事情，卻只有她一人捧場。

回去的路上，二弟在巴札一角的雜貨小攤又偷了一枚純銀戒指，作為愛的禮物送給了她。他在做這一切的時候，一副老練和若無其事的樣子，她在一旁久久地看著他，似乎在拼湊某種智力玩具。

她的確被他給搞糊塗了。

看他的眼睛一點一點地舔著攤子上那些亮晶晶的小玩意兒，撈沙女人似笑非笑地看著他，用手指一下一下劃著自己的嘴角，她問：你真的這麼「餓」嗎？語氣中帶有一種溫柔的肯定。

「餓」指的是他心裏又想偷了。「餓」是他們倆的暗語，好像他倆一開始就有默契。

他沒有吭聲，但心裏卻灰心喪氣的。

我們走吧。

最後，她收下了這個「愛的禮物」，用母親般的聲音召喚著他。隨後，他們來到撈沙女人的住處，兩人互相拉扯著，退下對方衣物。他聽見她的急促輕歎，在他之下，與他迎合。

其實，撈沙女人身上有一個惡習：她愛在垃圾堆裏撿東西這件事，早在當地人中間傳開了。

好像她對那些破爛兒有一種失去理智的愛好，可能垃圾堆裏的確有值得人去撿的東西，那些人們不願意要的舊東西：破墊子、巴掌大的沒了鐵殼子的收音機、脫了線的舊扇子、沒蓋子的糖罐兒、還有斷了腿的凳子，等等，她都一一撿了回來——一個看上去還算是年輕的女人這麼幹，她就是沒長腦子，起碼我是這麼看的。

有好幾次，我看見她在垃圾堆裏翻撿，手裏還拿著一些鏽跡斑斑的東西在發呆，她的身上也散發出一股若有若現的垃圾的混合氣味，好像她本人也成了這垃圾的一部分。

沒過多久，我發現撈沙女人無比寵愛那隻距她家不遠的大垃圾箱。每天要拜訪好幾次，那些小販們整天好幾次把削掉的黃瓜皮、帶毛的羊肉塊，還有滴著湯水的剩飯倒在這裏面，可是這個垃圾箱即使蓋上蓋子也掩蓋不了一副邋遢相，散發出的氣味著實讓人脆弱的神經受不了。

不過，撈沙女人可以說得上手巧。那些被人扔掉的東西被重新利用，對她來說很容易，舊墊子洗一洗、補一補就可以用了；破收音機換根新的電線，舊凳子換個腿，重刷一遍漆，可我一看見她，只想摀著鼻子遠遠地躲開。

她好脾氣地笑笑，她知道我嫌髒。

可是，她撿來的一個小東西我還是在意的：那就是一個破舊的黑盒子，連邊角都磨掉漆了，卻被她稱為這是個「自言自語的人」。機身上有個黑疙瘩，只要把那疙瘩一扭，機身拍一拍，聲音就出來了，只是不能隨時聽它說唱，而是每天的一大清早就開始自言自語，說唱個不停，一點也不在乎有沒有回應。到了固定的時間，就會播報新聞，這真是一件新鮮事。讓幼小的我甚為崇拜。

不過，最讓我好奇的是，我在一天早上，聽到的一檔節目，就像是一個女人在哭泣，而周圍的人在開懷大笑，笑聲把盒子都快震碎了。這個場景是在哪裏發生的呢？難道是這個女人在屋子裏哭個不停，而一些無所事事的人在她家的周圍閒逛，從門縫裏張望，為她的哭聲喝彩？

想想看，我周圍的人還沒一個是這樣做的。真難以置信。

「她一直望著天空。」

有一天，一個人發現了這一點。

「這裏的人每一個人都望著天空。」老爹嘲弄地插進話來：「看雲，看鴿子，看大雁，或者，什麼也不看。」

可撈沙女人看天空是因為她期待著看到從天上飄來的，哦不，是從北方一路南下不停地拉屎拉尿的飛機。那屎尿就是飛機屁股裏冒出的一縷縷白煙。

夏天來了，在阿曼古麗「居宛托依」的聚會上，院子裏聚集了很多人，我在人群中竄來竄去的，再一次遇見了她。那個撈沙女人。

七月十二日，從今天起，人們就要稱帕提古麗為「居宛」了。「居宛」是少婦的意思。

一大早，帕提古麗的丈夫庫爾班，還有幾個幫忙的中年男人在院子的一角煮羊肉做抓飯，準備待客。院子的大土炕上已拉開了「刀食幹」（餐布）。

滿院子是穿戴整齊的中老年婦女，整個是女人的世界。

參加「居宛托依」的女客人們一般不會空手而來，或多或少都要拿一點禮物。多是端著九個饢和石榴，還有手繡的手帕等禮物。她們行完禮，打完招呼，相互寒暄一些祝福的話，說說誰家有買了好多隻羊，怎麼好長時間沒有見面都幹什麼去了等等，真是熱鬧。

令人意外的是，撈沙女人居然也來了，她穿著一件皺巴巴的、看不出什麼顏色的裙子，怯生生地站在院子門口，似乎咧嘴向大家笑了一下，她的形體是少年的，瘦小，蒼白。

聽到有人在一旁竊竊私語，帕提古麗的婆婆跟大家解釋說，是叫她來幫忙打饢的。可撈沙女人居然什麼禮物也沒帶，夾在打扮隆重的女人堆裏很興奮。

她見了誰，都說：「你今天真漂亮。」這是一聲近似耳語般的驚呼。

屋子裏，幾位婦女正在給帕提古麗梳頭，把她的劉海和垂在耳邊的兩縷鬢髮分辮到左右的兩個大辮子裏，她的手上戴了好幾隻手鐲。帕提古麗當然也受用了這麼一句，可她沒理會撈沙女人的話，把小碟一樣的黑羊皮帽子別在的白色的長頭巾上，穿上胸前有七道藍色彩條的黑色長袍，又掀起白頭巾在鏡子跟前左右晃了晃，遮住了大半個臉，然後坐在了新鋪的羊毛氈子上，一副很矜持的樣子。

按照後來撈沙女人對我們的炫耀，她自己曾經也是一個舉行過了「少婦禮」的人。

可我知道，這個「少婦禮」不是誰想辦就辦的。那是當地的維吾爾族少婦們在生完第二個孩子後，家裏有夫有子有老有小，而且，如果還沒有與丈夫離婚的話，那就要按傳統舉行第二次婚禮──「居宛托依」（居宛是少婦，托依是婚禮）。有人也叫「恰其巴格托依」，就是把頭髮收拾得更漂亮的婚禮。

在這裏，撈沙女人一向是被人嘲弄的對象。大家看她穿得邋遢，身上又有一種來歷不明的寒酸，可能沒人信。

如今，她又是一個人在外邊混，她的丈夫呢，她的孩子呢？

沒人知道。

3

好些天沒見到二弟了。

他很少回家。

我不得不選擇一個沒有月光的晚上，將自己又一次變成一個沒有影子的人，透過乾裂的木頭門隙朝裏面窺視。

去巴札的舊車庫的路有三條，當老爹回過神來，我已經換好了衣服。

風在院子裏穿梭，弄出了很大的聲響，老爹屋子的門半開著，他還沒睡下。我顧不得這些，向著黑夜裏破損的房門跨出了一步。

我轉過了好幾個街角，呼吸變得急促。我感覺殘留在腦海中的：「我為什麼為了二弟在夜路上奔走」的情緒很快地就消融在黑暗裏。

一隻狗從路邊蹭了過來，朝我呲了一下嘴，我被牠的鬼樣子嚇了一跳。待我走出了好遠，回頭一看，牠衝我有些戀戀不捨地搖著尾巴。

風停了，露出清真寺還有其他建築物灰暗的輪廓。走出好遠，我差點忘掉剛才是在什麼地方了，好像是一個破落的舊車庫，牆漆剝落，到處蒙著灰。

這時天空中有一大片灰雲在移動，不偏不倚地剛好停在這個舊車庫的上空，那片雲的形狀有點像是人臉的樣子，是一副鬼頭鬼腦的，口眼歪斜的人臉的樣子。

我有些慌亂。

從門縫裏，我看到大狗正在一盞昏燈下瘋瘋癲癲，屋子裏面正冒著滾滾的濃煙，這股煙正是來自於牆角土灶上的一口大鐵鍋。白熾燈在頭頂上嘶嘶作響。二弟正和一個女人圍在土灶旁，臉上被熏出了一種奇怪的顏色。

遠遠看上去，屋子裏像是一個躲藏鬼魂的地方。

隔著門縫，那個撈沙女人向我展示著她的側面：頭上包著顏色如茄子紫一樣的破頭巾，耳邊插了一枝乾枯的玉米纓子，遮住了她的小半邊臉，真看不出她還是一個愛美的女人。

車庫裏凌亂不堪。一張花氈鋪在地上，被子裹成了一團。屋子裏燈影黯淡，沒有人說話，這使得大狗的喘息聲格外清楚。

二弟有時候突然在屋子裏來回走動，叉著腰，斑駁的石灰牆上映出他模糊的人形。撈沙女人一直注視著牆上的影子，好像很關心他的內心活動。

現在，我看見二弟先是拔去染料瓶上面的塞子，吃力地舉起來，稠稠的看不出顏色的液體在瓶身裏晃動著，然後嘩地一下，倒入了滾著紅色染料的大鐵鍋中，一縷白色的蒸氣頓時糊了他的視線。

他愣了一下，好像還沒理解這意味著什麼。好像他只是在這裏玩耍，像個小孩子一樣狂熱地到處拍拍打打。

真是這樣的。

看他蹲在地上，把手伸進脖子裏抓癢的動作就十足像是一個壞孩子。可看他笨手笨腳，臉上有疤痕，眼睛充血一樣的血紅，走起路來像個老年人那樣一拐一拐的──又覺得，他比實際的年齡要老得多。

我幾乎是帶著有些厭惡的神情打量著他。

興許是我嘴角的一抹冷笑發出了聲音，隨著二弟厲聲喝道：

「誰在那裏？」

一股動物在興奮時發出的熱氣，並伴著呼哧呼哧的聲音一下子撲到了木門跟前。大狗敏感得像隻兔子，能聽見好多細小的聲音。現在，牠解除了青蛙一樣慣於蹲坐的姿勢，在破殘的縫隙處，很得意地嗅著我的臉。而我，就像被凍僵了似的，在昏暗的夜色之下，內心的畏懼無處掩蓋。

門打開了，二弟像看一件贓物一樣，好像他早已算好了我一定會來。他輕蔑地看著我，猛地朝地下吐出了一口濃痰：

「臭丫頭，你敢偷看。」

就在那一刻，我被他一拳打翻在地，被一種說不出的疼燒灼著，卻動不了，只能嗅著地下的塵土。

我趴在地上，仰頭看著二弟，這樣的一刻，他的身體裏好像藏著個魔獸。他的腿不僅是畸形而醜陋的，連同他的眼睛裏也在冒出來一顆顆的疣。我看見他的雙手攤開，手指滴落下來暗紅色的染料，像血。

在這個粗陋的庫房裏，到處聞到一股腐爛的味道。

我的腦子裏空白一片，就好像大地上某一個動作翻轉了過來，連同天空及星辰。所有我以為熟悉的東西，一下子變得陌生起來，卻又是一種無法承受的清醒：幾分鐘以後，我在模糊的疲憊中感到了一種隱隱的疼痛。它在哪裏？我用十根手指在身上開始尋找，可我的肉體如此龐大，布滿了起伏的溝壑，我不知疼痛這個小動物藏身何處。

最後，我發現傷口是在右臂上角。傷口很淺，血已停止流淌。

傾刻間，某種硬狠的、犀利的東西我的身上形成。我直視著他的眼睛，不再害怕了。好像某種東西終於在我的身上斷裂掉。

我一把推開了他，打直身體，連一秒鐘也不願意耽擱，就衝向了大路。

第七章

預感

1

白水河是一條我從小就深感誘惑的河。河裏有水，有泥沙，河灘裏除了到處是扁的、圓的卵石，還暗藏玉石。

即使是夏天，河裏的水也是涼的。光腳踏在石頭上，腳底一陣酥癢感沿著腳板向上，不一會兒，全身都吸進了河裏潮濕的泥腥氣。小心地伸腳一點一點地往前探去，水流激蕩，漩渦迅急。

一天，古在河灘上，遇見了一個有豐富經驗的撿玉人買買提‧伊明。

他告訴古，他們一般會很注意拾玉的地點和行進方向，而找玉的地點一般都在河道內側的河灘或階地，河道由窄變寬的緩流處和河心沙石灘上方的外緣，這些地方都是水流的由急變緩處，在洪水過後都有利於玉石的停留。

而且，拾玉行進的方向最好是自上游向下遊行進，以使目光與卵石傾斜面垂直，這樣易於發現玉石；但最主要的是要隨太陽的方位而變換方向，一般要背向太陽，眼睛才不會受陽光的刺激而又能較清楚地斷定卵石的光澤和顏色。

他說，鑑於崑崙山北坡河流的方向，主體自南而北，所以拾玉的最佳時間在上午。

不過，在古看來，水中的道路和陸地上的道路是完全不同的，地上的路人們可以用腳感知，可以用自己的眼睛直接看到，並判斷出道路的走向。儘管不斷猶豫，不斷選擇，但仍知道它通向何方。

但是，一條河流之上的道路卻是隱秘的。

它將自己的一切都隱藏起來，其最終目的就是為了躲避人的尋找。因為水中的道路從來就不是固定不變的。一個撿玉人必須有穿透波瀾的能力，憑著天賦、直覺、經驗……將目光直抵河流的底部，看清每一個狹窄縫隙的每一塊石頭。

　　一個採玉人終其一生將自己的全部投放其中，但仍然不能完全看清河流之下所隱藏的玄機。

　　在巴札上，我聽有個維吾爾族老漢和一群人閒諞，說是自己從前太年輕，眼力淺。曾哪月哪天在河壩子上走著走著，一腳踢出個好看的有紅有白的大石頭來，他想，這是個玉石吧，可是手裏拿著個砍頭鏝嘛，很沉的。還是回家種地要緊，反正這玩意兒在水裏多得是，哪天等手閒了再撿也不遲。

　　可是，還真的是遲了。

　　關於這條豐饒的玉河被瘋狂開採，那是上個世紀九十年代末以後的事了。

　　據說那一年，有一夥人來此，不知是出於什麼目地，在河灘上開始了挖掘，結果挖出來好多又白又紅、色彩詭異的玉石。

　　風聲很快傳了出去。

　　一下子，和田城裏，外地人和外地的車子多了起來，從前那輛紅色的，每週來往一次的紅色長途汽車早沒了蹤跡。而我，對外地人沒以前那樣懷著深厚的好奇心了。

　　可是，我喜歡在一個地方發呆的惡習卻一點也沒有變。

　　——有時，我倚在和田大橋的欄杆上，觀察從天上落下來的塵土是如何改變路面的紋理；移動的雲是怎樣迅速地在地面上投下陰影。

　　在河灘上，我看著喧鬧的人群，他們的聲音一會兒高，一會兒低，像是一群在菜花田裏的蜂群，嗡嗡嗡嗡地響成一片，具有一種明顯的侵略性。

　　不一會兒，我發現離自己不遠處也有幾個女孩子很興奮地往人群裏瞟，吱吱偷笑，還指指點點的，順從的臉上閃過一絲令我陌生的表情，好像和他們是同謀。

　　我認得她們，都是黑水村扶貧縫紉班的。我想我再過幾年，也會是她們其中的一個，就忍不住地朝她們討好地笑笑。

　　你也是來撿玉石的吧，沒有值錢的啦。你的手套呢？你的鐵鍬呢？

　　一個維吾爾族男人半蹲在地上，頭戴一頂氈帽，鬍子長而亂，看不出年齡，他斜眼看我的目光，一半是邪惡，另一半卻溫暖。

　　我搖搖頭，嚥下了諸多話語。

　　聽說這些在河灘挖玉的外地人中，有一個從河南來的漢族人，來了還不到一個月，就拐了一個當地的一個賣菜的女人跑了，我見過他們。

　　我有幾次經過那裏，總是聽到他用疲憊的嗓音訴說著從早到晚採玉的艱難，淡淡一笑的時候神情苦澀，她在一旁聽著，嘴裏發出誇張的驚歎聲。他穿著一條短褲衩，刺眼的陽光照射在他黝黑的脊背上，看上去很油膩。

　　他走了以後，她也隨之不見了。

　　奇怪的是，這個古怪的女人在人為的神秘裏離開了和田，並沒有給別人留下什麼話題。很快，人們把這件事情忘記了。

　　又過了一年，初秋剛剛到來的時候，這個女人又回來了。她是一個人。每天都來到白水河撈沙。天色暗下來，早已沒有水的白水河縈繞升騰起淡淡的霧氣。

　　她看到古，並走近了這個瘦削蒼白的漢族男人。她屏住氣，用一種連自己都陌生的聲音清晰冷靜地說：「我認識你。」

　　他驚愕了一下，看著她，像在努力搜尋他的記憶，搖搖頭：「我不認識你。」

　　「我認識你。」

　　撈沙女人惡狠狠的朝他走進了一步。她的聲音像一種奇怪的物質，在瞬間就製造出一個空間，籠罩著古，讓他感到無所適從：

　　「我不知道你在說什麼。」

　　那件事本來是一個懸念，而如今卻成了一個結局：她出現幻覺，認錯人了。

　　直到黃濁的白水河像一塊用舊的布一樣稀薄，又瞬間被此起彼伏的挖掘聲切斷了。

　　那天下午，二弟在河灘上，即便是在遠處，也可以看見河道裏的那些採玉人在爭搶地盤的身影，遠遠看著像是一群奪食的野獸。

　　看著這些起起伏伏的挖玉的外地人，看著他們狼一樣嚥下食物的樣子，不禁微微一笑，一種深深的不安以及羞恥感使他在這些人的神情中辨認出了自己。他熟悉他們，熟悉那些被沙漠的風吹透的身體，像餓鬼一樣單薄，站立不穩的身體。

　　在這些悲苦的挖玉人身上，甚至也渴望感受那股暖流。

　　沒有人注意到，落日的紅光，正把他們以及身上的影子送往無名的各處。曾經被誤解的眼神，現在都得到了和解。

2

　　冬天來了。

　　冬天帶來了晝短夜長的日子，有人眼睛昏濛，有人發燒，有人凍壞了腳。傷病此起彼伏。

　　這個時候，人們帶著一絲寒意、厭煩的神情在路上慢慢行走，冬天的最初跡象已降臨在他們的身上。行人不多，給人一種郊區的感覺。只有幾個金髮碧眼的老外在玉石巴札上昂首闊步，像外省來的採購員一樣充滿好奇。

　　從前，要是在巴札上遇見他們，我會跟著他們走好遠，看看他們的帽子、鞋子，聽一聽他們和我們不一樣的口音。這是我從小一貫的小把戲。

　　可現在，我已不再那樣了。我苦於無法說出這種感受。

　　關於和田的這個蕭瑟冬天的早晨，並不是一個適宜傾訴的秘密季候。在這樣的早晨，天空應當是紫色的，可能還有剛出生的螟蟲在低空飛行。

　　這樣的早晨適合做各式各樣的夢，譬如奶茶店的女主人會做液態的夢，賣烤肉串的夥計會做草原的夢，總是穿著綠色解放鞋在白水河旁兜售玉石的少年會做河流的夢。

　　還有在大街上走過的男人、女人，會夢見彼此身上不同的器官，而那些器官是沒有機能的，它們恰恰就像是那兒的擺設。

　　冷空氣帶來入冬的第一場雪，舊花氈已太單薄，凍得我無法入睡，但不管怎麼說，面對我的那雙帶有探尋意味的眼睛，老爹很自然地將這場即將到來的敘述賦予了一種襯托性，而聽者必須處於一個恰當的位置。

　　可老爹並不是一個好的敘述者。當他猛的吸了一口菸後琢磨著如何開頭，他是這樣說的：你知道那大狗身上藏著啥秘密嗎？

　　我把頭轉向他，想聽他說下去。可他卻把嘴巴緊緊閉住了。我不知道他還要沉默多久，就流露出了一臉的不耐煩，把手伸進衣服領子裏抓癢。他看我這樣，更得意了。

　　我很不高興地走到外邊，才發現空氣是真的好，冷風一吹，打個顫，腦子裏的疲勞就消失了。

　　還有，就是我好像不再像從前那樣喜歡出門了，每到這個時候，我特別的懶，特別的能睡，這一天，我一睡就睡到了第二天太陽升高，醒來的時候，看見老爹在院子裏灑水。

今天是個特殊的日子，從明天開始，就正式地進入封齋月了。

這麼隆重的日子，老爹自然很看重，早早叫了我起床，灑水，打掃庭院，說是請了一位清真寺的阿訇來家裏誦經，待全家舉唸後，就正式封齋了。

老爹對我說了，我是小輩，可以不封齋。但是要我約束下自己的行徑，為自己討些饒恕。他說這話的時候，眼睛裏卻看著二弟。

我其實也在盼著今天。我等阿訇來，是要問問他：像我這樣多疑不信的人，會不會得到好的報償呢？

老爹在下午五點的時候結束了他的活兒，去清真寺做禮拜了，喊喚真主的聲音伴隨著涼風吹來，空氣中有一股潮絲絲的氣味。

五是一個吉祥的數字。我們這個民族特別喜歡五，對此都心領神會。好像這個數字會千變萬化，衍生出種種的可能性來。

這一年冬天，我家裏同時發生了兩件大事：

一件是那個老實本分的老爹突然中風，另一件事更加離奇：在我家大狗的右腿裏，剜出一枚古玉蟬，隨後，這枚古玉蟬及大狗又隨著二弟神秘失蹤。只不過，第二件事出現得要晚一些——也不算晚，兩件事前後相隔才三天，它們挨得近，所以顯得親密無間。

那時我還小，但是還能記下很多事情，當周圍的人對著我指指戳戳的，我不知道這件事為什麼會這樣而不會那樣，沒有人給我解釋，每件事都可能有著各自的局限。

到後來，我覺得這兩件事實際上應該算是同一件事，兩者之間的微妙聯繫在這裏不便細說。

直到一個有月亮的晚上，屋子裏的燈突然滅了，隨即院子裏傳來一陣慌亂的腳步聲，然後是令人心悸的敲門聲。那咚咚的響聲使支撐房子的木料發出吱吱咯咯的聲響。我躺在毯子下面，臉上不禁露出了笑容：

「老爹呀，我倒要看看你如何收場。」

3

過了封齋節，我連著好幾個星期，都再沒見過二弟了。

今天早晨，我碰到了一件奇事。我在巴札的「烤卡瓦」的小攤上遇到了二弟，是他一個人。身邊居然沒有大狗，也沒有撈沙女人。

當時，他背對著我，專心地啃一塊烤得焦黃的「卡瓦」，一邊用他的後腦勺和我打招呼。好些天沒見，他沒變，輪廓還是舊的。腦袋又細又長，腦門上一隻碗大的禿頂，從後面看，就像一隻破了的毛襪子，露出了後腳跟。我有些取笑。

他轉過頭，用一種我能心領神會的聲音叫住我，我假裝沒聽見，可心裏卻是得意的，覺得他似乎要主動承認他那幾個星期失蹤的秘密。

我說好巧啊，你去哪裏了？

二弟說了一句：你別管了。我今天回去。說完，就從我的眼前消失了。讓我感覺到那個早晨是古怪的，周圍的空氣，包括眼神都變了漸漸變了味道。

二弟回到家的那天晚上，他並沒有睡去。大狗在他回來的時候汪汪叫了幾聲，狗叫聲和月光一起透過窗玻璃來到他的床上。

狗叫聲之後很長的的寂靜裏，老爹準確地預感到他將要大禍臨頭了。

他最後的話從牙縫裏擠了出來：

「要出事的。」聲音低低的，像是一句危險的咒語。我感覺老爹一定知道了二弟的什麼事情。可他沒說。

院子裏沒人。

大狗與平時有些不同，看起來比從前大了些。

早晨，老爹去看那狗，沒有太陽，院子裏灰濛濛的，大狗半臥在一角，像一個靜物，與黯淡的光線融為了一體。他蹲下身來，揪了一下牠的尾巴，大狗轉了一下牠的脖子，眼睛黑亮地看著二弟。

「這麼沒精神，是沒吃沒喝嗎？」他一邊說一邊掰開大狗的嘴，用手觸摸牠帶著熱氣的舌頭，發現牠的下牙床豁了一個大洞。至少有兩顆門牙不見了。

他的心裏一緊：

「真的是牙掉了。是被人打掉的嗎？」他一邊說著，另一隻手在狗身上慢慢往下順，順到了大狗右腿部，心事滿腹地揉搓起來。

大狗「嗚」了一聲，很微妙地昂了一下頭。

「真是可憐啊，是誰打掉的？」他的聲音很輕柔，沒有一絲火氣。他的手在狗腿部的反覆揉搓中停了下來，他摸到了一個像骨節一樣的東西，小而硬。他笑了，繃不住的細微笑聲剛好遇到了大狗猶疑的目光。

大狗晃了晃牠的頭，用嘴巴輕輕地拱了一下他的腿，又「嗚」了一聲，這一聲要比上一聲彎曲一些，彷彿在表示牠的懷疑。

「沒事了。」

老爹親熱地拍了拍大狗的頭。

後來，關於大狗的身上藏著一塊古玉蟬的說法是從老爹的嘴巴裏誕生的。

每一年春天陽光發芽時，老爹無疑是最忙碌的老人。正如我的想像，他的嘴是一口神奇的地窖，儲存著和田的秘密。他是怎麼發現大狗的腿上有異物的？我不知道。

可每次看見二弟，我都想跟他打架，想把他拖到沙漠邊緣的某個風口處，把他徹底風乾。

下午，二弟，這個可惡的蛾子不知從哪裏冒了出來。我懷疑是從牆縫裏。自從大狗死了以後，我相信什麼都有可能發生。你會在糞坑裏掏出個小人，牆洞裏挖出個金條。

就像現在，狗腿上居然會真的摸出個古玉蟬來。

二弟說他從喀什帶回了一把刀子，木質的刀柄上鑲著細碎的紅藍假寶石。在陽光下很閃爍。他說，這種刀子是南疆英吉沙縣的維

吾爾族人做的，這一話題讓我來了興趣。

可老爹只對大狗感興趣。

老爹說這個玉蟬的糖色是狗的血浸染的，也可以是任一件活物。

那真是個獨門秘訣，太玄妙了。

先割狗腿皮，不讓它出血，趁熱把玉石塞進半軟半硬的肉裏，用線縫死，過上好幾年取出來，就有了血絲一樣的糖色

——他及時糾正了我：土花血斑。

忽然，我明白那個禁忌了。大狗是花招，是詭計。大狗從小就攜帶這驚人的秘密，難怪牠一直體力不支。

真是石破天驚的一刻。

這個秘密一下子溢出，湧過了房間。他的目光掠過我的頭頂，呆呆地望著濕熱的空氣，真猜不到他在想些什麼。

我的頸部一陣發熱。

有好幾分鐘，我像棍子一樣僵硬地躺在地上，呼吸著沙地上釋放出來的潮濕氣味。

又過了幾天，我在屋子裏睡得迷迷糊糊，忽然聽見一種奇怪的嗚咽聲從院子裏逼近房間。這聲音又尖又重，很怪誕，讓人聽不出是什麼東西發出的。好像一個怪物正張開牠黑洞洞的大嘴，憋足了力量從院子裏撲上來，一言不發地蹲在我的窗口。

又是一陣相仿的聲音。

我喊了一聲：「誰？」

沒有人應聲，我的聲音被不斷落下的塵土所吸收。我喊的時候又聽見了一聲嚎叫。我聽出來這是動物的叫聲，好像是狗的叫聲。但不是大狗。

一定是發生了什麼事。

我朝著有聲響的方向衝出門去。

院子裏只有二弟。他看也不看我說：我把狗收拾掉了。

不會是大狗吧。我有些不相信地問。

不是。這狗是我在巴札上「掏」來的。

他說：牠吐白沫子了，很白。

二弟一直蹲在地上背對著我，狗的一隻血肉模糊的腳駭然地從他的身子底下露了出來，土黃色的皮毛上沾滿了泥水與血水，像一隻孤立的器官，僵硬，深受損害。牠就這樣出現在我的視線中，喚起我憐憫的情感。

牠每叫一聲，牠的腳就隨之抽搐一下，好像叫聲是從這隻孤伶伶的腳底發出的。我側了側身，看清楚了，不是大狗。

二弟說：狗不動了。

一灘血，幾塊碎石，加上狂亂的蹄印兒，一切再清楚不過了。血沫從無頭的喉管裏汩汩冒出，滲到地面，這身首異處後的寂靜令人顫慄，又令人著迷。

如果可能，我真想看一下慢鏡頭，看這一切是如何完成的。

看這條狗被殺之前的最後一刻，是怎樣使勁抽了抽鼻子，臉上露出孩子似的微笑，好像要招人疼愛。

因了這隻狗，我連續做了好幾天的噩夢，夢見二弟走在路上，背後被人打了一槍，身體一彈，就倒在了地上，在子彈衝進肉體的洞口處，我竟無恥地聞到了一股肉香。垂死的時候，他的眼神竟有一種柔軟的力量。

他一定感覺到了我的恐懼。

他慢慢轉過身來，朝我這邊看，又好像是在看我身後的什麼東西。這時，大狗叫了起來，聲音裏含有某種疑問，尾巴在地上畫著圈兒，過了一會兒，他和牠都不見了。

我停了一會兒，走到他剛站過的地方，幾隻灰鴿子在院牆上咕咕叫著，不動的時候，像泥塑的玩具。我眯起眼睛看著牠們，試圖想看

到他，似乎想看清哪一隻鳥兒的眼睛裏有他，一會兒，鴿子們都齊齊飛了起來，其中的一隻轉過頭來，先用一隻眼睛看我，然後用另一隻。

讓我相信，每個人的身體裏都有另外一條命，在有些意想不到的時候，會以鬼的面目跳出你的身體。

正是二弟這隻蒼蠅，比大狗更像條狗一樣地自由自在。不知道他現在搞什麼鬼。老爹老想插手他的閒事，去阻礙他漏洞百出的計畫。

噯，老爹是錯的，他不懂得罪惡是多麼地有益身心。

看得出來，老爹對二弟也感到了厭惡，不想看見他，不想承認他還是個人。他盼望著他離自己遠些，此刻，現在。

要麼死去。若是他真的要死去，那麼，在他臨死之前，老爹才想到要去看他。他對他的外形似乎不怎麼感興趣，他只想看到他的眼睛，然後，把自己全部的厭惡滴到他的眼睛裏去，傾泄到他的垂死掙扎中去。

直到他真正的離去。

想到這裏，老爹推開碗，轉身進屋，這沉鬱、巨大的憤怒像一塊化不掉的烏雲一樣地壓在他的心頭。

二弟的屋子很黑，只有從窗子裏漏下一道亮光。他用手抹了一下桌子上的灰，慢慢地，他的情緒起了一些變化。二弟睡著了，他好不容易回趟家。

現在，他粗俗的呼嚕聲在屋子裏不加掩飾地迴響著，身子底下的已看不出顏色的花氈上，倒扣著的一頂黑色羊羔皮的帽沿上，有一個像是被菸頭燙出來的一個小破洞，像一隻睜著的眼睛那樣在向他發出哀訴。

老爹撿起帽子，拿在手裏，呆呆地看了好一會兒，這麼多年了，還是第一次仔仔細細地打量著二弟。他的眼睛停留在二弟髒汙的鼻尖上，剛才那股積了好久的怨氣不知不覺地消失了。

老爹把帽子放到原處，從二弟房間裏走了出去，這個晚上他第一次獲得了安全感。在二弟小的時候，他也有過這樣的感受。那時他有多小呢，也就是六七歲的樣子，他在河灘的沙地裏，頭朝地倒下去，又自己爬起來，嘴裏喊道：

「老爹，瞧我呀，」說完再倒下去，再爬起來，一遍一遍地玩這種跌倒與叫人的遊戲。

現在，他突然回想到了這一切，很顯然，在他對二弟複雜的感情裏，既混雜著怨恨，也混雜著哀傷。

4

在那些日子，關於女兒古麗的事，關於古，這個來自外省的漢人，古麗的母親實在是受不了別人的閒言碎語，到底是發了一次瘋。

其實古和古麗的事，她本來什麼也不知道的，但是她好像突然從某一天起，開始注意到古麗說話的方式：她說起話來遮遮掩掩的，比以前講話似乎要慢得多。好像她的周圍出現了某種異常的氣氛，一種令她感到恐懼的事情把她給牽連進去了。

這是她的女兒，她怎能閉口不談呢？她將受人恥笑，不受伊斯蘭社會所容。

她將嫁不出去。

終於有一天，在太陽的顏色變深的時候，古麗進家門了，臉上的笑容還沒有完全擴散，從古麗母親的角度看去，這是一個像蜜糖一樣的小人兒，一點瑕疵都容不下。但是她一眼看得出來，破綻已經有了。

她低吼了一聲，把古麗狠狠地推到牆角，聞她的頭髮，又把她的衣服剝光後，一把扯下她的內褲，像是在找什麼可怕的汙跡。母親看著她的眼睛，古麗想，一定是哪裏出了天大的差錯，母親從來沒有用這樣的一種眼神，這樣惡狠狠地看她。

當然什麼也沒有。

只有她的赤裸的身體坦白地站在她的跟前，與她的眼睛、面孔乃至呼吸一起，繼續謊話連篇。

黃昏將盡，夜風一點也不硬，帶著這個沙漠小城的陳舊氣息。地上到處都是落葉，踩在腳下沙沙響，這個小城因而顯得有些破損。

可是，我的心裏卻高興得很，因為我的身邊走著古，還有古麗。因為那天，古麗是偷偷跑出來的，額頭上還有被母親的手指抓過的痕跡，只是頭髮擋住了，古不知道。

那天，和田大街上走著好多的人，看打瓜遊戲的人、東張西望的人、在烤羊肉攤上又推又搡的人。

夜涼下來，無人相識的街道兩旁，破舊的漏石灰的房屋前，晾衣繩掛著空蕩的衣服的影子。葵花地在遠處農田裏喁喁私語，有些庭院的門是開著的。紅柳枝鋪成的屋頂上，幾根細電線交錯在煙囱灰黑色的輕煙和越來越濃的黃昏的餘輝中。那些屋子裏亮著光，帶著睡眠前惺忪貧困的人體的氣息。

摩托車突突突地從身邊駛過，捲起一團灰色的灰塵。我的白色棉衫在越來越濃的黑暗中閃著微光。

夏天的夜晚太安靜，太馴服了。像露珠兒一樣豐盈，又像蜜汁一樣濃稠，帶著一絲絲奇異感人的光澤。

我等待即將發生的事情。

我們三個人慢慢地走，什麼也不看，什麼也不找，就這樣走在長長的、有些破損的和田大橋上。在橋頭，一個賣水果的小推車在我們的前面走走停停，讓我們驚喜。

「香蕉啊。」

古麗的腿一跳，半個身子幾乎要撲到了小推車上。

一九八三年，在和田的大街上出現香蕉這樣來自南方的水果還是一件新鮮事，都是來自內地的漢族人推著小車在賣。一串串黃銅色的香蕉帶著腐爛前的酒糟味，但裏面畢竟是香甜的。

她回過頭來，用眼睛瞧他。這些日子，古麗的容貌似乎也在發生著某種變化。她的身體快要熟透了，好像一部分的青春從她的肉身上退去了，她的神情中有一種慵懶的，不，是空洞的甜蜜。

古從口袋裏搜出零錢，硬幣，帶著有些輕蔑的神情看著水果販子在昏黃的路燈下數。然後挑了個最有形狀的剝開，伸到她的嘴邊，古麗其實很高興，卻又裝作有些嫌棄地笑笑，三兩口就吃完了。

一股涼風吹到臉上，我忍不住地笑出聲來。

這笑聲好像是我跟她的一種和解。

成年後，我想起了她：古麗對我而言，到底意味著什麼呢？一個曾逝去的詩意青春的幻象？還是一個生澀的不和諧的，潛在的同性愛人？

我不知道。

走到路邊連排的小吃店跟前，我在公路上遠遠地發現了一個搖擺著的人影。不，是兩個。前面一個跛著腳，緊貼在後面一個也跛著腳，在我們的前面像兩個連體人一樣，一會兒重合，一會兒分開地往前移動，形狀很是腫大。他們走著走著又不動了，彎下腰，好像腿被什麼給卡住了。過了一會兒，又慢慢往前挪動了，很是奇異。

待走近了，我認出來前面的人是二弟，後面的人是撈沙女人。認出她來是因為她身上的那件剛撿來的的衣服，肥大古怪，髒脖頸從衣領中裸出來。

她好像還回頭看了我們一眼，就這一眼，二弟突然重重地把手甩了出去，狠拍了一下她的頭，還大聲罵了一句什麼髒話，撈沙女人低聲回嘴，二弟又用更高的聲音罵了回去：

「蠢貨，去死。」

撈沙女人突然傻笑了起來，還回過頭往我們這兒看。

我第一次看見她的臉像冬天結冰的湖一樣白而滑。死人似的臉，好像她的血已經離開她到別的地方去了。

樣子真是蠢。

正巧，一陣風把烏雲趕了過來，風速熱烈，天空暗了幾秒。我從小吃店的玻璃窗子裏看到了自己的臉，還有古和古麗的臉，他，還有她，也都在笑。天在瞬間又亮了起來。

我為古，還有古麗他倆的笑嚇了一跳：

「蠢貨，去死。」

這句惡毒的話，是在罵誰呢？

這句話像鐵釘一樣砸進了我的腦袋。以後，再看到撈沙女人，我的心裏只有這句話，並牢牢地被這句話抓住了。

不過那天，我們三個人第一次在街上待到很晚。

在街頭的雜貨店門前，古正和幾個剛來和田的外地人在一起瞎聊，其中有一個人說他想留在和田做服裝生意，還有一個人想批發玉石開店。古笑了，說你們有所不知，和田的沙塵暴是很屬害的。

看到沒幾個人知道沙塵暴的事，古不免得意起來：

「知道嗎？你知道嗎？沙塵暴一來，河裏的水都要倒流，房子像紙摺的一樣全部倒塌。」

他回過頭，用手指了指街對面的烤包子店：「人要是遇上了沙塵暴，被它沖一沖，眼珠子都要掉下來，前胸後背貼在一起，比風乾的羊肉還乾，狗都不啃一口。」

旁邊的人聽得眼睛有些發定，他補充了一句：「我──不騙你。」

這樣的話他也給古麗說過了。

她嚇壞了，為這個莫須有的傳聞產生了擔憂：

「要是沙塵暴真來了可怎麼辦，一點準備也沒有。」

他安慰她：「沒關係的，現在還不是好好的，你放心，過不了幾年，我們就離開這裏，到南方去，到一個沒有沙塵暴的地方去住。」

聽起來很戰亂，好像是要遠離戰火和硝煙。

當天夜裏，還真的颳起了風，夜間的沙暴帶來寒意，不送來任何芳香。只聽見外頭一陣陣怪怪的嚎叫，窗玻璃紛紛墜落，碰在牆上，泥地上，一陣亂響。

可是風颳過就颳過了，大風過後，河裏的水淺了些，河灘的邊沿高了些，岸上的樹歪了些，很快大家又都習慣了。

買買提家的烤包子店還是老樣子，很安全。只不過窗口上釘死的木板被風颳落，窗子沒了遮攔，往裏看，像年邁的老人缺了滿嘴的牙，黑黝黝的。

大風過後，整個和田城灰頭土臉的，房屋、街道，和在其中走動的人還有牲畜，都像皮影一樣地機械。他們的神情無比沮喪。

大風過後，樹木上紮滿了白色的塑膠袋、手紙、破爛襪子和衣衫。在氾濫的大風中，只有它們像爪子緊緊摳得住樹枝，這其中的細節我樂意細數。

第八章

溺水

1

每年，白水河消水漲水，只是這次，水面沒有起伏，像是死水，上面還漂著層層落葉，滿眼枯黃，看起來河道很浮腫。

在夜晚，很多徵兆都是跟月亮連在一起的。白水河上空的月光，它一年一年地照徹河水、樹木，把它們照得古舊，最後把舊舊的東西浸到事物的背面。但這一夜，月亮大而明亮，散發出一種罕有的礦物質的光澤。

不久之後，仍然是這條河，充當了一個事件高潮的背景。

2

那是古來到和田第二個夏天的某一個酷熱難當的夜晚，剛下過一陣小雨，黃昏已盡。

古和古麗一起來到河壩子上。

「下河吧。」

他說。一邊把褲角捲起，一腳踩下去，光腳就站在了水裏。河水不緊不慢地流著，一會兒就到了河的中央。

古麗站在河水裏看了一下自己被河水泡得發白的腳，捲起的裙角全都濕透了。水中的一些細草纏著她的腳，她的脊背有一些發冷。

不過，古麗還是堅持著，向河的中心走去，在河水中裸露濕漉漉的小腿。星光映照河水，就好像月光在照亮她的膚色。

在當地的維吾爾族的年輕姑娘中，古麗的確是夠特別的。

不僅僅是由於她出色的相貌，還有她遇到事情不管不顧的性格。比如，她為了反抗母親離家出走。那一次的離家出走並沒被人流傳下來，因為它與後面的高潮相比，那不過是一些細枝末節的片段而已。

她喜歡光著腳走路，石子路，還有土路。可她唯獨不喜歡走在河水裏，不喜歡腳底有一些涼，有一些酥癢，酥癢和涼會沿著細小

的血管爬行，一下子傳遍全身，指尖和額頭，甚至頭髮，全都酥鬆了，身體軟軟的，卻又冷硬著，全身吸進了河流的濕氣，很不舒服。

可是古，最近總是喜歡讓古麗和他一起到水裏去。也許，他想讓古麗以後可以與他熟練地在水中滑行。

可是，一提到要下河，古麗就總是很猶豫。

特別是雨後河水漲潮了之後，河面很不顯眼地高了一截，一隻不怎麼走運的雞，或者老鼠，不小心溺死了，身子乾癟癟的，隨著水流沖到了河灘上，遇見這些東西總是讓她感到噁心。

現在，古麗弓著身，站在淺水灘裏，瞪大眼睛小心前行。

頭髮和河水在月光光下一閃一閃。河水剛好沒過小腿肚子，月光能把這層水照透亮，大大小小的卵石在沙的表面臥著，像一隻隻詭異的眼睛，有的則埋到了沙層裏，把厚沙層頂得鼓鼓的。

到了亂石堆，古就看不到她了。

她已走到水半途，雙臂平舉，一邊讓身體保持平衡，一邊在慢慢地向前行進。下午的雨水淋得腳下的卵石奇滑無比。她每走一步都先踩一踩，才敢向前繼續行進。

最後，水沒過了小腿，她感到了冷，還能感到手指和小腿肚子痛，那被桑樹枝刮傷的手指，還有奔跑時跌傷的膝蓋，這會兒一起發出混合的疼痛，她感到身子很重，還傾斜著往下沉。

她害怕了，喊了一聲，沒有人應。

古上哪裏去了？

還沒等她想到答案，她就被腳下一塊光滑無比的卵石絆住了，身子一斜，就沒入到了深水裏了。水從她的嘴裏灌了進去，冰冷冷的。

隨後，她的臉消失了。

這個時候，有人依稀聽見一隻狗在河岸上的樹林子裏低低喚了一聲，像是誰在河岸上探起了身子。

牠看見古麗一聲不吭地又從河裏站起來，整個身體是那樣的新

鮮，彷彿把她的一身軀殼留在了這條河裏，又從裏面又脫出一個新的人形。

片刻後，又深深滑進水裏了。

那條大狗正是在這個時候沿著岸邊無聲無影地在跑，沒有人看見，牠像是一團自己會呼吸的灰霧，年輕的韌帶使牠的四條腿繃到了極限，也超過了極限。腿和腹部繃得直直的，誰也沒見過一條狗能把自己跑成這樣，像要把自己撕成兩半。

現在是夜晚，還沒人看見她的一隻涼鞋被水沖到了河道淺灘的卵石堆上，塑料涼鞋上的兩根白色的細帶子交叉著，它在月光下的卵石堆裏顯得突兀、不安，有一種死亡的不祥預感。

可是，古上哪裏去了？

3

那時，古正坐在河邊的一塊大岩石上，河水平靜地製造了他的另一張臉。他撿起身邊的一塊卵石，朝水中自己的這張臉砸了下去，水花四濺。慢慢地，他的那張臉又在水中復原了，周圍很安靜，只聽見水花濺起的聲音，而且水聲越來越大。他回過頭來，想看看古麗是不是又走到他身邊了。

眼前的一個從未見過的奇觀令他驚呆了：

是一群手拉著手的少女。

裸體的少女。

背對著他，正慢慢用腳蹚著河水。像一個個渾身沒有重量的幽靈，一些舉止天真而無害的小野獸，他以為是個幻覺：

她們的頭髮，身上都沾滿了濕漉漉的水氣，陰氣逼人；

她們不梳一根辮子，而是梳滿頭的辮子，既古老又古怪。光著腳在水上走，像水上的花；她們說的話不是和田的口音，哪裏的

口音都不是，她們的語言是水上的語言；她們在水中前後滑動，但身體潤滑如蠟，幾乎滴水不沾；其中一個少女還回頭看了他一眼，用柔軟的舌頭舔舔嘴唇上乾裂的細紋，目光裏閃現出小母獸一樣靈活的的光澤。而她的陰部濕漉漉的，渾身散發出一股雜有乾熱的沙漠、郊野的荊棘叢以及壯碩的月光一樣的美妙氣息。

他的眼睛無法從這個少女的身上移開。

她的長像與古麗酷似。

天空含著星星。

一粒粒星子投向人間，散發出與世隔絕的、孤寂的光亮。他沉浸在往昔——連同白水河裏的波浪、水氣、夜霧以及河裏石頭的暗影——一樣的光線、一樣的夜晚的風聲中。他好像又看見古麗頎長而肥美的裸體獨自迎著月光——她從河水中伸出的手臂還濕漉漉的，滴著水，一些落在水裏，而另一些垂落在往昔深藍的夜空中。

他站起身來，迎向幻覺中的「古麗」走去。

奇怪的是，這天晚上的月光，與他心裏的月光融為了一體。

現在，白衣人在眼前閃了一下，就沒了。

也就是片刻，這種奇異的幻象帶著一臉鬼祟的而又奇怪的表情走開了。他聽見自己一聲悠長的歎息。

如果從遠處看，死亡就像一個平常又平常的偶然落在什麼人身上的東西。他對此並無覺察。

古是在什麼時候發現她落水的？

當他終於從水流拐彎的淺灘上中找到古麗，還不到十分鐘，她的身體就變得冰涼。長長的指甲嵌入他的手腕，但他絲毫也不覺得疼。

那一刻，她雖然緊緊靠著他的身體，但卻失去了生氣。

他這樣抱著她有多久？時間好像靜止不前。

後來，他花了好些時間，才把她從自己的身體中掙脫掉。頭髮，指尖，手臂，最後是體溫。她的靈魂已然無影無蹤，消失在僵硬的軀殼中。

他摟著這個美麗的缺席者。

終於知道，他已經失去她了。

一陣風吹來了，沙棗樹靠著河水生長，鋒利的葉子割傷了水面，但又瞬間癒合了。

現在，河流恢復了它的防範之心，平靜如鏡，不出一點聲音，把他一個人隔絕在了岸邊。

4

古麗溺水的那天晚上，老爹屋子裏的燈不知被誰打開了，那是一盞還不到十五瓦的白熾燈，黯淡蒼白的光線灑在人的身體上，越發顯得貧乏至極。

這時老爹回來了，二弟跟著也進來了。院子裏，響起大狗飢餓時發出的嗚嗚聲。我不禁對著窗外看了幾眼，回過頭對老爹說：「二弟說他剛才在河壩子看到好多個光身子的女人。」

「哦，光身子的女人？」

老爹冷笑了：

「這麼好的一件事情怎麼不讓我看見？我敢說他肯定是看花了眼。」老爹敷衍似地應了一聲，好像並不想讓這個話題再深入下去。

二弟當然沒聽見我們的這段對話。

一會兒，他就迷迷糊糊地睡著了，在他睡得不踏實的夢裏，也能聽見大狗發出的嗚咽聲。這種聲音像在時時提醒牠的存在，使二弟陷入另一種猜測裏，他總覺得今天晚上一定有什麼事情發生了。

可是這種猜測像深淵一樣難以洞穿。

5

　　一個南方男人放棄了睡眠，穿著洗得發舊的灰色風衣，在深夜走向和田街頭。剛下過雨，外面瀰散著淡淡的霧氣。

　　天邊的雲一如既往地從灰白到黑暗。黑暗，攜帶著寒涼的夜氣再一次降臨。

　　和無數個相同的夜晚一樣，幾個維吾爾族孩子沿著玉河大橋緩緩而行。初秋幽涼的夜氣和河邊沙棗樹潮濕、辛辣的氣息以及長年堆積落葉的腐敗氣息混合在一起。

　　馬路口平時熟悉的草棚下有一個烤肉攤，把孜然、辣麵、熱炭混合在一起的香氣，以及含混不清的吆喝聲送到了空氣中。

　　破舊油膩的木頭桌面上，答錄機裏發出的維吾爾族民歌一直有昨夜歡笑的味道。有水霧、棗花，以及灰暗的、從未退盡的夜色的味道。

　　兩頭老掉的毛驢拴在巴札路口的木樁上，身上落滿了塵土。牠們古怪的模樣像是各種奇蹟與罪惡的混合體──只是現在，牠們都睡著了。疲倦的蹄子撐起了一個灰濛濛的世界。

　　除了不遠處河流的輕嘩聲外，別無其他。

　　偶爾，一個從他身邊搖搖晃晃走過去的一個酒鬼，噴著酒氣從他的身邊走過，臉色睏倦；還有皺著沮喪的眉頭的夜行人，各自屬於一個完全陌生的、孤立的世界。

　　他看著天邊一顆流星拖著一抹柔和的光亮，疾疾地竄入遠處的草叢。還有比流星更為絢爛的是大顆的星星，突然齊齊閃亮在夜色中，像一地碎銀。

　　「這──可能嗎？」一個聲音在遲疑的反問中低了下去。

　　「這怎麼可能呢？」

　　他的聲音最後變成了喃喃自語。

　　這時，一個少女孩子般的面容突然復活，她從過去重新顯現，在曾經藏身的黑暗以及所增添的隱匿處。

　　當他一點一點地復甦對她的回憶時，一個維吾爾族行乞者攔住了他，在夜色中緩緩向他伸出髒汙的手臂，嘴裏含糊不清地吐出一串異族人的話。這是一個普通的聲音，但也是一個他從今往後再也聽不到的聲音。

　　古不知道，當古麗落水的那一刻，她的母親突然感到胸口一陣疼痛。過了一陣兒，這種感覺就消失了。

　　當有人在夜半時分匆匆起來，向她確認古麗逝去的消息時，古麗的母親放下手中的活計，雙掌展開舉在臉前，嘴裏喃喃地說：

　　「阿敏──」就昏厥過去了。

　　待阿訇來到家裏時，古麗的家人完全按照伊斯蘭的傳統習俗，已將白布纏腰纏冠，靜候一旁。並將整座房屋都變成了悼念亡者的所在。

　　阿訇是個老年人，蓄著鬍鬚，一臉的靜穆，嘴裏唸著禱告詞，根據習俗，這樣做是為了讓剛死去的靈魂安詳地脫離肉體，升天而去，不受人類時間的無故提醒與羈絆。

　　從那以後，一連好幾天，古遠遠地退到了他們的視線以外的地方。他是異族人，可以參加他們的婚禮，但葬禮卻不行。

　　那天晚上，月亮依然蒼白得嚇人。

　　此後的好幾年裏，每逢月圓的晚上，古麗的母親就會大聲哭嚎，並且不太會控制自己的情緒。

　　她除了流淚，把自己的憤怒、傷心，都化為對自家院子裏的那幾隻雞──無理的謾罵，以腳踩、以棍擊外，另外就是對月亮的詛咒。

　　古麗下葬後接下來的那幾天，發生的事情無人目睹。然而，我寧可跳過、失去，讓這些緩慢的、酷熱的日子，這些在老爹看來視而不見、袖手旁觀的日子。

　　睡意再一次襲來。我並不歡迎它的到來，這只是一種斷斷續續的恍惚。在這種情緒中，我只是在醒著做夢，但不會真的入睡。我才十二歲，但卻像老人一樣多夢。夢中的我常常給夢外的我講一件事情。

　　我至今不記得這是件什麼事情。

　　比如有一個夢，我夢見在河灘裏翻出來兩顆石子。一個淡紅，一個羊脂白。

　　我弄丟了白的，而淡紅的那塊放久了像一小團肉，在窗臺上一副懶樣子，一副要化開的樣子。後來，到底不出我所料，它遁形了。有一天，我從夢中醒來，看見我的肚臍上有一塊圓形的淡紅色的斑。

　　是該找個「打蹤人」問一問的。

　　我替婆婆對自己說，這是一個關於情感方面的夢，主喜不主憂。因為沒給錢，她不肯說太多。

　　想到這裏，我笑了起來，我多少知道了古麗的結局。其實世間的事，就好比一個個微積分隱藏其中，只要你不懈地演算，到了最後，最終會向你接近並看到答案：古麗溺水基本上是古虛構的。

　　但是，誰會虛構這麼一個小玩意呢？

　　過了兩天，我和老爹來到古麗家那座安靜而孤立的紅柳小屋跟前，院子裏靜悄悄的，沒有一點聲響。但我好像看見她在院子裏兩棵棗樹中間，拉起一根晾衣繩，繩子上滿是骯髒破舊的濕衣服。

　　我抽開了別在門上的小木棍，進到屋子裏。沒有人，屋子裏也沒有生火，只有鋪在地上、掛在牆上的羊毛毯閃爍著微薄的光，一種很多東西在一起竊竊私語的光。

　　我叫了一聲：古麗。

　　地毯上的光一下子驚散開來，私語聲也隨之消失。

6

大狗真正的失蹤是在古麗下葬的三天之後。那天是一個很陰的天氣，空氣中充滿了塵土的氣味。

那天晚上，我在半夜裏被一泡尿憋醒，揉著惺忪的眼睛來到院子裏的樹底下撒尿，發現牆角的破氈子上是空的。大狗不見了。

「大狗呢？」

我叫了一聲，沒有人答應，我又叫了一聲，這次聲音大了些，大得有些不自然，我被嚇了一跳。一陣冷風吹過，只有那兩棵棗樹，在月光裏灑下稀裏古怪的暗影。我一下子清醒了，看了看牆上掛著的銅錶：凌晨四點半。

我摸著黑進屋，一切都很安靜，像是有人撒下了靜默的塵土似的。我突然想起來，上一次他和大狗失蹤，也是在這樣的一個晚上，這樣的一個時間。

說不出為什麼，我無法把目光從那兩棵樹上移開，好像我能從那裏面分辨出大狗神秘的眼神。

我的手裏拖著那塊紅色的羊毛氈子，在天亮之前我還需要它為我禦寒。

紅柳屋子的門在我的身後咔嗒一聲關閉了。

奇怪的是，大狗失蹤後，二弟並沒有表現出異樣的情緒來，這反倒讓我覺得，二弟是知道古玉蟬的下落的。除了大狗，二弟對我隱瞞的秘密還遠不止這些。當我想問他些什麼，他便會對我表露出敵意來。

又過了幾天，二弟從英吉沙縣帶回一把匕首，木柄上嵌滿了俗氣的彩色玻璃。這種刀子是維吾爾族男人常用的。

也許是他邪惡的性格太出名了，他回來後，在當地的人看來，他比以前更危險了。現在，誰也不敢過分地去親近他。人們認為他

邪惡，還不僅僅是因為他犯了眾所周知的幾樁具體的罪行，並以此為榮。

大狗失蹤後，二弟又一次從家裏搬了出去。再這樣下去，情況會怎樣呢？老爹在院子裏胡亂啃著一塊乾饢，一點也沒嘗出食物的滋味來，村子裏的人針對二弟已經有好多的流言蜚語了，他們說二弟已經是個惡棍了。

從玉石巴札到老爹家裏短短一段路，按以往，二弟慢吞吞地，走二十分鐘也到了。但是現在，他挪了一個多小時，也才走到白水河大橋。他的腿有些痠了，身子軟軟的，一點勁也沒有。他把自己的上半身搭在橋的水泥欄杆上，身後不斷地走過一些路人。

老爹不吭聲，捲了一根莫合菸，坐在臺階上抽著。在飄浮不定的煙霧裏，眼前這個朝自己正走過來的二弟，逐漸變了形狀，看上去，就像是老天安排在他生活裏的一樁陰謀似的。

他說起了大狗。現在，和二弟在一起的大狗不見了。

「不見了」這三個字像三個巴掌，正一下一下地往老爹的臉上摔。

誰知道以後會發生什麼事？

老爹說了他的想法，話說得破損、斷續，不，是猶豫。以至於二弟看他的目光有些輕蔑。

看著二弟得意洋洋的樣子，老爹覺得自己也已經沒啥火氣了，真不知道過去的火氣都跑哪裏去了，一定是被這個倒楣的冬天給捲走了。

他決定讓二弟搬回家來住，這樣的想法他有了不止一兩天了。

老爹拉住了二弟，黃黃的面頰抽搐了一下：「回屋去睡吧。」

「不去。我一人習慣了。」

最後，老爹目送著他，看著他拖拖遢遢，一拐一拐地從玉龍喀什河的橋上走過去。身體矮矮的，彎著腰，搭鏈搭在肩上，從後面

看活像一個小老頭。走在橋上，來往的人流很快就淹沒了他，老爹的心裏感到一陣輕鬆。

他在心裏終於承認了，他從來就沒喜歡過他。

7

古麗下葬之後，古睡了好多天，一摸他的頭，是燙的。好像時間也靜止不動了。椅子上搭著他的夾克衫，在昏暗的光線中現出模糊的形狀，兩隻袖子平平地展開，很像是一個人在禱告中突然僵在了那裏。

在老爹的指點下，我來到巴札，在維吾爾族人的草藥攤上買了幾副草藥，那些草藥用髒汙的桑皮紙包著，我將信將疑地放在鐵鍋裏煮，燒出的煙味嗆得人咳嗽，古一連昏睡了好幾天，要是真的死不了的話，那也該醒了。

那時，古正陷入一場兇惡的高燒中。腦子裏盡是一些迷亂的色彩和亂竄的線條。幾天之後，他的高燒退了下來。睜開眼睛，屋子裏沒有人，但是頭還是隱隱作疼。那晚的記憶一片模糊，好像一直有好幾個人在眼前晃動，他們的身子起起伏伏，一起朝他低了下來，情緒很激烈的樣子。有一度，他以為自己失眠了，眼睛奇癢，像是爬滿了蝨子。被高燒一激，皮膚在腐爛，好像什麼也看不見了。

從那以後的好多日子裏，古整日把自己關在屋子裏，不與任何人說話。彷彿他要通過這毫無意義的自閉，來彌補自己在河邊的疏忽。不，是錯誤。自從她淹死之後，他對一切充滿了厭惡，包括自己。

比如現在，他厭惡自己哭不出聲來。

他重新閉上了眼睛，試著在想到底發生了什麼事，那天在河灘上浮現出來的詭異景象讓他困惑不安，頭頂滲出了汗，枕頭濕了一小片，潮濕涼爽。他聽見身體的深處有一個聲音對他哀求：

「救我。」

又過了幾天，我去看望古，這麼長的時間過去，我似乎第一次與他獨處這麼長的時間。他背對著我，隨意撥弄著老爹的冬不拉。他的彈奏充滿了維吾爾族式的粗糙、緩慢。

他撥弄著琴弦，在一種我似乎聽過的旋律中。

我怕驚擾了他，在一旁待著，不發出一點聲音。

外邊漆黑一片，沙棗花腥甜膩人的味道飄進了整個房間。風吹起來，我聽見枝頭花朵墜落到黑暗中。眼下只剩下五月。在暗夜的潮濕中滋生出的腐味，是八月的味道，其中還夾雜著一年四季中的所有味道。

我在去看他的時候，他的目光有時透過窗外看那棵輕輕搖擺的楊樹的枯葉，偶爾有時也會投向我。他的病軀具有一種潔淨的雕塑之感。

看著他，不知道為什麼，對於這個漢人，我一直有著奇怪的直覺，我覺得我倆是同類。他和我就是坐在沙棗樹底下打盹的兩個人，背靠著背，有他在，我晚上睡覺的時候，也完全不做夢了。

我離開的時候，他同樣也沒有察覺。

在我走遠了之後，那旋律似乎也消失了，在靜止的狀態中凝固下來。

九月也隨之到來。

我不知道他在旋律中唱了什麼，他在吟唱中彷彿一下子脫離了某種生活的表象。這表象有如無用的外殼，顯示出真實的一面。

回家的路上，我想起他有一天對我說的話：

比如他說，自己在來和田之前，總是夢見一塊石頭緩緩沉下水面。落水的石頭覆水難收，老是夢見這樣彼此不相干的東西，讓他睡覺的時候都很警覺。不知道這與後來發生的事情有沒有關係。

直到後來，他到了和田以後，才真正發現自己就是一塊落了水的石頭。

他對我說了這些話，這些話成了我小小的寶藏。他走以後，我經常溫習他說的這個夢，以至於現在它完好如初。

現在，他的一番話讓我難過。我開始厭惡自己，厭惡到感覺自己的肉體在分分秒秒地腐爛。我還沒想到自己的死法，就感到自己的肉體在速朽。

當冰冷的石頭在他溫水般暖和的被窩中上下沉浮時，我就像一個真正的莽漢那樣跳起來，朝他大吼一聲：

「古，這樣死去過於浪費，你給我起來。」

8

如果說有誰是這個黑水村上最神秘的人，那一定就是婆婆了。後來我知道了，婆婆實際上是個薩滿。

老話說：三十斷紅，四十斷綠。可這個婆婆不算，她有五十歲了大概。可她整天穿紅掛綠的，落了個遠望。

老爹說，古病了，要請婆婆來卜個卦。

那天，天剛剛亮起來，太陽在雲層裏半升不落的，我起得特別早，睡眼惺忪地準備和老爹造訪這個神秘的女人。一路上，毛驢車走得很慢，還要不時地閃避迎面而來的大卡車，還有積水和淺坑的路。左轉，右轉，拐進了一條昏暗、潮濕的巷子。沿途是尿臊和臭水溝的氣味，一臉倦容的維吾爾族老婦人，迎著臊風和有限的晨光，眼神淡漠地看著我們從她的門前走過。

路上，還有一些相偕的行人朝著同一個方向走過去了，他們中有的是朋友，有的是家人，正是清晨，清真寺晨禱的聲音遠遠地敲在胸口上。我和老爹穿行在窄小的巷道當中，我的腳步有一些軟。

晨光中有一道令人舒適的暗。昨晚下過暴雨，街道上汪著一窪一窪的水，不過，現在水淺了些。我脫下鞋子，老爹看著我，皺起了眉頭。

不過，和老爹一起出門的一路上，我的廢話還是挺多的。

婆婆，她一個人住嗎？

嗯。一個人住。

她沒結婚嗎？沒孩子嗎？

嗯，沒孩子。

為啥沒有？她看起來好老了。

好老了。

我不甘心，又問了──那，大家都說她和我們不一樣，她是不是活神仙呢？

不是活神仙。

老爹乾咳了幾聲，笑了起來。

有那麼一會兒，我擔心我們是不是走得太遠了，不過，很快我們就放下心來，這個村子像我見過的南疆的村子一樣，房子之間彼此相連，不是屋頂相連就是樹相連，很少有單獨在一邊的。

婆婆的屋子就是單獨的，就像她也是單獨的一個人。

進了門，我飛快地掃了一眼屋子。牆角的擱板上到處都是裝滿奇怪粉末和液體的瓶子。裝著乾草枝的瓶子裏面，樹葉和樹皮都看得見，還有風乾的蟲子，用葉子捲著，讓我奇怪的是有一個瓶子，裏面的液體是紅色的，好像是來自於人身體上的，但又似乎不像。我長時間地盯著看，都有些不自在了。

婆婆面無表情地坐在毛氈子上，對我們的到來好像無動於衷。一隻皺巴巴的手拿著毛刷，從長長的衣袖裏伸出來，在氈子上拍拍打打，揮舞著，還畫著圓圈。她的扁平的胸脯緊貼著皮膚，簡直沒一點女性的特徵，讓我吃驚。

這時候，我來到婆婆的身邊，朝她攤開了手掌，它在瞬間又變成了普通的手，手掌上布滿了紋線，有表示過去、現在和未來的紋路──它們之間相互交錯、重合。我必須借助神力才能解讀它們的涵義。

首要的事情是，我必須把自己放置到神的語言中。

「手伸直。」

婆婆的聲音落了地，低低說了一句什麼，我沒聽清楚。我讓她再說一遍，她不再說了。

讓人感到既神秘又掃興。

我走出她的家門，走上了來時的那條小路。那條小路在微明的清晨猶豫地向前伸長，我走著，心裏重新響起她的話語。她的話語和我的話語碰到了一起，就像兩片碰到一起的樹葉一樣，在我前行的路上響著同樣的聲音。

一座村莊在不遠處等待著我，村口有兩棵老桑樹，還有一個人坐在樹下，等著我。

是老爹。

那後來的一段時間，我的手掌緊閉成一團，手心裏總是攥著一顆石子兒，像一枚暗器。我的手夾緊了它，向旁人伸過來的時候，誰也不能察覺。

婆婆來的時候是一個黃昏。

一條仍然是看不出顏色的拼布裙子緊貼著她的腿，她弓身在門口。沒人看見她的到來。她的臉上滿是刺青，帶著僵硬的線條，如同一個巫師一樣，在她的臉上咧開了一個大大的缺了齒的笑容。

「艾孜乃沃里，」（「回來」的意思，古突厥語）我奇怪著，這時還會有如此清醒的聲音。回頭去看，一個模樣古怪的影子擋在了門口，半個身子是陽光，半個身子是陰影。門口躺著一隻睡著了的黑狗，蜷著髒汙的身子。

「艾孜乃沃里，」她用剛才一模一樣的聲音重複。是「打蹤人」婆婆。她的身上斜披了一條看不出顏色的薄氈子，我想笑。看見老爹朝我貓眼一樣迅速聚了一道光，就忍著了。

「你說的啥？」我問了她一句。

一根粗大的莫合菸捲夾在她骨節嶙峋的三指、四指間。聽到有人在問她話，她的嘴裏噴出一股粗重的菸氣。

「艾孜乃沃里，」她的又不動聲色地說了一遍，聲音單調平板，傳遞出一種奇怪的啟示。

　　婆婆的薩滿儀式是在我家的院子裏進行的，沒幾個人圍觀。古躺在床上，眼睛睜著，在遠遠的地方發呆，好像對這件事情不怎麼感興趣似的。

　　婆婆傲慢地看了一眼樹，就像是打量一個灰頭土臉的人一樣，說，要等天完全黑透了，才能點火。

　　黑夜降臨了。

　　婆婆走到了屋子的場地中間，她身上的氣場十分強烈，她往那兒一站我們都感覺到了。她古怪的、層層疊疊的看不出什麼顏色的衣服，還有她更加古怪的動作，讓我心懷敬意。她伸出乾瘦的手臂在空氣中抓，一把一把地抓，好像那裏有好多她可以抓住的東西。她抓了好一陣兒，就一一放到自己的頭上和身上。

　　究竟是什麼東西呢？那些東西好像壓得她很沉，一會兒，她就累得氣喘噓噓了。

　　婆婆點起火了。我們圍成了一圈，在火堆裏扔了幾塊濕柴，使它不至於燃燒得太快。在火光反射的微黃光線中，婆婆對著崑崙山的方向開始哼唱，雙臂舉過頭頂，嘴裏念念有詞。細細密密的音符，蚯蚓般從漏風似的嗓子裏爬出來，很是稀奇。

　　老爹見大家已蹚進這個畫面，只得跟進來。隔著火光，我看見他朝我做了個鬼臉。他的臉可不是用來做鬼臉的，一下子，我覺得他好難看，好滑稽，像個陌生人。可見老爹的心裏有多緊張。

　　古在屋子裏，雙眼黯然無光，臉上像是抹了一層灰，現在，他無比虛弱地躺在那裏，重不過一片空氣。我必須等待，等待古體外的靈魂完全地歸來。

　　不過，看著婆婆那張蒼老的臉，心裏還是忍不住為她擔心著，並對她的法力產生了懷疑。不一會兒，看到婆婆的手在劇烈地抽搐，好像正被一股外力所控制，要從身體裏抽取什麼物質。

　　婆婆的卜卦靈不靈驗，各人說法不同。

到底是收了錢的時候說得準，還是不收錢的時候準，全看你當時的運氣。我不知道，反正收不收錢，她都能給人說得頭頭是道。

後來有一天，我領著一個丟了羊群的人來找婆婆算卦，婆婆好像還收了他的錢，是三十塊還是五十塊？後來，他的羊找回了沒有？我沒問。偏偏婆婆的性格太過沉默，從她嘴裏是問不出什麼來的。

9

古病好的這一天中午，他來到了古麗的母親家裏。

古麗的母親在院子的樹底下編織，看到古的身影，這位身穿喪服的老婦人一下子抽泣起來，並且很快起身走開了。

「你的女兒——」古有些語無倫次地對她的背影說道，可那個背影很快就消失在了自家的房屋裏。

再沒出來。

正午婆娑的樹影下面，一張長腳凳上放著的一筐子繡花線，在明暗的光影中閃爍發亮，好似一隻眼睛在注視著他。

這注視就是生活的注視。

但是卻讓他在此刻一下子絕望了。好像在過去的絕望之上，又憑空新添了一樣可怕的東西——

「我該走了。」

他對自己輕輕地說，用手指輕輕地敲了樹幹一下，然後就離開了古麗家。

路上，他在穿過一條散發著幽涼氣息的小巷時，遇見一個年輕的維吾爾族婦人抱著個小孩子從他的身邊經過，於是，他送去了一個匆匆的微笑。

幾個星期後的一天下午，我又見到了正在巴札的路邊上走著的肉孜。古麗的繼父。

他又喝醉了。

他的身體像一具孤伶伶的、腐爛的、布滿灰塵的酒桶被隨便扔在了地上，沾著濕漉漉的酒漬、菸絲和乾泥巴的衣服上早已看不出什麼顏色，老遠就能聞到一股熱烘烘、黴濕的汗味兒。

正午酷烈的陽光散發出噩夢一樣的暑氣，一陣陣吹著他破爛衣衫的一角，再順便吹一下他鰲黑的胸脯。他的眼角積滿了發黃的眼屎——但他毫不在乎！地上的空酒瓶沾著塵土，影子一樣散發出塵世的暖意。

現在，他歪著顫微微的身子，坐在正午烈日下的馬路中間，這個時辰已沒有多少人在走動，一隻髒乎乎的老黑狗踱到他的身邊嗅了嗅，又滿不在乎地走過去了。

當過路人或車輛經過他的身邊時，他的眼神直勾勾的，喉嚨裏像嗆著古老的哽咽，發出一種咕嚕咕嚕的聲音。他伸展開手臂，身體幾乎要撲將過去——那張被酒精摧殘的臉上迸發出一種古怪的歡喜，但過路人很快就敏捷地躲開了，遠遠地看著他，好像在說：

「瞧，這個酒鬼！」

終於，他萎縮著身子，腋下夾著一瓶喝了已近一半的白酒。他搖搖晃晃地走到自家的門口，在他家門口玩耍的幾個鄰居家的小巴郎齊齊地望著他「……喂江……喂江」地叫起來。

那張被酒精浸泡過的，帶著懊惱、羞愧，又有一點沾沾自喜的臉奇怪地扭成一團，像在說：「唉呀，我又喝多了。」

他扶著牆根，慢慢地蹲下去。感覺遲鈍地往衣服上抹了一把土，細眯著眼睛，臉上露出心滿意足的笑容。

再見到古，已是秋末了。

那天中午，我遠遠地看古走過來，他的手和老爹的手緊緊握在一起，感到他和以前有什麼不一樣了。瘦了，衣服鬆鬆垮垮地掛在他的身上。

我試圖去親近他，可是不能。他看我的目光始終像是看一個孩子。我的手臂滑到他的手臂下面，被他硬生生地推開。

真鬱悶。

古麗溺水之後，他看起來不再是同一人了。不過，古麗下葬後的三個多月來，古從未說起過他什麼時候要離開和田的事。

好在從那以後，他來我家的次數越來越多，臉色慢慢開始紅潤起來，他又能與老爹聊天了。但更多的時候，他只是聽著，老爹講南疆和田的風俗，有神秘力量的「打蹤人」，說到玉龍喀什河的時候，老爹說：

「發洪水的時候，河壩子像女人在哭泣」。

那天，我很無聊地來到河邊，有好多人在河道的淺水灘裏起起伏伏，都是些挖玉石的人。

起風了，渾濁的河水有些發皺，那些皺摺彷彿組成了大狗的臉，我突然感到腦子裏一陣鬆動。

我想起了二弟。他去河壩子的樹林裏砍桑樹皮時，經常會一個人發呆，還黑著臉，我不知道他想起了什麼。我隱約覺得，二弟一定瞞了我不少事情，我真想揍他一頓，像揍大狗一樣揍他，揪住他的衣領，將他掃到某一個風口，將他風乾。

那時候，每個人都知道二弟整天在玉石巴札上閒逛，因為他和大狗的腳踢起的塵土如此相似，不斷出現在最可能但是又最出乎意料的地方。

還有，令我奇怪的是，他和撈沙女人看起來不像從前那樣的親熱了。我經常聽見撈沙女人的哭聲，還有二弟對她的咒罵聲。他和她在一起，一向是被大家嘲弄的對象。

是不是二弟也忍受不了被她每天帶回來的垃圾的氣味薰陶？

現在，大狗沒了。

我突然想明白了，大狗的失蹤是一個意外。要是讓這個意外變得更有意思一點，那就順著這個線索，慢慢往下想吧。不如和我一起想像。

我邊想像邊說，講得磕磕碰碰，後來，我勉強抓住了事情發生的脈絡，大致複述如下吧：

一個月前，趁著落塵天氣不散、樹葉子發黏的時候，二弟與夥計們做了一件「大生意」。

那時還是一個月前春季的一天，中午颳著大風。大狗坐在院子門口見兩個披著黑襖的陌生漢人走來，牠想吠，但立刻被二弟制止住了。二弟對大狗做了個手勢，大狗便進屋了。

二弟陰陽怪氣地問：「一大早你怎麼找到這裏來了？」

黑衣人對他笑笑，臉上流露出通宵失眠的疲倦痕跡。這種痕跡他熟悉得很，因為他的臉上也有，這種痕跡在此刻越發明顯，形成了他們共同的面部特徵。

他們在說耳語。

後來，他倆把手臂互搭在對方的肩上，一路嘻笑著走遠了，從背後遠遠地望去，就像一株細桿闊頂的傘形蘑菇。

二弟看著遠處他倆的身影越來越小，突然嗅到了一次大發橫財的機會。他搓著手轉過身來，看著在牆角下曬太陽的大狗。

後來的事實果然證實了他的判斷：他在看到了大狗腿上那塊古玉蟬的那一刻，聽見自己心裏發出幾聲像是青蛙的叫聲。

此後的日子裏，他的心裏長出了一口陰暗的枯井，他感到自己像是逃避亮光似地坐在了井中。

看到二弟回到屋子裏，大狗低低嗚咽了一聲，來回擺動著尾巴，擦著門沿一下子蹭到了院子裏。在突起的橡木上摩擦它牠右腿部一塊微微凸起的骨頭。

好像那個部位很癢。

大狗每天在做這個動作的時候，都讓他心裏都砰然一動，彷彿這個瞬間發生過什麼重大的事情，可他無論如何也想不起什麼。

那一夜，他反反覆覆地想起白天他不斷重複著的這個動作，好像這個動作裏包裹著什麼重大的事情，他想得腦袋發麻，可是回憶的周圍仍然是光滑森嚴的高牆，令他難以逾越。他聽著牆角大狗熟睡的呼吸聲，發了會兒呆，就暗自笑了：想那些讓我想不起的事情幹什麼，日子還不是一樣好好的？

第二天，二弟走到院子裏，對著無精打采的大狗打了個清脆的榧子，喚牠：大狗，大狗，一邊慢慢往回轉，忽然閃了幾步，彎下腰，用手卡住了大狗的脖子。

大狗像是吃了一驚，身子往後一坐，身後響起大狗逃跑的聲音。

大狗越跑越遠，最終，河灘上一些小小的石堆使牠消失。

還有什麼？眼下足夠了。

一塊古代的石頭，長在了狗的軀體裏，像多出來的一塊骨頭——不，是胎兒。狗的血是它的養分，聲音和光在向裏面照耀。

大狗的血正在培育它，現在，冥冥之中，古玉蟬靠著這些營養，一天天的成形了。

10

星期五的玉石巴札上，不知從什麼時候起，開始人擠人的。哪來這麼多的玉石啊，真的假的，沒人說得清，可那鬧市般的場面，像一排密集的鐵釘一樣敲進我的大腦，鏗鏘有聲。

好在，我並不常去那裏。

可是今天，老爹對我說：玉石巴札上一個叫哈木提的人要去烏魯木齊開玉石店了，他以前可是販紙的，桑皮紙。他是我家裏買紙的固定常客。

可是這半年多來，不知道為什麼他不常來我家裏了，家裏堆了好多的桑皮紙，再沒人買，就快要發黴了。終於，在今天，老爹收起了他以前的驕傲，對我好脾氣地說：

「今天你去他那裏收他上個季度的紙錢。再不去收錢，人就走掉了。」

我很勉強地答應了。

路上就颳起風了。雖然壞天氣使人的心情多少受點影響，我倒退著，慢慢往前走，在巴札的路口上，我站住了：一個男人把一條瘸腿拖到寬闊的臺階上，臺階上有厚厚的土，把光線都變暗了。他半躺半坐的姿態，使他遠遠望去像一塊扔在臺階上的破布。我當然認出了他。

人們行色匆匆，除了我，恐怕沒有誰駐足觀望。在灰濛濛的浮塵天氣中，一個壞蛋坐在冰涼的臺階上等另一個壞蛋，那股熱切勁兒好像兩個壞人要加在一起才足夠壞似的。另一個人終於來了，徑直走過去坐在他身邊，彷彿一開始他們之間就留有默契。

我什麼也看不到，只聽見兩個人在笑，聲音厚重得像在吐痰。

儘管在颳風，可是在玉石巴札的一角，還是圍了好多的人。

那隻玉蟬平躺在一隻張開著的手上，凝如白色膏脂，石頭的表皮上一粒粒小而圓的毛孔，猶如皮膚上正在呼吸的奇妙花蕊。它的右邊角過渡出了一個略彎的弧度，一抹細長的腥紅色滲到了石頭裏去，如一層薄如蟬翼的花瓣在陽光下躍動，玉蟬倒不像蟬了，像是天堂和地獄中都熔煉過的花朵，既純潔又邪惡，閃爍著非法的光澤。這一刻總該祈禱一番才是。現在，每個人都屏住氣，盯著地面，連他也是，他們感到這可能是我最後的一個招數了。

「看，它出油了。」

「是啊。摸起來好像還有體溫呢。」旁觀者忍住興奮，輕輕地說。

二弟合上了手掌，立刻感到身後有幾個人的腳步聲，其中一個人來到了他的面前。那個人用眼睛暗示了他手中的東西，低聲說，我買了。

二弟以同樣的低聲問，你出多少？

那人將他一張手掌全部伸開，又把另一根手指放到嘴邊「噓」了一聲。

六萬。

他有些輕蔑地搖搖頭：不賣。

另一個人伸出一個手指放到二弟的左手手心裏，表示可以再出到一萬，但他還是搖了搖頭。那人猶豫了一會兒，把兩根手指塞到他的手心裏，再出兩萬。可他乾脆閉上了眼睛，發出咳嗽一樣的幾聲乾笑。

此時二弟並不知道，有一個人在離他不遠的地方坐下，眼睛朝向他這個方向。

他在耐心地等待這群人的散去。

晚上回來，我把收來的錢交到了老爹的手裏，他就不管我了。

我又一次來到了玉石巴札後面的一個舊車庫。

沒有人預知將要發生的事，生活繼續按照溫和、熟悉的特有的節奏進行著，並沒有受到遙遠事件的影響。

舊車庫裏的燈亮著，屋子裏有人，連同二弟，一共七個人。

「把燈關掉。」

一個陌生的聲音溫和而有磁性。

光線暗了下來。天還沒有完全黑透，在半明半暗的光線中，一切都顯得很陌生：屋子裏突然的寂靜，舊椅上那件衣衫軟塌塌的，像抽去了骨頭和皮毛的灰色幽靈。

碎裂在地上的磁碗的碎片閃著寒光。

這一切，這一切的瞬間都要比現實神秘得多，模糊得多。

那些人突然不笑了，全都站了起來。「這塊玉蟲子是個假的。你這個騙子。」

屋頂上的燈泡發出神秘的嘶嘶聲，把他們的臉照得慘白。

「不可能。」二弟站在那裏，「嗷」地大叫了一聲，嘴一直張著，死人樣地一動不動——猛然意識到他正看著一個似曾相識的可怕景象：那粗糙的木椅、木桌以及牆上的木框畫，全都在幻覺中變成一種凶險的紫色。幾個正在火塘邊烤火的男人也都站了起來，在滑膩、光線黯淡的院落中來回走動，懶洋洋的神情中暗藏殺機。

不可能，不可能，把錢拿來！

二弟嘴裏一邊嘟嚕著，手裏提著一把鈍刀，把那人逼到了院子外邊，那人不退了，再退就退到馬路上了。車來車往的，路上的人都在做自己的事，沒人注意到他們。

他把手裏的刀拎高些，但沒真的舉起來。這人還是急了，你怎麼著，還真想動手啊。二弟用手鎖緊了他的衣領：看老子敢不敢宰了你。這人的身子一下子矮了下去，坐在了地上，低著頭，用髒汙的手捂住臉，哭了。

屋子裏的那些人突然不笑了，全都站了起來。屋頂上的燈泡發出神秘的嘶嘶聲，把他們的臉照得慘白。他們站在那裏，死人樣地一動不動。

不知過了多久，門開了。六個人，少了一個。

我看著他們在路燈與房屋陰暗的光斑中消失，沒弄懂這數字之間的差別。只看見他們的表情一致，臉色陰冷，既不殷勤，也不怠慢——我躲到了暗處，看著，一種深深的不安以及羞恥感使我在這些人的神情中辨認出了自己。沒有人注意到，窗戶外邊月亮的的白光，正把他們以及我身上的影子送往無名的各處。

這也許是他們的秘密，不必告訴我。

這跟那天做夢的隱喻有些相似。

11

是誰告發二弟造假玉石的消息的？

消息傳得很遠，那些上了當的人心裏正窩火呢，憤怒升級了。一大群好事者呼朋喚友，呼嘯而來，身後留下一大片漫捲的塵土，人群中剎那間一陣熱烘烘的汗臭。有人在追打著誰，到處都是難聽極了的嚎叫。

那些過路人不管誰和誰衝突起來了，都遠遠地躲開，害怕扯進這凶險、邪惡以及刀光中的和諧中去。

仇恨使人的面孔都變得一模一樣。人群中一支酒瓶扔向路邊的一個乾果攤，葡萄乾下雨似地「嘩」一下散落了地。

漢語、維吾爾語同時在叫喊：「停止打人，不要行凶。」

等到派出所的人趕過去時，一場混戰已到了尾聲。

他們帶走了四個人。

其中一個人就是二弟。他的鼻子以下一片血乎乎的。他避開員警的逼視，身子儘量地矮下去，卻沒忘記快速眨巴著鬆鬆的眼皮，好像顯得很無辜。

我擠在人流中，不敢再靠近那個熟悉的瘸腿男子了。隔著一群人的腦袋和肩膀，他回過頭，向我送來一個僵硬的微笑。

當人群簇擁著二弟時，我在那一刻產生了幻覺：大狗猶在，就躲在他們的身後，眨眼間就會竄出來，朝他吐舌頭。但是沒有。

老爹突然在這天早上發起高燒來。當我用手指尖敲打起他的房門時，就已經預感到了什麼。當他的高燒進入昏迷期時，就再也不能說話了。

很久以後，我聽到院子裏傳來一陣腳步聲，在向這間屋子靠近。不像二弟的，二弟的腳步聲很重。我湊到窗前，院子裏很黑，

我看不到他，不知道這個腳步聲將意味著什麼。我無端地感到害怕，喊了一聲，二弟。沒有人應。

別喊了。老爹說。

沒多想，我緊緊關上了窗戶。

老爹的臉像孩子般亮了起來。

大狗是真的不見了。就在牠的腿部受傷的那天傍晚，牠被人偷走了。偷狗的人一定用最卑鄙的手段擄走了牠，或是用肥厚的肉骨頭引誘了牠。偷狗的事情在這裏時常發生，但都多半找不回來。

現在是大狗。牠始終是沒有影子的狗，牠只有牠自己。牠存在著，而存在又包含在虛無中。

這時，我產生了同樣令人焦躁的疑問。站起身，朝著人群空曠處，嗓子發澀地喊了一聲：「大狗。」

狗，你在哪兒？在哪兒？狗，如果能喚你回來，我願意用刀子剁去自己的一根手指來換你。如果這些都不行，要想找到你，就得動腦筋。

派出所帶走二弟的消息，老爹一大早就聽說了，據說是二弟夥同他人製造假玉的事件敗露了。

老爹很不以為然地說：造了這麼多的假石頭，他肯定會有這麼一天的。這是報應。以後，別在我跟前提他的名字。

每當這個已成老話的故事重提在老爹嘴邊時，我都渾身打了個冷顫，我彷彿看見了將要發生那件事的預定的結局。

我問老爹：他會不會死？

是他自己要找死的。死就死，死了倒省心了。

老爹惡狠狠地朝我吼起來，臉上露出複雜的表情，伸出手推了我一把：你提了這個該死的人的名字，你走。

可是他自己的憤怒，暫時被壓下去隱藏起來的憤怒，卻又一次

湧上心頭了，他覺得他的晚年被一個廢物般，不，惡棍般的兒子給糟蹋掉了，連他先前的好名譽也同時受到了損害。

老爹也沒想到會有這麼一天，大狗腿上的玉蟬真的不見了，招呼也沒顧上打一個，甚至，夢也沒給託一個，就不見了。

隨之而來的便是數月來的乾旱天氣。不過數日，酷日曬乾土壤，造成地表乾裂。

可是古從未見過那塊玉蟬，我也是。當他準備說出那塊石頭的模樣時，我制止了他。我不願意聽他說起這個。

那是個禁忌。它一直在敲打我的心。當它的模樣又浮現在眼前，就像突然搧過來的一記耳光。後來，老爹回憶那塊古玉蟬，說玉蟬的右翅上刻了字，好像是一句話，他的回憶顯然與二弟的回憶有些偏差。二弟堅持說，石頭上沒有字。「沒有字，字是哪兒來的？」他問。

「有字，灰白色的字，我記得很清楚。」

「有字的話我會看得很清楚，沒有。」

「難道我是在說謊嗎？」

終於，老爹非常生氣地走了出去，在院子裏抽了一根莫合菸，拿菸的那隻手莫名其妙地發抖，在飄浮著的淡淡煙霧中，這個殘忍的二弟，逐漸變了形狀，看上去就像是老天安排在他生活裏的一椿陰謀似的，不動聲色地嘲諷著他。

沒想到會是這樣，好像一張網破了個洞，一些讓他難以忍受的東西乘虛而入了。

他終於敗下了陣。

「老爹呀。」二弟哆哆嗦嗦的聲音就像是從腸子裏發出的，我厭惡地別過了頭。也許有什麼東西太相像了，我不再理會他說什麼，我站在這裏，那一直使我窒息的像咒語一樣的歎息聲，在這一刻暫時脫離了我。

　　——這樣的爭論並沒有一個結果。直到二弟在舊車庫裏炮製假玉石的事情敗露，在派出所裏，他得意洋洋地，不，是咬牙切齒地對著派出所的幹部說出了造假玉的過程，還不小心抖出了那枚古玉蟬的事兒，老爹在一旁，終於承認了那塊古玉蟬上的確沒字。

　　二弟的神情突然變回了從前：「就是嘛，我記的沒錯。」

　　可是二弟，一直到他離開和田，都在說自己在大狗失蹤的時候，從沒「拿過」那枚古玉蟬。不是他。

　　從派出所回來的當天晚上，我聽到老爹和買買提江在一起說話。

　　「那塊石頭，就是那個古代的玉蟲子，你能肯定他真的就拿走了嗎？」

　　老爹屋子裏的門從來不鎖，門半掩著，他那衰老的身體平直地躺在床上，像孩子一樣地不設防。

　　我看到老爹一言不發。

　　「我死了以後別把我和他葬在一起。」

　　老爹突然惡狠狠地說。

　　「你這個老樹精。」

　　買買提江嘟噥了一句。

12

　　大狗失蹤後，我們做了很多的事情。

　　走在路上，我攔住一個熟人，說起大狗失蹤的消息，而這個曾整日喋喋不休的人，此時卻閉緊了嘴巴，陷入到無盡的沉默中去。

　　徒勞無獲。

　　我們還分頭翻遍了河灘邊所有的草垛和灌木叢，並對河灘上一個遊蕩的形跡可疑的外地人踹了兩腳，逼迫他回憶，看一看他的腦

子裏究竟有沒有大狗的影子。我總覺得，大狗沒有勇氣跑得更遠，除非那些好吃而奸詐的外地人把牠騙走，做成了盤中餐。

我低頭悶悶地想，和田這地方這麼小，就那麼幾條路，只要牠還在和田，路過都要碰到。我碰不到，那些我們認識的人碰到了，也會告訴我們。難道他們隱瞞了我們嗎？這不可能。

那幾天，我反覆到河道的淺水灘去看，還對著河邊那棵空心的桑樹洞大喊了一聲，那暢通無阻的回聲被彈了回來。

我終於信了，大狗是真的沒了。

牠就好像是在晚飯後的黃昏與我捉迷藏，但這一次絕對不同。這次絕不是室內遊戲，因為可供躲藏的地方無邊無際，即便是我知道牠藏在哪兒，或許是藏在了河灘口的某棵大樹的後面，可是，最後令我吃驚的是，當我終於喊出了一聲牠的名字，有可能從樹身後面晃出來的是另外一條狗。

不是大狗。

那條狗的身體像一個黑色漩渦飛速地旋轉著，從來就是這樣。對一件事的迷惑總能使我產生眩暈的感覺。

後來我們離開家，在平坦的灌木叢裏走著，夜晚的露水使我的心情更加沮喪。不單單是尋找大狗這件事，而是因為永久存在的那黑暗而又堅硬的謎團。

我不會再有另外的線索了。

我去了大狗有可能去的所有的地方，現在，再也沒有什麼我可以知道的了。

大狗離開的第二個月，我總是感到自己的生活在發生著某種變化。

那天晚上，我推開了門，看見院子一角的濕地上浮著一層霜，白花花的一片。是深秋了。秋天一過，河壩子上的風光日子就結束

了，每一天都變得空蕩，寂靜。晝短夜長，黃昏早早地來臨，路上閒逛的人少了，大街上的店鋪也都早早關了門，由於天太黑，而且街上和沙灘沒啥可看的，這個時候，人們的聽覺變得異常靈敏。

我已有好幾天沒睡好覺了。死亡有一股氣味，現在，它瀰漫了整個屋子。

總覺得晚上快入睡前，聽見一隻狗我家的院子裏叫，叫得像笑一樣，在不笑的時候就喘氣，呼哧呼哧的，但肯定不是大狗的聲音。

我已經不那麼害怕了，並開始習慣這種喘氣的聲音。

有一天夜裏，我看見從門縫透過來的影子來回走動，好像躁動不安，就光腳下了地，摸黑走到門縫邊。我決定把門外的影子放進來。

我屏住呼吸，猛地拉開門，乾燥的夜風呼地撲了我一頭一臉，外面什麼也沒有，只有院子裏的那棵棗樹拖著影子，在有涼風的月光下凌亂地聚攏，又凌亂地散開，並沒有什麼喘氣的聲音。

我警覺地睜大眼睛，向四處看，生怕有什麼動的或不動的東西嚇著自己。樹木、衰草、鏽鐵、斷椿以及風都有可能在這個時候帶給我恐懼。

後來，我聽見一聲細微的歎息聲，警覺地四處張望。

桑樹的濃蔭在風中微微顫抖，那種巨大而緩慢的蠕動，使人感到一種高深莫測的漂浮物正在等待降臨。

接著，我又聽見了一聲長長的歎息，噓——，這一次聽得格外真切清晰，似乎那種涼絲絲的氣息已貼到了脖子後面，我猛地轉過身子並向後閃了一步。

身後依然什麼也沒有。

也許我這些天太緊張了，這只不過是一個想像。

在河灘上挖玉的人每天依舊在河壩子的附近來來去去走動著，又過了兩個多月，一天中午，一些人傳出了話，說是在河灘的一棵桑樹下面發現一具動物的屍體。

我跟著人群朝著靠近和田大橋的那棵歪脖子樹下走去，是不是蒼蠅在作怪呢？人一走近，成團的蠅蟲「嗡」地驚起。

我從圍觀的人群中擠進去，看到大狗的身體從河底浮上來，四肢攤開，身體泡得黑黑胖胖，好像一見空氣馬上要融化掉，嘴巴朝一旁拱著，欲言又止。

我突然覺得牠生前是能說話的，只是我們都不信。

牠的顏面已經腐爛，已失去溫度的肉身濃滯黏稠地攤開，要多開有多開。液化的身體流及之地，草木糜黑。

我捂著鼻子，默不作聲地退得遠遠，我只是得到了大狗死亡的確切消息，但對我解開謎團與困惑沒有任何幫助。

發現大狗屍體那天早上的沙塵，使我好幾天兩眼眯縫。

沒錯，大狗的死與二弟的失蹤發生在同一個秋天，我曾經到河灘後面看過一次大狗的墳，可那裏到處是衰草一片，我沒能找到。

大狗一死，我便忘記了牠的樣子。

我甚至不太知道，如何悲傷。

我對死瞭解不多，從不相信大狗會死，我以為，大狗根本就沒有死，牠悄悄脫下自己的影子，走開了。但是又無所不在，總感覺院子的角落一大團黑影窩在那裏，留有一年四季不洗澡的氣味，刺鼻得很，趕都趕不走。總覺得大狗會躲過厄運下的那把刀，在我們吃晚飯的時候，聞著肉香哼哼著從院子外邊竄進來，就像往常那樣。

發現大狗失蹤的那天晚上，我好像聽見有人在屋子裏抿嘴的聲音。

後來，我對老爹說，大狗可以不死的。

老爹卻回答說，死了死了死了。他說了好多的「死了」，像山谷的樹林裏傳出了回音一樣，我以為我的耳朵壞了。

那天晚上，我做了一個夢，夢見大狗回來了，所不同的是，大狗跛了一條腿，和二弟的一樣，右腿，牠用一種我能心領神會的眼神看著我，我笑了起來。

從那以後的好多天裏，屋子裏總有些奇怪的動靜，半夜裏，有人在床邊竊竊私語，燈自己亮了，緊閉著的窗戶突然被彈開了，冷風灌了進來，可他一點都不害怕，照樣起來關上燈，關窗戶，老爹很從容地在做著這些事情，從不看我一眼。可我還是有點想親近他，特別是現在。

我慢慢向老爹的身邊靠去，我有點想親近他，他是這個世界上唯一與我有瓜葛的人了。

13

剛剛過去的冬天很殘酷，已招攬了兩個患有終年疾病的老人撒手歸西了。還有幾位病秧子的老人正耷拉下他們厚厚的眼皮，每天大聲地咳嗽。

可七十多歲的老爹不一樣，他在路上行走的姿勢完美鏗鏘，好像無形中有一根結實的麻繩，牽著他穩穩地跨出每一步。可就在這年的冬天，老爹在二弟回來的第二天早上突然中風了。

那還是二弟進了派出所的十天後的一個黃昏，我的眼皮子快要闔上了，聽見有人敲門，打開門，是二弟。他比以前更瘦了，臉上、身上的骨頭凹進、凸出，像胡亂拼了些銳角，很奇怪的樣子。還有，他的右臉上多了一道險惡的疤痕，疤痂剛剛脫落，露出一層新皮，灰白色的弧線從鼻翼橫貫到額骨，好像是誰給他製造了另一張臉。他的眼神異常的冰冷。

我忍住他身上發出的一股奇怪的草腥味，說：要是晚上的話，我恐怕要花好幾分鐘的時間才能認出你。

「這些天你去了哪裏？」

他的嘴巴張合著，有氣無力地發出一些含糊不清的東西，好像要嘔吐。

我問他：「那件事真的是你幹的嗎？」我捕捉二弟的這種目光，彷彿就是為了得到一種確定：

那件事是真的，但他的目光在躲開我，臉上露出諱莫如深的微笑。他的笑越來越模糊，然後，用一種鎮定的語氣說：「我打死了一個人。」

他仰起的臉上，有一種睡夢般的顏色。接著，我聞到了他身上散發出的一股腐爛的味道。

好像我比他更早地預感到了他的死亡。

話音剛落，外邊傳來了聲響，門一下子敞開了，老爹拄著一根枴杖出現了。看到老爹轉身出門的背影，明顯地感到他的身體正在枯萎下去。看樣子離死不遠了。現在，老爹的兩個兒子都一一替他死光了，剩下的沒人替他去死，只好該輪到他自己了。

直到很久以後，我依然能夠清晰地回想起我當初坐在床上準備大吃一驚的神情，這個神情使我日後在一個人獨自在家的時候，成功地排遣了一部分寂寞。

現在，沒有一絲風，傍晚的陽光溫暖得近乎於停滯。遠處，清真寺阿訇叫人做禮拜的喊喚聲響起來了，這些禱詞宏亮清晰，沒有瑕疵。

聽著祈禱人祈願的低語，老爹的臉上露出了微笑。好像有一個聖者的目光領著他，正幫他越過這古老言詞的障礙。老爹靠著泥牆，慢慢地蹲了下去，夕陽彷彿帶有一抹和田玫瑰的顏色。

老爹中風後的第二天，我去了古麗家買草藥，「紅玫瑰」草藥鋪的門是鎖著的。讓我意外的是，古麗的家也沒人了，全變了樣子——古麗自從溺水以後，他們家就搬到喀什去了，說是走了已有好幾個月了。

古麗的家逐漸廢棄。

葦子牆被和田過往的羊們啃吃個不停，葦草從裏往外剝落，還沒走到跟前，就聞到一股腐敗的氣味。這房子有多少年的歷史了？裏面的泥磚像老爹的牙齒，有層灰黑的汙垢。

記得，只有一次我進去過，窗戶上的玻璃破了，黑腳蜘蛛在牆角的半空吊秋千，成群的灰蛾子在一旁搧風，飛來飛去，很忙碌的樣子。

房子都搬空了，成了個空殼子，可屋子的角落裏還是能找到一些小物件：古麗的一條脫了絲的髮帶，一隻杏核磨成的哨子，還有藏在磚縫裏的幾塊錢——古麗在每個年齡都留下了一些證據，沒辦法，這個老院子都不肯輕意地忘卻，不肯輕意地另從外人。

後來，這間屋子住進了一家外地人。一對收破爛的夫妻，還有一個孩子。女的髒乎乎的，男的也是，說起話來都有一句沒一句。

聽說這裏的人沒有一個人喜歡他們。

他們每天早早出門，一個跟著一個地，手持鑷子在村子裏拍拍打打，勤懇得很。很快，沒過幾個月，一大堆破爛堆滿了他家的院子。天熱，院子裏傳來一陣惡臭，讓路人紛紛掩鼻。

他們是外地人，不知道沙塵暴要來的消息，沒人告訴他們。是不是想著來年讓沙暴收拾他們。不管他們有多臭，多麼一大堆。

三月過去了，四月也過去了。幾場風、幾場雨過後，便迅速進入到乾燥的夏季。炎熱刺目的陽光散發出一股豐饒的熱氣，潮水般起伏。凝結在一起的空氣似乎是停頓的，凝結的，黏連的。

蒙著黑色面紗的維吾爾族婦女走過，在這樣的花樹下與人說話，聲音都會與白日不同。

　　和田的大街上，頭頂一隻貨盤的維吾爾族小販在馬路邊上淒淒地叫賣。木拉提的乾果店散發出溫暖的甜香，紅玫瑰清真餐廳門口擺著一桶桶的鮮牛奶，喊聲在空中爆裂，每個音節都像杏花雪白的花瓣在和田大街的上空飄動，喚醒了沉睡的人們，讓他們帶上了夢一樣的微笑。

　　很快，好多的人都知道二弟回來了。

　　那天，他先到玉石巴札，蹲在清真寺門口的臺階上，用從前那種懶洋洋的眼神盯著路上來去的路人。

　　就在二弟回來的第二天，家門口遠遠地走過來一隻傲慢的狗。牠一路走過，根本不朝巴札店鋪兩邊的人看上一眼。

　　有人湊上去攔住牠，牠喉嚨裏咕嚕了一下，發出一聲低吼，眼神既蠻橫又陌生。

　　狗的毛色和那副不愛理人的鬼樣子看上去好熟悉。大狗已死去多時，牠那種像人一樣的眼神再也沒有人提起，還有前大腿右側神秘的鼓包——使得那件事越來越虛幻，我弄不清它是否是真的存在過，或者僅僅只是出於我的想像。

　　我被嚇了一跳，不出聲地嘟噥了幾個詞來安慰自己：

　　「不是的。」「不是大狗。」

　　不一會兒，我雙唇閉上了，因為我聽到了二弟推開門的吱嘎聲，還有走在院子裏那重重的腳步聲。

　　片刻之間，我有了一個奇異的感覺，似乎這麼多年來的大部分時間中都一直在等，等著寂靜中——這寂靜僅僅為這一種平常的聲音所打破——然後是突然出現在門背後的那張陰沉的臉。

　　大狗的氣味在家裏裏停留了很長的時間。

　　吸附在院子裏、破氈布上，附著於牠在巴札上漸漸遠去時留下的氣味和嗚嗚的叫聲。有時一進家門，我能感覺牠在院子的那棵大棗樹的後面，發出像老人一樣的笑聲。

　等我壯起膽子朝門後看，牠已消失不見了。

　終於，我把院子裏的門大開著，讓牠的靈魂自由進出，就像牠活著的時候那樣。

第九章

玉蟬

1

還是接著剛才大狗身上的玉蟬往下說吧。

玉蟬是二弟早年塞在大狗身上的。當時，老爹並不知情。一如我不知情的還有老爹在一九五三年所經歷的事情。

一九五三年——我還沒出生，那個時候，他在幹什麼，在什麼地方。老爹的一九五三年離若干年後的這個充滿猜想的夏季還很遙遠，在我目力所不達的地方，他將在我的小說中出現。

那是一九五三年的春天，十五歲的老爹在崑崙山的阿拉瑪斯玉礦當玉工，一個黃昏，落日將盡，老爹和另外一個礦工在山崖底下休息，當他的眼睛順著一縷光線往上看，意外地在一個無名的懸崖上發現了一條玉石礦脈。在發現自己的猜測得到證實後，有如得到秘密的恩惠。他看著玉石礦脈的紋理，那並不是一棵樹的形狀，而是一棵瓜藤的形狀。他用突如其來的冷靜抗拒著自己的脆弱：

「快來看這裏。」

「什麼？」

買買江站在懸崖底部，順著他的手指仰望上方的岩石。

「那是什麼？」

「仔細看，」他說，「看那塊岩石。看到了嗎？一條白色的玉石礦脈。」

買買江順著他的手勢，找到了最好的仰望角度和最恰當的位置，竭力仰著脖子朝上望去，還真看見了嵌在山體中逶迤而上的白色礦紋，像彎曲的植物葉脈在山體中遊移，它時寬時窄，時隱時現，看起來幾乎是那麼地深奧難解。

「從整條脈絡上看，白玉礦就產在中間地段，這個中間地段存在著大量優質的透閃石礦床。」

他補充說。

庫爾班的心一陣狂跳。他忍住狂喜的心情，想接著聽他說點什麼。可老爹有點得意地歪歪頭，不說了。好像那件事太複雜，難以解釋。

老爹無意間知曉了這個玉石礦脈的秘密，回去後，偷偷地在一張羊皮紙上默記下了這個玉石礦脈的路線圖，奇怪的是，庫爾班自從看過了那條玉石礦脈之後，就好像是得了某種失憶症，怎麼也想不起這條玉石礦脈的位置了。如此，這條玉礦的礦脈就成了老爹一個人的秘密。

在一個暮春的下午，礦長將老爹喚進了室內，他朝老爹望去的目光裏散發出一股滲入骨肉的殺氣，凝成隱約可見的白霧，那滾動的姿態如同一條流動的、結了冰的河。

老爹在那一刻終於明白了什麼，驚魂未定，半夜裏一路從山上跑下來，月亮的鐵板壓在背上。他的衣衫快爛完了。這個時候，如果有人在途中看到他，認出他來，那一定是見到鬼了。

從礦上凌晨三點，月亮偏西，經過了一座墳場，眼見之處，到處都是一個個土饅頭，透著一股莫名的怪味兒。幾點幽藍色的光在其中慢慢飄移，一個黑衣人在地上拖著長影子，尚且年輕的臉上暴出了蒼老的裂紋。是當時年僅十五歲的老爹。

此時，他噤住了聲兒，咬著牙，避開在腳下跳躍的磷火，還有墳頭，他加快了速度，雙腳劈開高草與灌木，繼續向流水村的方向跑去。他沿著黑暗的河道跑的時候，沒有一絲光亮給他以安慰。他一路跑著，不曾想到自己的身體早已精疲力竭。

月光下，濃稠的黑夜化成了妖慘慘的白。

遠處，他看到一個土饅頭後面閃出兩個黑影，在動，伴著一陣一陣窸窣的聲音。那地上的兩朵磷火好像也跟別處不一樣，是暗的黃白色。還沒明白過來，兩個起伏的黑影像是受了驚嚇似地彈起。

「有人。」兩個黑影一下子遠遠地竄起，跑了。

待老爹走近一看，是一個約兩尺深的坑，四壁都鑿出了方形小洞，一個打開了一半的棺木像一張臉沉在黑影裏，原來是兩個盜墓賊剛挖好的一間墓室。亂木橫陳，一隻沾了墳地泥土的鞋子還掉在了棺木半開的蓋子上。往裏一探，坑子裏泛開一股陰冷之氣，一些銅錢、碎了的瓷瓶撒落四周，毫無遮蔽。坑的周圍還有一股濃濁白菸燃燒的痕跡。

老爹大著膽子，掀開了棺木的蓋子，一股腐臭從所有的縫隙滲出，又漫了上來，裏面斜躺著一灘黑色事物，勉強辨認，看清楚了，是一具枯乾的女屍，覆蓋其身的衣物是清朝漢人女子的繁複式樣，衣服的紋理透著旖靡之氣。

一股鬼祟的風吹了過來，老爹感到脊背發涼，定定地看了數秒後，便弓身準備離去，卻看見幽涼月光下，女屍乾枯的牙架上咬著一個灰白色的小物件，像是含著一抹溫潤的白色，很耀眼。老爹伸手一鉗，就取了出來，捏在手裏硬而涼，就看也沒看塞在了上衣口袋裏。

二弟看到這塊玉蟬，已是若干年以後的事了。

那天，一次不大不小的寒潮帶來了入冬的第一場雪。小雪後的第三天，又下起了雨，雨雪順著紅柳牆的縫隙往下淌，在牆上結出一條條的冰漬。地面冰涼，屋子裏的水盆也結了冰，二弟閒著無聊，找來小榔頭敲冰吃。

「嗵——嚓」，榔頭敲冰的聲音太大，一個小紙包從老爹屋子的頂棚上面震落了下來。

揭開幾層桑皮紙，是一塊古玉蟬。

他看著這條死人骨頭一樣灰白的玉蟲子，目光有些入神，簡直是在用眼睛舔著這塊石頭，好像是在用舌頭舔一塊冰似的——這時，他的胃無端地絞痛起來，喉嚨也緊縮了。

他在嚥下這一股可怕的欲火——儘管，他很不情願地覺察到這一點。

他想，一定要徹底地，哪怕是自己剝層皮也要佔有這塊石頭，但不能採用徒勞的、笨拙的方式。這個願望究竟如何實現，他的心裏現在也還沒底。

屋子裏有一種可怕的靜。

他站起身，一刻鐘後，他恢復了平靜，不得不用純潔的眼神吻了它一下，也像是喚醒，近乎虔誠地蜷縮著身子離開，沒人注意到他的發現，也沒人聽見他的嘴裏發出的歎息聲。

在屋角裏熟睡的大狗這時嘴裏發出了一串低沉的咕嚕聲。

他被這聲音吸引，看著牠的臉。

一個可怕的想法成形了。

他一再地搖頭：你簡直是在胡鬧，這是不可能的。

他的話他好像是聽進去了，至少他認為自己聽進去了，他的目光朝向牠，看到大狗眼睛裏面的光茫在漸漸地熄滅下去。

他的一顆心落了地，心想，這就對了。

二弟回到家，已是五天之後。快走到家門口時，他在房子的陰影處停了下來，這道陰影給了他一種安全感，暫時抑制住了剛剛向他襲來的那股激情，重新把自己包裹在對時間的厭惡中。

大狗被他留在了巴札邊上的一個舊車庫裏。他想，最近自己是不能再來了，因為這塊石頭沒有他的幫助也能獨自生長，至於它以何種方式生長，他暫時沒想清楚。他不該在不恰當的時候沉緬於它的色澤，等到它完全的「熟」了，還得好幾年的時間。

他把手搭在頸背上，慢慢地走回家，好像在凝聚最後一點微弱的力氣。一路上，他不再想起大狗和縫在牠身上的石頭。那幾天裏，我，還有老爹，沒注意到大狗為什麼突然不見了。同樣，在大

狗回來後，也沒有對牠右腿內側的一道細小傷疤有什麼疑問。

　　幾年後，當大狗腿上藏著稀世玉蟬的消息不再是個秘密，風聲傳到了外邊，一下子引來了好幾撥人的爭搶。後來我聽說都是「口裏」來的人，價格都飆得很高。我敢說，我，老爹還有二弟，一輩子也沒見過這麼多的錢。

　　但是，老爹對這一切卻毫不知情。

　　老爹後來說了：「我不賣這個玉蟲子，沒錢也不賣。」

　　拂曉前的亮光遲疑地來到了院子裏。

　　正如故事的結局在沒有時間概念的隱喻中找到。

　　我不敢多想這件事，因為這一年，有許多事情都糾纏在了一起，串成了一個個死結，鬼鬼祟祟地，倒著披掛在我未來的生活中。

　　還是讓我代替二弟回憶一下當時的情景吧：

　　那天晚上，其中買玉蟬的一撥人給二弟交了定金，卻沒拿上那條「玉蟲子」，才知道，其實二弟的手裏根本沒有那條「玉蟬」，上次亮出的那個，是個假的。可是，他起碼收了三撥人的定金。

　　他們的憤怒升級了。

　　那天晚上，他們走了以後，還把一個人留在了車庫那裏。

　　二弟輕輕把門關上，然後用脊背抵住門。屋子裏漆黑一團，沒有聲音。但他知道，只有他自己和他在這裏。這間房子的門，唯一的一個出口被他擋住了。

　　二弟向前移動，儘量不發出一點聲音，只有這樣才能覺察到屋子裏最細微的聲響。他感到自己好像已經把那個獵物逼到一個角落了，但是沒有聲音，好像連呼吸和心跳也停止了。

　　他的沉默讓二弟開始有些惱恨起來。

　　二弟轉動著手裏的那把匕首，再也忍耐不住了，腳步很重地向前移動。他覺察到面前角落裏的那一團緊繃的東西鬆弛了一下，然後彎下身子，蠕動著，伸展著——接著，有什麼東西好像襲擊了他

的腰，二弟從抓到他的那隻手裏奪去了刀子，他感到那個人的腰部被猛刺了一下，發出沉悶的鈍響，那個人「嗷」了一聲，身子軟軟地倒了下去。

當二弟睜開眼睛時，看到牆角是空的，情況正如他前天夜裏做過的夢一樣，當時他醒後忘記了內容，而此時的情景像電擊一樣地又回到他的記憶裏。

隨後，通向車庫的門敞開了。

一切像夢一樣，分毫不差，只是清晰得多。

這有點像是進入一個更深的秘密。從那以後，我成了少數的幾個目擊者之一。是的，那天，我就好像拿著一把鑰匙，無意中開啟了一間禁忌之屋，裏面什麼也沒有，但只有我一個人看見了。

「跑吧，不能再待到這裏了。」

好不容易熬到凌晨，天微微亮，他就沿著空曠的街區往長途汽車站一路小跑著。路燈流瀉下昏黃的光圈，一個接著一個，像好多人的眼睛朝他擠了過來。

二弟的心慌亂極了，看到路邊上派出所值班室的屋子亮著燈，想到了去自首。

他走上前去敲了敲門。門開了，是個中年人。他仔細地看著二弟，目光大有深意，好像一個買賣牲畜的人在仔細地察看牲畜的口蹄什麼的，半天才擠出三個字：

「人不在，沒到點，還都沒上班，你等到上班再來吧。」

那個人的話音一落，二弟鬆了口氣，覺得自己是可以被赦免的了。

但是，他可不想最後死在這樣一條散布著碎紙片、臭大糞、菜葉子的街上，它像一條羊腸子，還流著膿。

他不敢再在此處停留了，趁著天還沒亮，無人注意，朝著與來時的路相反的方向走了，走的時候他的手中拿了一根乾癟的玉米棒子，是在地上撿的。

他當然知道它並不能當武器使，但是如果手裏不拎著一件東西，他就會覺得自己沒有安全感，更加孤立無援。

天空亮了許多，薄薄的烏雲撒落在一坑又一坑藍色水窪般的天空裏。他開始跑，心裏害怕至極，太陽穴像鼓一樣地在耳邊敲擊。不覺間，全身都濕透了。

過了河灘就是戈壁了，腳下全是沙子，視野變得開闊起來。

他確定已把他們遠遠地甩在了後面，才一屁股坐下來喘口氣。一隻蜥蜴從腳邊的荊棘叢滑過去了，嚇了他一跳。他抬起眼睛，恐慌，一種他無法控制的恐慌突然襲來：他一下子意識到他在哪裏，戈壁，灌木、荊棘叢、蜥蜴，甚至空氣，寂靜都在指著他，揭發他。

最後，二弟上了當天凌晨的第一輛長途汽車。

這輛長途汽車是開往北疆某個邊遠的縣城的，那裏周邊的草原以盛產大尾羊而聞名。汽車跑得很慢，空氣渾濁，一搖一搖的，讓人昏昏欲睡，好些人都是黑紅臉龐的哈薩克族人，在打著盹，誰都沒注意到他。

可還沒到終點站，他就因驚恐下了車。

大概是晚上十點多的樣子，天已經黑透了，依稀見到村莊的疏落燈火。車停了下來，是一個道路檢查站。

媽的，檢查站裏的燈，一亮起來就白花花的一片，二弟差點沒扛住。

車門開了，上來一個戴著藍色大蓋帽的中年男人，他順著過道走了一個來回，有意無意地看了看車上的所有人，包括坐在窗邊的他，但好像又什麼都沒看，和駕駛員說笑了幾句，就很愉快地下車了。

他虛弱極了，大氣不敢出。

「大蓋帽」朝他有意無意的幾眼，像戳進肉裏的小釘子，讓他心驚肉跳，手心也出汗了。

好在，沒有人注意到他內心的恐懼，還有軟弱。只有他自己感覺得到。那恐懼和軟弱，就像窗外一絲絲的風，颼向他。

過了十幾分鐘，車停到前面一片燈火中時，他跳下了車。

那是個離草原很近的小鎮，空氣裏有一股新鮮的牛糞味，他的恐懼感一下子減輕了許多。

天還沒黑透，街上那些霓虹燈拚命地亮起，拚命地變幻著花樣。那些從燈下走過的人，臉上也都閃得一會兒紅，一會兒藍，稀裏古怪的，一點都不像現實中的人。他們在他的身邊擠來擠去，不像是來與他親熱的，而是嘲弄。

這個世界，連同他們，都不喜歡自己。得出這個結論時，他感到身上涼颼颼的。

現在，他只能像個動物似的只顧眼前。

他抬起頭看了看天空，月亮是一抹淡淡的暈紅。

明天可能要下雨了。

他想。

2

第二天，二弟跑掉的消息像風一樣地傳開了。

最先趕到我家裏的是兩個派出所的民警。很快，一些我認識的熟人從各自的屋子裏走出來，把我家的院子堵了個嚴嚴實實，他們都沉默著，一言不發。眼睛盯著民警，好像是在確認他們對這件事的態度。

「艾山的膽子也太大了。」

艾山是二弟的名字，很少聽見有人這麼叫他，我笑了起來，說：「二弟的膽子一向很大。」

「二弟是誰？」

一個民警朝我轉過頭來。

「就是艾山呀。」

我想我的臉此刻一定是笑成了一朵大花。

當天下午，我也被叫到派出所進行了一次問話。

有些詞具有神奇的效果，「員警」這個詞就是，它就像「死亡」、「兒童」、「春天」、「寺院」等等別的什麼詞一樣受人尊敬。但不管怎麼說，「員警」這個詞讓人感到後背發涼。哪怕你沒做錯什麼，哪怕你像鴿子一樣的潔白。

我被「員警」按在硬冷的木凳子上，不安地把身子扭來扭去，手心都出汗了，後來，不小心在凳子上摩擦出了一個聲音，像屁。

那個員警突然笑了起來，笑得很慈祥，很和藹，臉上的五官真的開出了一朵大花，比我的還大，還結出了果，他像是突然接受了我的賄賂，把這串沉甸甸的果實掛到了我的鼻子跟前：

「我知道你知道的，你知道我知道的，識相點，快說出來吧。」

「你說出來吧，說出來，我們會對你負責任的。」

他把「負責任」這三個字說得很用力，咬牙切齒的，好像印刷字裏的超粗黑又加重了一道黑。

但是話一說完，他馬上又用一道嚴厲的目光拴緊我了。

真沒勁。

我耷拉下腦袋想裝傻。他用鉛筆戳了一下我的頭：「快講，有啥說啥。」

然後，他和旁邊的那個人頭頂頭在一起說話，聲音很低緩，拖泥帶水的，還不時地用眼睛瞟我。

真嚇死人了。

　　二弟逃跑了以後，我連續做了一個月的噩夢，總是夢見二弟與一個很小的小孩在一起。那個小孩的臉總像是被什麼東西啃得血肉模糊。

　　可是家裏一如往常，我每天都在期待發生點什麼異常的事，比如房子突然被風連根拔起，飄在空中，我一點都不會覺得奇怪。可是沒有。

3

　　是要提到這個奇怪的聲音的，它不是本篇的重要情節，但卻是大狗失蹤的一個致命的因素。提到這個聲音需要燈光轉暗，一種使空氣都緊張的聲音由遠而近地到達大狗的面前。那種聲音在黑夜裏神秘地浮現，又離奇地消失。

　　我彷彿覺得自己那天好像也真的聽見了。

　　都說，大狗是被人模仿的狗叫聲給矇騙出去的，有時候人在遠處裝狗叫，那是一種讓大狗感到陌生的狗叫聲。聲音時高時低，有時陰沉、綿長，有時熱情，充滿了一種挑逗性，讓大狗誤以為是同伴在招喚牠，待大狗一走近，聲音就沒了。一走遠，聲音又有了。那些天，一到晚上，大狗跑進跑出地忙個不停，頭都整暈了。

　　究竟是誰呢？

　　二弟逃跑的那天早上，撈沙女人照常去河灘撈沙，可她看起來好像有點心不在焉的，她鏟了一會兒沙子，然後把鏟子橫放在兩堆沙子的中間，坐在木柄上休息。她從衣兜裏掏出個半舊的小收音機，木然地打開開關，黑盒子裏面的聲音沙沙的，聽不清在唱啥。

　　她望著對面的河岸，河灘對面的棗樹林裏，一個穿著破舊衣裙的女人在晾衣服。她在繩子上抖開一件鮮豔的紅背心，風把衣服揚起，那顏色紅得濃重，像一面奇異的旗。

她的右臉頰開始隱隱作痛，好像是二弟那天在巴札給她那一記耳光的回聲，那天，二弟把她圍在了一個角落，逼著她快滾，讓她別再纏著自己要結婚什麼的了。她捂著臉，抵抗著向自己飛來的拳頭，一動不動。

你與盜玉那件事情有關係嗎？

她不作聲。

一個男人挪動了一下身體，朝她靠近。

好像，她已經什麼也不在乎了。她早已不再關心這些身體表皮的東西，只想這樣一直閉著眼睛坐下去，眼睛裏什麼也沒有，心裏面什麼也沒有。

現在，她從衣服口袋裏摸出個玉蟬，用手掂了掂，期待中的魔法似乎並沒有出現。那個想法似乎不過是她的一個幻覺，有如一根細細的頭髮，飄在她所不知道的塵埃裏去了。

她突然明白了，一個月前那真假莫辨的遭遇，的確與這個事件對血腥的興致有關。

有好一陣子，她就那樣在地上坐著，像生了根，額頭上有夏日午後的靜。身上都是土，雙手插進頭髮裏，手指捲曲，還有血，肩膀抖動得很厲害。

撈沙女人坐在那裏，像是坐在一隻替自己設計的籠子裏，偶爾也會從這迷宮一樣，網格密布的花紋裏探出腦袋，就像是一個長期在水底下游泳的人，偶爾露出了水面，她問的話也像是夢話，又帶著以夢託夢的玄機，讓人覺得，她其實一點都不傻，她什麼都知道。她說：「那個玉蟲子啊。」

剛開始的時候，他們在一起多好啊。她想起有一天晚上，她和二弟剛親熱完，二弟突然對她說出的話：

「我有好東西賣，賣什麼不告訴你。」

　　二弟賣了個關子，他的眼睛裏有一團狂熱的火焰燃燒著，目光游移，躲閃著她的注視，但最後還是洩露了秘密。他的目光無法克制地落在正在牆角裏熟睡的大狗的腿上：「告訴你也不怕，我賣玉。這大狗身上有玉。」

　　他用手在空中快速比劃著，聲音突然高亢起來：「大狗身上的玉我養了七年了，也該熟了。」

　　「熟了。」這個詞讓撈沙女人嚇了一跳，伸出一隻手指著大狗，臉色發白。在她看來，大狗牠作為魔術的道具讓人生疑。千真萬確，牠身上的皮毛的確時時在散發出人的氣味。

　　也不知是不是真的被二弟的話嚇到了，她什麼話也說不出來。

　　現在，她終於想起了這個細節。

　　站起身來，拍了拍身上的灰，就轉身離開了。

　　撈沙女人是在二弟出走後的某個中午，突然來到了我家。

　　每次她都像是從天而降，扒開屋頂上的柳樹枝和瓦片直接從屋頂上掉下來。而每次她來，嘴裏都閒不住，不是手裏握著一根苞米，就是在啃一塊黃瓜。

　　這天下午，她又來了，手裏拿著一塊好像發黴的乾饢。從窗外看見我，就徑直走進來，與我寒暄，說是要走了，要離開和田這個地方，去南疆一個遠房親戚那裏謀生去。

　　二弟不在家，因而不存在特定的告別。她坐在二弟的床沿上，一點一點地啃著這麼一小半塊饢，臉面有些髒汙，而神情看起來又有些心不在焉的。不過，她的外貌上有著某種古怪和膽怯的東西；她笑得少了，不斷地把眼睛翻上去，她的手腕上有一道烏青的痕跡，像是一條不十分清晰的手鏈，倒是很適合她。

　　她把一根腫得像肉團的手指伸到我的面前：「出了件事。」她狠狠嚥了一口水。此時，她才定下心來，講述事情始末。「你看，我的手快爛完了。」

我一看，白色的肉裸在外邊，還淌著濃水。

我厭惡地別過頭去。

「他從不管我，我要懲罰他。」

她低著頭，小聲說了這麼一句話。

「咋懲罰？他的力氣比你大。」我鄭重其事地提醒她：「何況，他已經不在這裏了。」

「他老是和我睡覺，又不和我結婚，他要遭到報應的，我已經懲罰過他了。」她笑的時候，兩眼眯縫。

「那隻玉蟬，我知道它在哪裏。」

她說著說著，一不小心帶出一個趣聞來。我聽到這句話以後感到有了意思，來了點小興奮，但是，在她面前我得忍住。

她在屋子裏轉了一個直徑為兩米的圈，接著說：

「我知道的。」

我覺得她撒了謊，可是看到她的眼神很無邪，又覺得她說的像是真的了。可她說完了這句莫名其妙的話之後，她就站起身，說是要走了。

──那件事和你有關係嗎？我突然問她。

她不說話。一定感覺得到我的話像石頭一樣冷。

忽然間，我恍然大悟，原來，這些謠言早在人們中間傳開了，傳到了我這裏去。她不信我，從來就不信。

我克制了自己，沒有說話。

撈沙女人還是那樣，為了討好我，總是帶禮物給我：有時是一顆留著屎痕的鴿子蛋，有時是幾張畫報紙，還有一次是一小團顏色發黃的棉花，說是冬天來了，讓我墊在褲檔底下。她看起來很富有，好像從不缺這些亂七八糟的東西。

沒了。她從髒汙的塑膠口袋裏掏出一件東西來，是一件二弟留下來的破掛子。白色的，還捲著磨損的毛邊，裏面包著一個黑匣子，那是我曾經最想要的收音機。

我笑笑。隨手把東西放在床上的氈子上了。

我看著她早衰的臉，想從那裏尋找她年輕時的模樣，然而，這就如同想在骷髏上找肉一樣。

我閉上了眼睛，似乎坐著睡著了。走的時候，她用尖銳的眼神望著院子的某一個角落，一邊移動著身體，像是在打量一座沒有輪廓的雕塑。

我跟了出去。

在院子門口，一隻看起來才一歲大的小狗在啃吃我家柵欄上的牽牛花，花藤纏住了牠的嘴。看我瞪圓了眼睛，牠更加旁若無人了。

我抬起了一隻腳，被撈沙女人攔住了。

她努起嘴，從唇角擠出了一連串奇怪的聲音——那聲音時高時低，有些蒼老，有些稚氣，有點渾厚，也有點尖細，既像男聲，也像女聲，就這樣奇怪地震著了我的心臟。

她的聲略帶沙啞，聽起來好像不太真實。似乎帶著一道永難癒合的裂痕，孤伶伶的像是站在時間的另一側。沒有什麼人、什麼事能觸碰到她。她本能地與這個世界構成了界限。

從她模仿狗的吠叫聲中，我好像感到了她的身體裏藏著一種看不見的隱秘事物，沒有固定的形狀、形式，它就是吠叫本聲，或者是說，它是相對於另一種吠叫的曖昧存在——冷、不透明，好像一股燈光猛然打到了頭上。

那小狗呆住了，嘴裏叼著半朵紫色的喇叭花，遠遠跟在了她的身後。

風把她的衣服吹得鼓鼓的。她消失了。她正走在夏日和田的土路上，就好像她走在沙石路上一樣。她沒有回過頭來看我。空氣中傳來了沙棗花開花時濃烈刺鼻的香氣。

待走遠了，我彷彿覺得，這種聲音自己好像是在哪裏聽過的，很熟悉。

　　只有她模仿出來的狗叫聲能矇騙住大狗，她模仿的狗叫聲有一個特點，就是在大狗失蹤的那天晚上，它的旋律時高時低地在我家的大門外遊走著，引出了大狗，跟著她來到了河灘上的背風處。

　　整個下午，我的舉止一直近乎凝滯，神情、目光飽含一種被忽略的難言中。我時時在想起這個人：撈沙女人。

　　熟悉的烤肉氣味從敞開的窗戶飄進來，我坐著，那句話就像是撐到了嗓子口，腦子裏一片空白，像車子撞倒了又站起來的人，走了段路，才發現是受了內傷。這消息並不意外，我不是已經知道了嗎？可為什麼還是這樣的驚動？一時間，細小的雪崩在我的心裏塌陷。

　　我立即感到一個隱瞞大狗下落的陰謀是真的。我覺得可能所有人都知道這個秘密，唯獨隱瞞了我。

　　真的是她嗎？不可能，這——太可怕了。院子裏一片死寂，死寂中包裹著所有的秘密，我的眼睛死死地盯著牆角，我曾被其中最大的秘密所吸引：

　　這件事是誰幹的呢？如果是她幹的，那大狗腿上的玉蟬是不是在她手中呢？

　　疑問中帶有深邃的平靜，只是現在，我想睡了，不想再深究下去了。

　　我一把扯開毯子，撈沙女人送來的那件衣服落在了地上。隨著一聲輕微的脆響，我好奇地探下身來。

　　一枚傳說中的古玉蟬從撈沙女人留下的衣服口袋裏露了出來。

4

　　撈沙女人是在二弟逃跑後的第二天離開的。

　　有人說是早上，有人說是傍晚。

出門的時候，她特意對著鏡子察看了一遍自己的臉。才過了兩天，臉上的瘀青就消失得無影無蹤了，像是它剛剛從鏡子裏被抹去了一樣。幾天前的那次變故，已經在自己的臉上找不到任何的痕跡了。

在時聚時散的浮塵裏，顛簸了整一天兩夜的長途大巴在南疆的某個車站緩緩停了下來。

暮色漸濃。

她從座位上拿了行李，走了出來。

等她從髒汙的廁所出來的時候，即便是光線昏暗，守在門口收費的大媽還是一眼就看得出，這個年輕的女人不但換掉了身上顏色不明的裙子，還換掉了鞋──甚至連帶著把她的靈魂，也偷偷替換了一下。幾年前的那個她又回到了她的身上：單純，羞澀，當然，還有穆斯林女人的禁忌。

她又重新變成了一個貞潔的好女人。

又過了一年，好像是秋天，庫爾江和女朋友去莎車縣批發羊毛掛毯，順路帶上了我去玩兒。長途汽車在路上走了足足三天三夜才到縣上。長這麼大，這是我第一次坐這麼長時間的汽車，一路上顛得骨頭都酥了，感覺一點都不好。

一下車，汽車站的馬路上有賣石榴的推車人，在車子上堆得很高的石榴，一個個看起來歪頭歪腦、皮開肉綻的。小四停下來，說這個肯定好吃，甜。

賣石榴的人竟是二弟以前的相好，那個撈沙女人。很是讓人意外。像瞎子最愛說的那句話：我簡直不敢相信自己的耳朵。

在這之前，她已失蹤了一年多，沒人知道她在什麼地方，這也許可以構成一種敘述上的失蹤。不過，當我們看到她的時候，她已經可以自食其力了。她的身後還有兩個裝石榴的筐子，已經賣空了。

她很快認出了我，笑了，用得意的神情舔了一下我的表情，右邊額頭上的那道疤痕，一下子擠成了一朵皺花，但很快就消失了。他鄉遇故知的誇張場面到底沒有發生。

我心裏暗自鬆了口氣。

很快，她像一副生意人的樣子，很盡職地為我們挑了兩個特大的裂皮石榴，不過少算了我們好幾毛錢。

找錢的時候，她順帶問了從前一些熟人的事，她沒問二弟的任何事情，我覺得她沒問到的才是她真正想問的。

或許不是這樣的。或許是我高估了她對二弟的情意，她早不在意他，於我不過是寒暄。

我饒有興趣地看著她的臉，想追尋當年她與二弟這場情分的線索。可是線索很虛弱，她在這時又一下子變成了別人，一個和我們不相干的人。

想到那天在巴札門口，她被二弟圍攻，在推推搡搡間，她看見了正在看熱鬧的我，人群中響起一個哭哭啼啼的婦人的聲音：「救我，救我。」

我感到這個聲音很耳熟，是在叫我嗎？我試探性地「噯」了一聲，頭頂上就像有重物擊了一下，眼前一黑，身子就軟了下來。

我嚥下了諸多話語，而庫爾江則嚥下了諸多口水。

甜石榴吃出了澀味來。

我沒心思再吃下去了，全讓給庫爾江和他的女朋友吃了。

5

想到那個撈沙女人，我會想起二弟，怪不得大狗腿上的古玉蟬沒人知道。

回到故事裏去。

在去年這個下著初雪的早晨,最引人入勝的情節正是那隻古玉蟬。它不太像玉石,倒像是個銅鑄的小物件,在置放了若干歲月之後,黯淡,氧化,發生著否定之否定的質感變異,簡直就是快要風化的遺跡。

一月的某一個早晨,那個從廣東來的玉石商人來到了撈沙女人約好的一個地方。

「說正經的吧,我找你賣樣東西。」

「呵,沒看出來,你一個收破爛的。你賣什麼?」

「一塊漢族人的石頭,一條玉蟲子。你要不要吧?」

她從嘴角擠出這幾個字,身子朝他逼近一步。

他再見到這塊石頭已是一個月以後的事了。

七點四十分。

對不起,遲了。

他轉過身,見她推門進來,帶來一股寒氣。外頭有微雨,頭髮有些濕,臉色蒼白。

撈沙女人當著他的面,把玉蟬取了出來。

剝開幾層皺巴巴的桑皮紙,他的手微抖,掂起它,摩搓著石頭腹部的一抹胭脂紅,透著些喜色。像是漢之前的玉。那個人的脊背有些發冷,一種無力感讓他幾乎蹲了下去。

「看清楚了嗎?」

她扯了一下他的衣袖。

他在昏暗的燈光中摸索著站起身,低著聲音說:「這是真的嗎?」

「你不是都看清楚了嗎?你再這樣看下去要走火入魔了。」撈沙女人粗重的聲音帶著厭煩的情緒。

那個人在低聲說:

「真是不錯,不錯。」冷漠的口氣讓他自己也似乎感到吃驚。

撈沙女人笑了,有些漫不經心地說:「沒啊,這個玉蟲子我覺得一點也不美。」

「就是的，沒啥好稀奇的，像雞骨頭一樣的枯扁，翅上的這一抹暗紅，沒啥水分，很灰舊。不過看久了，我也說不出為什麼，感覺這個小玩意兒裏面還藏著一個活物。」

「最好的玉就一定要戴、要摸，玉除了避邪之外，還可以給人帶來運氣。只要沾上人的體溫、氣息，會變得更加潤澤，玉色更好。」

他倆就這樣有一句沒一句地說著些廢話，一種微妙的力在流動。

難道，這塊玉石內部真還藏著一隻會說話的玉蟬？這一切似乎變得難以置信。

他看著這塊石頭，明白這是一個奇異的寶物了。晚上心潮起伏，不喝點酒是睡不著的。

到了最後，從大狗身上取出的這枚古玉蟬，怎麼沒賣給這個人，恐怕也只有撈沙女人知道這個原因了。

直到有一天，有人親眼看見，這位陌生的商人從撈沙女人的住處影子一樣地飄了出去，然後是追出門的撈沙女人，她張著嘴，單薄的身影讓人感到她像是一縷魂，每走一步，腳下就綻開一朵血蓮花。

接著，一個孩子似乎真的聞到了她身體裏的血腥氣，他左尋右找，終於在撈沙女人的嘴上發現了一抹紅色的印跡。

「不是血。肯定不是。」

不知從哪兒冒出來的聲音突然說道，冷冷的聲音嚇了我一跳。

6

有一天，我問婆婆：二弟呢？

婆婆說：在北疆一個草原縣城裏待著呢。那兒春天不颳風。

婆婆微微一笑，她知道我問的不是這個。我不得不挑破了。

我說，二弟手中沒有那塊石頭，他跑什麼跑？

婆婆說：我知道他沒有。

我看定了她的眼睛：那會是誰呢？那條玉蟲子到底是在誰的手上？

看來你還是沒跟上。

沒跟上是「沒弄懂」的意思。

第十章

枯竭

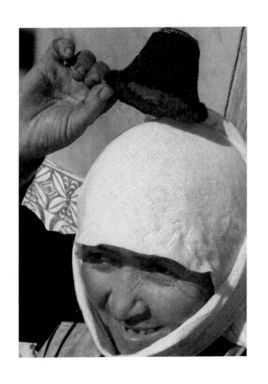

1

　　那段期間，就像是在做夢，一個神魂顛倒的夢。河道像個戰場，硝煙已經散開。

　　我從未看到過那麼多的外地人，他們的服裝顛倒，神魂顛倒，但卻不是夢。他們盛大的熱情，把整個和田城都給點燃了。因為我對自身的「盛大」一無所知，我可能會比他們更危險，我的「盛大」是一個隱患，像遲遲未到的麻疹，還沒發作，但是越遲，越危險。

　　真是讓人失落。

　　但我無法抵制這更危險的夢。

　　河水枯竭。

　　這條二十萬年前的古河道，要滋潤無數桑樹與古樹的根鬚。而今，將在短短幾個月中，去迎接未曾聽聞的迥異未來。

　　意料中的事終於發生了。

　　由於在這條白水河裏挖玉的外地人積聚得越來越多，層層疊疊的，河道一時變得擁擠起來，礙手礙腳得很。

　　水流乾枯的河壩子上到處是扛著鐵鍬的人，到處是人的眼睛，沒有一處角落能包容、掩蓋河流的秘密。

　　每個人看起來力氣都很大。

　　力氣有多大，夢想就有多大，他們簡直把河道當成了一個賭場了，但挖出的玉石卻少得可憐，拇指大的石頭都巴不得四處炫耀一番，一副沒見過啥世面的樣子，很遭人唾棄。河水好像已知道自己早已沒玉石了，只產硬邦邦的卵石，表面上看似很平靜，沒什麼變化，蒼白寒酸，像有點貧血，沒底氣得很，任人把河道挖個稀爛。

　　真是晚節不保。

幾個月下來，好像沒聽說有誰挖到了籽玉，但是狂熱的氣氛像硝煙瀰漫在河道上空，濃縮在河水、卵石裏以及水草裏。

在太陽升起和落下之時，人們聚集在這裏，交頭接耳，傳播各種來路不明的小道消息。

和田的大街上來往的車子多了，什麼事也都變得亂糟糟的。

一次，一輛載運石頭的卡車從和田大橋上經過，兩個裸著上身的男人靠在車窗旁，車子在路過我身邊時，我們幾個孩子衝著他們又拍手又叫喊的，車上其中一個男人扔下來一個乾癟的可樂罐，剛好砸在了我的肩上，又順著我的身體滾在了地上，「哐噹」著滾了好一截子路。

「神經病──」我狠狠地吐了口唾沫。

車子在大橋的石子路上扭了一個歪歪的「S」形，就捲著塵土跑遠了。

二弟走後的第二年，老爹的病也在慢慢地好轉。不過，自從他的病好了以後，他好像變得更加沉默了，每天只知道幹活，不說話。

老爹的手出奇的大，一年四季戴著黑羔皮氈帽。喜歡喝用鴿子血、葡萄汁泡製的「穆賽萊斯」酒。那種酒散發出一種奇怪的味道──說了你也不懂。

吃過晚飯，天還早的話，他就會慢慢走出去。有時是朝玉石巴札的方向去，有時也會是白水河。

他的出處太多，總顯得有事做的樣子。

午後，他回來了。

他的精神狀態還好，不像他本該的老，渾身泛著太陽的顏色，冒著熱氣，鞋底還沾著草泥。他在院子裏一遍剝著桑樹皮，一邊停下來，呷兩口酒。嘴裏嘟噥了一句，好像是在罵人。

遙遠的，捉摸不清的一句話，似乎只為他一人而飄蕩。

好像他在抱怨說：「最近家裏老是多一些東西，比如鐵鍬、篩子，還有鐵錘子。你是不是也去挖玉去了？這東西沒跟我打招呼，就進了我的家門，我看著眼生，我都覺得這個家不是過去的家了，只有曬在太陽下的木頭模子，還是過去的舊模樣，看著它我就安心多了。」

我心不在焉地「嗯」了一聲。

天很熱，這個季節，該是兜售無花果、葡萄乾、核桃的小販們挨家串戶地吆喝的時候。空氣中有股孜然香或枷南香？我嗅了嗅，確實有股特別的香味，接著，什麼都消失了。

我的頭還是劇烈地疼痛，沒細細想老爹的抱怨，匆忙嚼完一塊乾饢，就睡下了。

一大早，老爹夢遊一樣地在白水乾枯的河道裏走，看見了好些村子裏的人，他們個個都臉朝著地，拎著鐵鍬，錘子在沙磧層裏敲敲打打，河道被掘得皮肉綻開，一片狼藉。

在沒有雨、沒有陽光的天氣，河道的淺灘邊有好些外地人在四處遊走，一陣又一陣的風沙把他們吹得個個都歪歪斜斜的，一發現有玉石掘出的情報，馬上就有一群人像幾股潮水一樣地擰在了一起。

老爹朝離他最近的一個正埋頭在沙磧層裏刨沙的男人舉舉手杖，但也只是舉了兩三下，他就再也沒力氣了，只好佝僂著身子站在那裏搖頭。

他好像弄不明白，河裏以前怎麼沒水了，咋乾枯了？

他想攔住一個人問個清楚，這到底是為什麼？

整個和田城，人幾乎都不幹什麼正事了，有的人外出打工，有的人去販賣葡萄乾，更多的年輕人被外地人雇傭，整天在河道裏挖玉。孩子挖，農民挖，男的挖，女的也挖。

整個和田城裏除了幾個腦子比他還糊塗的老年人在路口的牆角下曬太陽外，沒有人能回答出他的提問：

河道裏以前怎麼沒水了，咋乾枯了？

那些老人要麼沒聽見，要麼聽見了也裝糊塗，眼睛裏發出同樣的疑問：

河道裏以前怎麼沒水了，咋乾枯了？

中午，他回到自家門口，坐在那裏，想不起來接下來要幹點啥事情。初秋的太陽曬得他有些恍惚，他的頭深深垂在胸前，一會兒就睡著了。

恍惚之間，他夢見二弟和大狗回來了，大狗搖著尾巴，很歡喜的樣子。

他如釋重負地長長吐了一口氣，猶如一聲長歎。

2

那是夏天，天氣酷熱乾燥，河床裏的已快乾枯的水並不清澈。在一些有水的淺灘處，羊、牛、好多的狗都好像不約而同地聞到了水的氣味，跑到這裏來喝水，也有的婦人在這裏洗衣服、洗菜。

在河水退去的地方，除了裸露的石頭，就是乾巴巴的泥土，這泥土與別處的泥土不同，它是白色的鹽鹼土，這鹽鹼土一層覆蓋著另一層，不知道要什麼樣的雨水沖洗，才能洗掉這泥土裏的鹽分。那些或圓或扁的石頭埋在地下，總有一些玉石，經過了無盡的水之後，又一次大白於天下。

每一天，從早到晚的，河壩子裏老老少少的挖玉人一大堆，說話的聲音飄來飄去，最為熱烈的是在不遠處的淺灘上，兩個身強力壯的小伙子在進行挖坑比賽，旁邊的人又喊又叫的，他們的興奮處於局外人的位置上，而我們這邊顯得要冷清多了。

我驚奇地發現，古居然也在在河灘裏挖坑。

算一算，我真的是好久沒見過他了。

趁著他沒注意，我跳進一個挖好的坑裏偷看古，發現他的鐵鍬

好像被什麼東西給磕了一下，他彎下腰撿起，還鼓起嘴巴用力吹了吹，很寶貝地放進了口袋裏。

我看見了，眼睛像麥芽糖似地黏著他的口袋。

是什麼東西呢？趁他不注意，我把手伸進了他的口袋裏。

什麼也沒有。

他斜倚在鐵鍬桿上，回過頭來看我，笑著伸出左手的食指，在我的額頭上點了一下。

就這麼一下，成了我一生的謎。

聽說，白水河曾經發現過大的羊脂白玉。

我說的是曾經。

其中有一塊玉的來源離奇得很，說是一位維吾爾族農民數天來在玉河挖玉未果，懊惱勞累之餘，脫下衣衫在一處鵝卵石灘上準備合衣而眠。不料背部卻被衣服下的一塊硬物磕得怎麼也睡不著，於是便生氣地爬起來一把掀去衣服。

一瞧，鵝卵石堆裏露出的硬物正是一塊羊脂玉，玉石頂部有一大塊色澤紅潤的「糖皮」，像一大塊臘肉，比較油膩。

後來，傳說中的這塊羊脂玉很快被當地一個富商以二十萬人民幣買走，再後來，這塊重達十幾公斤的羊脂玉已賣到五百萬元。

語不驚人死不休。

聽起來相當浪漫。也不知是真是假，傳這話的人目光閃爍得很。隨後，聽的人就有些心煩意亂了，有些技不如人的感覺。

這些外地人真是天真，還指望在河裏挖到巨形的羊脂白玉。

想想看，拇指大的一塊玉現在都很少見，何況「巨形」？真是不像是從前，像是古代，那是白河裏到處是玉，它們與水裏的卵石為伍，就像是它們的耳朵，在水裏偷聽魚的閒話。

現在，古河床被人一寸一寸地反覆篩選，但很多人收穫甚微。挖個十天半月，也挖不出一粒拇指大的玉塊來。

每天，那麼多的人在河道裏起起伏伏，手不夠用，鐵鍬不夠用。沒多久，就聽說有人花了大價錢買了挖掘機來和田挖玉了。

我的嗅覺好像很靈敏，一下子就聞到河道裏挖掘機的味道。甚至挖掘機的隆隆聲還沒拐過玉龍喀什河的大橋，我就知道它來了。

那是一股生冷的鐵的味道。

當第一臺挖掘機出現在河道裏的時候，和田城裏的好多人沒見過這樣的鐵傢伙，都紛紛跑去看。

只見它臥在河灘上，張大嘴巴，大口大口地吸進去這股子鐵腥氣，挖掘機開動的時候，鐵皮摩擦著河床上的石頭，發出「哧啦」「哧啦」的叫聲，就好像這鐵皮的身子底下臥著一群烏鴉，但是叫聲很兇猛。

然後，身子底下伴隨著一股藍色的煙，周圍的空氣有些微妙地扭動，看起來整個機身都腫脹著。河道上一時間安靜下來，圍觀的人好像都被這個會跑會叫的鐵傢伙嚇住了。

人群中有人還倒撐起手裏的鐵鍬把，往河心裏試探，說，今年的水是比往年淺了許多。看，河道裏都能轉車軲轆了。

和田橋兩邊的河道裏，河水已退得乾淨。

沒過多少時間，上百臺異常高大的挖掘機正在其中，它們內部鐵製的心臟帶著一股蠻力在跳動，鐵臂長得不可思議地升起、落下，沉沉地壓在地面上，就像一個個巨大的鐵釘子在河道裏起起落落。硬的鐵、軟的泥兩種物質膠和在一起，密不可分。

在機聲隆隆的聲音中，空氣中充滿了不祥的預感。

河道裏的溝溝壑壑，各種大小不一的石頭從河道深處被挖出來，被人仔細地篩選後堆在一邊，像河的內臟被野蠻地掏出來，丟棄一旁。

空氣中散發出一股泥土的腥氣。

河灘裏的外地人多了，多得擠不下，都跑到和田的大街上了，狹小的街道一下子變得很擁擠，帶來了各種各樣的聲音，人和人親

密的交談聲、腳步聲、吵架聲，還有越來越多的車子在街上橫衝直撞的聲音，一天到晚雜亂得很。

到了晚上，我躺在院子裏翻來覆去地睡不著，想聽聽那些跑來跑去的聲音到底是什麼？卻不容易。

比那些聲音更討厭的是氣味，比如，羊毛氈子上的臭蟲被老爹「啪」地一下撚碎的氣味，真令人噁心。

連我家的牆壁都保留了他們的聲音。還有氣味，像又熱又濁的水流，從橡木的這一頭傳到了那一頭，我一廂情願地認為，這聲音把這屋子裏的橡木都熏黑了。

橡木架起的頂棚上有一塊木頭隔板，老爹經常上去取一些東西下來，有時是一包莫合菸的菸絲，有時是一些蒙了灰的乾果，還有一次，老爹取下來的竟然是一小袋子野味，不知保存了多久了。

真不知架著橡木的光禿禿的頂棚，怎麼會有那麼多的驚喜——風乾肉、一包零錢、嗆人的菸絲，還有灰白而乾燥的巴旦姆乾果。偶爾，也會看見母親留下來的白色披巾，我扯下來，在自己的頭上蒙上一層古老的陰影。

那天下午，老爹在他屋子的右牆角裏架起了凳子。

我很莽撞地跑了過去：

「要幫忙嗎？」

老爹嚇了一跳，手中的一塊舊舊的羊皮紙落了下來。上面塗著好多我看不懂的線條，好像是一張圖紙。

3

河道裏的水沒了。

河底像穿了一個大洞。

沒有水的河道上，大小不一的卵石全都裸露在外，濁黃的水流在卵石中曲折地游動，像一隻氣息奄奄且醜陋的蛇。一股濃重的

泥腥氣從河底緩緩滲出，連同起重機的隆隆聲滯塞在乾枯的河道上空。

很快，他們發現不對了，感覺像是上了個當，期望得不到滿足，快要瀕臨破產。他們遷怒於當地人，好像他們藏了河流天大的秘密，而這玉石的秘密，只對他們外地人嚴防死守。

好像是賭氣，好像是陰謀。那一年，玉龍喀什河的河灘裏補丁一樣的，一個坑接著一個坑，那些石頭一個個被挖掘機翻出來，被人小心濾過，一看不是玉石，又一一摞在了河灘上，特別高，像是一堵堵的牆。

就是這些站立不穩的石頭牆，連著一口氣吃掉了好幾個小孩子。小孩子剛才還在河灘上有說有地的翻撿石塊呢，一眨眼就不見了，被壘得高高的石牆壓在了下面。

白水河又一下子成了食人河。

這一年的初夏連著颳了四天的風。風颳得浩浩蕩蕩，一天不少。風過後第一個出太陽的日子，還沒到下午呢，一個消息就傳過來了。

「河壩子裏又死人了。」隔壁家的阿不都拉從外面跑回來，路過我家，表情好像很興奮。

說完，又旋風一樣地出去了。

河壩子靠近大橋的右側擠了一大群人，隔著老遠看去，好像是一群黑蜂抱團兒，循著喧鬧聲走近了看，原來又有小孩被壘得高高的石頭堆壓死了，是個剛八歲的小男孩，大中午的，獨自跑到河灘裏撿玉，結果不小心身子撞在了石頭牆上，嘩啦一下，小孩子連一聲哭都沒來得及發出，就被壓在石頭底下了。

小孩被平放在了地上，身子底下被好心的婦女墊了幾層不同顏色的衣服，裏層的鮮紅色棉衫顯得很挑逗。

他的腳被傷心的父親每隔一陣兒倒提著，那是一雙小孩子的腳，被石頭砸爛了。

赤裸的腳趾微微上翹。孩子的父親在小孩子的身上拍拍打打，果真，一些水從嘴裏吐出來，把墊在身下的衣服都濕濕了，這麼幾次來回，可孩子還是毫無知覺，小身體被大人弄得皺巴巴的，像麵條一樣綿軟，連同身上的那些血，也都一一開始變涼。

為什麼小孩子被淹死都發生在中午？

我看著眼前忙亂的人群，突然想到了這個問題。

也許這個問題太過玄妙，很快，就被剛剛得知消息的孩子母親更加淒厲的的哭聲打斷了。

我躲在人群的後面，從他們身體的縫隙看到平放在地上的這個小身子越來越涼，越來越薄，像一張紙片一樣，吹一口氣，就會飛。

我覺得，是他代替了我的死。

事情的確發生在那天中午，家裏來了親戚，一起吃過了羊肉抓飯，喝過了穆賽萊斯酒，大人們就在院子裏的桃樹下鋪了張毯子聊天，說是河壩子裏又有大玉被挖出來了，連廣東那邊都來人看了。看到我慢騰騰地蹭到他們身邊，不小心被腳下的瓜皮滑倒了，大人們顧不上我眼睛裏噙著淚，笑聲好像更厲害了。可我並不在乎他們說啥，反正我就要到河灘去看剛挖出來的玉了。

我這麼一邊想著，一邊向門口走去，發現前面有什麼東西擋住我的路。

是老爹。

老爹站在院子門口，穩穩地摁住我的肩膀，說了很多的話，可我一句也沒聽進去，一臉茫然地看著那張嘴一張一合，好像對他牙齒上還殘留的一片韭菜葉更有興趣。好不容易，我看見他的嘴合上了，說：剛聽人說了，河灘裏有大玉挖出來了，我要去看看。

老爹一把抓住了我，一字一字地告訴我：你，不，許，去。

這幾個字像傾盆而下的水，一下子把我淋濕了。

天徹底黑透了。

河灘上的人都走光了，河道裏又恢復了平靜。好像下午的哭聲是假設，死亡是噩夢。而噩夢結束以後，我用刺骨的河水洗了一把臉，水滴從手指的縫隙間滑落，慢慢地，我又恢復到被驚嚇之後的奇異的自由。

我在河壩子上坐著，身後的空間依然是黑的。如同，我還有生之龐大無邊的黑暗未被觸及。

就好像那被賜予密咒的時刻尚未到來。

死了孩子的家長哭啼著，整天忙著索賠，賠償金要出了天價，好像是多年前的一個宿願，等了好久終於實現。他們一心想把事情鬧大，鬧出大動靜來，好得到上面的大人物的重視，這個想法真的是惡毒啊，讓人忍不住懷疑，這些死掉的小孩子只是大人們放到河裏的一個餌，專等著上鉤。

可是，一個小孩子要賠多少錢才算夠呀。

直到第三年的春季，那不多的賠償金才一一落實。

很快就有風聲了，白玉河禁止挖玉的禁令被一一告知，挖玉的再也挖不下去了，紛紛賣掉了挖掘機，打發了河灘上成群的打工者回了老家。也還是有留下來不走的，等著事情出現轉機。

從那以後，街上冷清了好多。那些在玉石巴札賣玉的人稀了，散了。他們的消失，就像是河底裏的水一點點下滲，露出了卵石，就像它自己吞食了自己。

轉眼到了第二年夏天，太陽曬得人都爆皮了，河風吹得人身上乾熱，沒人肯在河灘上整天守著個不知冷暖的挖掘機，它被遺棄了，在乾枯的河道旁自己慢慢生出了鏽斑。

晚上，挖掘機浸泡在清冷的月光裏，像是一頭頭怪獸。

夜空瀰漫著死寂的氣味。

第十一章
救贖

1

凌晨時分，我從夢中驚醒，窗外微光清涼。仔細回想剛才夢中所見，彷彿夢中一位異族男人雙腿沒入河中，目光癡迷地注視著河心的波浪翻捲處，細碎的波浪打濕了他的棉質衣衫。

「快啊，來點暗示吧，一點點就夠了。」

白水河的一邊是棗樹林，一邊是楊樹林。他把夜晚的月亮當成指南針，正對而行。他知道，如此，便不會在微涼的水面處留下陰影。

「快啊，」他朝河水中不停地低語，聲音細如蚊蚋，很快淹沒在白而大的波浪中。這種古老的突厥語已近亡佚，他用這種古語，是為了祈求水面再次出現一種環形的波浪，它會賜下徵兆，洩露波浪下古麗的藏身之所。

白水河上游的水已近枯空了。而在它下游的河道裏，水勢迅猛。這個異族男人一直走到河岸邊，看到白色刺眼的水在河道中流瀉，大小不一的鵝卵石七零八落地汪在水中，像一些寓意不明的圖案，濕淋淋地泛著鐵似的光澤。

沙塵暴剛剛過去，雨已經停了。現在，天正在奮力地把頭扭過來，擠出一小塊晴天。

河水的一小股支流順流而下，在靠近橋下小平臺的的拐彎處形成半米的落差在向右的方向猛地收住了，在那裏聚成一小片水潭，一股水流緩慢而沉重地落下來，落在水中一塊鵝卵石微凹的小坑裏，令人難以覺察地濺起均勻的水花。

「快啊，來點暗示吧，一點點就夠了。」

他繼續輕輕低語著，像是對著河水，也像是對著他自己，不覺中已涉過並不寬闊的河床，全然不顧褲腿和衣角已被河水打濕。清晨的陽光均勻地灑了下來，他微微傾斜著身子，直視河面。從側面看去，他狹長的眼角旁皺紋放大，糾結成一副古怪的表情。

他猶豫了一下，把手深深插進了大而白的波浪下面。

這是一個夢。但是與古現在的真實生活相比，已是真假難辨。

2

古麗死後的次年秋天，古一如往常，走在寒意漸深的河灘上。

那是八月間，古麗的影像再次開啟，帶來最初的懸浮夢境，在這個秋末展開，好像某種戲劇情節連續不斷。

那是一個偶然的機會裏，古在和田巴札的舊書攤上看到捲了毛邊的書，上面有對古代和田採玉方式的一段記載，說是古代和田的女性生活是很開放的。

那時候的採玉雜有陰陽之說，採玉者都由女性充當，她們在汛期過後於清澈的積水或緩流中撈取，有點像阿拉伯海的採珠。

古果然在書中找到了這段話：

> 「白玉河流向東南，綠玉河流向西北。其地有名望野者，河水多聚玉，其俗以女人赤身沒水而取者，云陰氣相召，則玉留不逝。」
>
> 「凡玉映月精光而生，沿河取玉者，多於秋間明月夜，望河視玉璞堆聚處，其月色倍明亮。」

古一下子聯想到，古麗在那個溺水而亡的月明之夜，的確是看到了一群裸體的少女手拉著手，在月光下踏河而行。

從那時起，古每日都會留意天氣的變化，包括雲朵的形狀與風向變化。對於他來說，唯有這些天象。

他這樣做，半是基於傳統，半是出於迷信。

一九八三年的那個夏天，自從古麗從古的生活中消失後，他幾

乎每天都要去白玉河的下游，在水中待上很長時間。暖的水，冷的水，靜止的水，像巨大而溫暖的子宮把他包裹其中。

古站在河灘邊上，呼出一口氣，整個人猛地潛入水中，緊緊地閉上眼睛。他喜歡長時間地隱匿水中，透明的水流擠壓著他，像血液一樣直接而自然。

他出現在河灘的瞬間，彷彿是遺失在水邊的一道光波。每天，他伸展手臂，以同樣的姿勢，在同樣的地點消失。

現在，在細軟水草的纏繞間，一張異族女子的面容在他的眼前閃過。他好像聽到了某種呼喚，那像是來自記憶底層中的一座重鎖的密室，一些雜亂而陌生的聲音響在夢和錯覺，以及偶然的失神之間，它們相互擠挨、侵蝕，末了，化成一片妖慘慘的白色和猙獰的黑色。

他聽到笑聲，感到那笑聲像是發自一個活過百歲，讓時間泯滅了男女之分的那種沒有性別的笑聲。之間還浮起一張張臉，有老人的，有孩子的，其中夾雜著女孩吃吃的頑皮的笑聲。

接著，是一個極其輕微的用木槌搗地的「嗵嗵」聲，一個黑影如影子般拉長、遠去，一張老婦人滿是皺紋的臉爆出裂紋，呼喚：醒來，醒來醒來——聲音似經過長途跋涉，自陰冷潮濕的地穴裏泄出，令他咬牙、冷顫。

無人的時候，白水河下游的河灘恰似一面淡藍色的湖水，寂靜如鏡。他在深水區來回游蕩，溫熱的水流擠壓他的身體。他仰身平躺在水面上，輕輕划動肢體。

整條大河裏有著海洋深處夜行的氣氛。

古把頭深埋在水裏，在水面上露出伸直的手臂，輕輕搖了搖。從他那個黑暗的所在看上去，他伸直的手臂連同他的短促的黑髮似乎閃著一層柔和的光。

一個適合在水中生活的人，在水中獲取了一種安全感，註定他無法在陸地上存活太久。

他經常在水中看自己的臉。

古好像並不快樂。

有時想到一個人，就感覺好像有在黑暗中透過亮光的感覺。她的聲音在樹林裏飄，穿過棗樹、梨樹、桃樹還有杏樹，尾隨他的身後，聲音中含有某種悔意，與水塘、土狗、果樹、葦子牆以及一年前的變故一起，成為某種現實的記憶。

很難說，關於在月圓之夜尋找古麗的濃烈夢境何時開始入侵，而最終超越了古正常理性的生活。

只不過那時，古還沒發現同在地下安憩的兩者之間的關聯，還未能將死去的魂靈兩者之間的神秘力量連接起來。明白這一點，古花了很長的一段時間才肯相信，的確是這條河流在影響他的夢境，一次又一次，去接近古麗的影像。

每一天，他似乎放下了手中的一切事務，那些環繞他的物質世界，紅柳屋子，牆壁早已變得透明無形，不再成為物質。

所以，當古赤裸著身體，蜷縮在水中的時候，他感覺到一道黑暗的峽谷夾在他和那個虛妄的自我之間。當他向水的深處游動的時候，他感覺人的孤獨感是隨著年齡而增加的，內心的堡壘一天一天變得堅固。

偌大的河灘上散發出一股清潔之味，他赤裸著身體，深呼一口氣後，一下子躍入水中。當一個人長期孤獨的時候，他會選擇大聲說話，對著牆說，對著天空說，對自己說。

現在，古把他的身體深深埋入水中，對著水說。

有一天，他來到河灘邊的棗林，仔細尋找雀鳥的巢房。

維吾爾族古諺語說：鳥窩低，冬冷冽。當秋日前移，他走在林

中，對自然界的一切蛛絲馬跡全都仔細辨識，有如閱讀預言，空氣中的一切在影響大地，並事先揭示，他將在何時接近古麗的影像。

「快啊。」

古蹲在白水河的淺灘處，低聲懇求神蹟出現。他躬下身軀，仔細查看水面的波紋走向。

在這之前，他夢見她有整整一年，但都是一些浮光掠影的片段。雖然他知道，這條河流不是催夢的秘方，真的會帶來奇景，帶來異象，偶爾引來古麗的身影，向他訴說壓抑長久的告白，這告白會對嗜夢的心靈產生神奇的效力。

但是，那些神秘波紋，有如通向夢境的鑰匙，隨時都有可能出現。

有時，她的聲音在河流上空一片縹緲的霧氣中浮現，可他什麼也沒聽清楚，只看見她踩踏在沙地上的赤裸雙腳，在陽光下結實、飽滿、微黑的皮膚在陽光下滲出汗水。

在夢境的影響之下，時間有了彈性，古麗好像仍還活著，在他身邊散發出來的氣息仍然豐厚、濃郁，慢慢地瀰漫開來。

過了一會兒，她的聲音漸弱，從幻覺的天地中回到烏有之鄉，只留下他獨自一人，對著空空的河流、沙地，以及身後的風景了無興致。

在他看來，與其說這條河流會激發夢境，倒不如說它是催生夢境出現的條件。讓他相信，河流影響的是醒著的人，並給自己以神力。

「來，靠近一點──」古麗的聲音細如蚊蚋。

「來吧。」她的手輕輕觸過他柔軟的襯衣領口。

而他，竟毫無察覺。

「靠近一點──」她的聲音幾乎已經喊了。

好像古站在彼岸的另一端，遙不可及。其實，古不但聽見了她的聲音，而且還看見了，嗅到了，甚至他的手還觸摸到了她長及腰身的烏髮，整個人陷落在她身上一股濃郁的土腥氣裏。

「我有件事要告訴你。」
古麗說。

深夜在睡眠中產生的這個夢，一直籠罩著他的情緒，以至於古在這天早上醒來時感到十分疲倦，這種疲倦使他感到渾身潮濕。

他躺在床上回憶著夢中所見，好像古麗的聲音來往於風沙中，聽起來像是一條斷斷續續的細線。

古麗下葬之後的近半年的時間裏，古變得不怎麼愛說話了。他的眼睛裏始終有一種我無法解讀的東西。有時我遠遠地看他，想進入到他內心的孤獨，但我最終意識到，這是不可能的。

看到古的行為如此地怪異，有人說話了：那個古麗溺水的事情其實是古自己虛構出來的。

想到這裏，我嚇了一大跳：不可能。他幹嘛要虛構這麼一件事呢？如果古麗沒有淹死，那麼，她現在哪裏？

終於忍不住，我在一個初冬的下午來到古經常去的河灘上，學著他的樣子，在河灘下游的淺水灘裏察看水中的波浪，沒看見身後一個維吾爾族少年在悄悄靠近我。我以前見過他，十三四歲的樣子，看起來與我一般大，身材像棵發育不良的白楊樹那般細長瘦弱，一副什麼也擔不住的樣子。

他每天雙手叉進兩褲兜裏，脖子上掛著一個看起來很笨重的筐子，裏面碼著一大堆切成片的黑麵包。他吹著口哨，東張西望，在河壩子裏走來走去，每每看見扎堆的人群，就快樂地擠進去看熱鬧。

他的黑麵包因無人問津，而慢慢變得冷硬，再看不出是什麼顏色。

正是下午六點，他從河壩子上的一條淺水灘輕巧地躍過來，慢慢走近我，遲疑著把胸前的一個黑乎乎的木箱子放下。

這個男孩我是見到過的，他整天在白水河的河灘上閒逛，脖子上

掛著一隻箱子，木頭箱子裏擱著滿滿的切成厚片的黑麵包（巴哈利），好像這麼多天來從來未賣出去過一個，但都碼得齊齊的，一個不少。

他是誰呢？我一無所知。

臨近落日黃昏，河壩上挖玉的人越來越少，這個維吾爾族少年，把雙手袖在肥肥骯髒的褲子裏，默默地看著我。

「喂，你在幹啥？」

他沙啞的聲音在我身後響起：

「大冷天的，你一個人在河壩子裏看什麼看？」

我沒理他。

很快，他的頭伸了過來。

「哇──我說呢，別處的河面上都結著冰，只有這一處拐彎的地方不結冰，你看吶──水裏還冒著氣，奇怪得很。」

「用地上的換地下的。」他低下頭來說。

「你還不快走。」

聽上去，連聲音都不像是我的啦。我討厭他也發現了這一點，賭氣似地大叫了一聲。

那個賣黑麵包的維吾爾族男孩終於走了，這冰層下的熱氣也開始慢慢散去。

3

次年夏天，某夜，他躺在床上，聽強勁不息的雨水在屋頂上滴落，間或有密集的冰雹敲打屋頂乒乒乓乓的空洞聲響。

下冰雹就意味著夏天到了。

前些天，老爹的老寒腿就開始痛了，彎腰全靠腋下的那根枴杖，順著它一點一點地往下滑，再一點一點地順著它往上爬。

果然，還不到晚上，天邊的一大捲烏雲鼓起了大肚子，一會兒擠下來雨水、冰雹什麼的，砸在地上、屋頂上，發出像手指敲擊木

板的一聲聲悶響。

他聽到了呼吸聲、警覺之聲，它們不在屋裏，它們在周圍的一切之中。

古的心裏充滿一種隱秘的喜悅。

雨水和冰雹向來是一大氣象的產物，一如往昔，夏日雷雨風暴過後，隨之而來的是河道裏流瀉下強勁不息的洪水，這時山上的原生玉礦經風化剝蝕後，把有可能混有玉石碎塊的石料帶到了白玉河的下游。他知道，這個時候自己該做什麼，並將此視為信號。

此時，古更是勉力擊打水面，彷彿敲門一般。他在懇求進入。他不僅是在懇求一個夢境，更是在懇求一個唯一真實但意義無所不在的經驗。

洪水過後，古整日在白水河的四周走動。他來到河壩子上，河水清冽，他目光專注地注視著河心中央，彷彿受到磁石吸引。

每日，他沿著淺水灘慢慢行進，反覆查看白水河邊波浪的翻捲處，透過水流的表層和波浪的紋路，緊張注視著水面上出現的每一個漩渦，以及每一片看似平靜的水面反光，舉止看來彷彿完全未經過思考，布滿血絲的眼睛始終帶著夢遊般的神情。

月光和雨水一起滲進了乾枯的河床，卵石間總是濕漉漉的樣子。

他信任這些卵石，在黑暗中儘量地靠近它們。

遠遠看去，古的身影仍如從前那樣敏捷。有時走累了，便坐在河壩子的石頭堆上，或者躲在河岸邊茂密桑樹的綠蔭下，看羊群被村路上的一灘泥漿絆住腳步。在牠們溫順目光的注視下，他覺得自己從未離開過白水河。它的漩渦，它的激流，它的白沫般飛濺的浪花，一如他正隱藏在它低沉的聲音中。

他在講話。

關於南方，關於我從沒見過的梅雨季節。他說一口漢話，那種漢話在我看起來像是懷有某種機要使命似的。

還有，他說的那些內容，也是很有意思的。

但是對於那個溺水的古麗，他是絕口不談的。就連最知心的人——這句話好像有點言過其實，他在別的地方遇到的人，在南疆的和田，其次在火車上，在後來南方的街巷裏，以及其他在任何地方遇見的人，所有人，他從來不說。一年前，還聽人不時地在他跟前對他說起古麗。他只是聽著，什麼也不說。

古在我的跟前，也從不談論他自己。其實，他跟我，好像也沒啥可以談論的東西。表面上看來是年齡的問題，他太大，我太小。因為無法談論，所以他將之推向沉默。

假如除了沉默一無所有，那麼我開口說話是否太過冒昧？可是除了沉默真的還有什麼的話，我會不會首先感到說話的需要？

我不想假定任何事情。

關於古，我一直活在自己編造的故事裏。有時候我向他講述一件事情時，我並不知道，或者我講不清楚，哪些是我自己經歷的，哪些又是我營造的。

它們在我的講述中輕得像羽毛，就等著浮出水面。它的世界和人的世界隔了一層時空。

他的眼睛半睜半閉，嘴巴裏費勁地說出每個字，那種艱難程度好像是從腸子裏扯出來的。死亡是針對心的，不像夕陽，這空虛的光，只針對我們的身體的。終於有一天，古的話讓我的身上發冷，但是我已沒有什麼力氣表達出來。

而現在，我走在樹下。樹是棗樹，長滿了花。花開了，嫩黃色的花柄一簇簇地擁擠在枝頭上，熱熱鬧鬧的。風從樹的後面吹來。

正午的陽光燦爛。我轉身走進潮濕陰暗的屋子，坐在這個膚色略顯黝黑的外鄉人身旁。

直到後來，古再沒聽人說起她。他們身邊有新的女孩子。他們

也不談古麗，好像把她給忘了似的。

好在，巴札上總有一些像古麗一樣的女孩子。有時，他會被這樣的背影吸引。等她回過頭來──不是。

古麗身上的肌膚有著岩石、泥土以及河水的顏色，在人群中有如一尊奇怪的雕像。她的眼睛、頭髮、耳朵及嘴巴裏全是沙子。在她的周圍全是沙漠。

而她含著他，就像是含著一棵剛剛萌芽的種子。

在這樣的想像中，他在河灘上的工作似乎也有了某種秘密的意義。

其實，我也常常在想念古麗。

想到有一次，我看見古麗半跪著，打開腿上的一本《古蘭經》，她用優美的聲音去讚美真主，以及她的眼中所見。那一刻，我就愛上了她的這個聲音。我不可能再聽到其他聲音了。聲音，消失在火與沙的景色中，讓我越發為她的聲音具有一種特質而感到驚奇。

還有，她有時光腳穿著涼鞋，來到我家裏。

大雪天也是這樣。

下雪天永遠是睡眠的早晨。

下雪的睡眠是另一種睡眠。

雪落下來，模糊了視線，遮蓋住窗外光禿禿的樹冠，帶著潔淨而清涼的味道。清晨的雪將涼氣帶入房間，讓人更有理由睡眠。睡眠因為下雪而清澈。

我往往在這個時候遁入黑暗中，這種黑暗就是我內心的一種寧靜。

而古麗，就在這樣的清晨嗵嗵嗵地砸響我家的門──「開門，我來了。」

「開門。」

她敲門的聲音有著一種我不能理解的陌生和清冷，彷彿她是在大雪中過的夜，並從那裏來到我的面前。

秋天，氣溫陡降。冷風嗚咽，大地宛如凝結，失去了生機。河水漸枯，河道裏已沒有多少人來河裏撿拾玉石了。

一年中採玉的季節已進入到了尾聲。

慢慢地，他像那些信仰伊斯蘭的人那樣開始相信永生。相信靈魂不會像溫熱離開身體那樣突然離開曾生活過的世界，它會在曾經擁有過的東西之間遊蕩，然後帶著人的氣味慢慢消退。

而死去的古麗，將會昇華為新的影像，新的古麗。

他必須為自己另覓新生。

現在，古的目光已越過了這條界線，每日來到河旁，仔細地審視河面細微的變化，開始在河床的每道皺摺下尋覓通向地底的入口，對河面的任一蛛絲馬跡全都細細辨識，一如閱讀啟示和預言。

正常的理性的生活逐漸從他的意識中消退。

兩個世界便一點一點地沒了界線。

4

好像就是從這個時候開始，一個有關和田白水村的人都要搬遷的消息就好像是一個虛構，遠遠先於後來的這場沙塵暴流傳開了，隨後，動員搬遷到和田黑水村的通知發到了每個人的家裏。

沒多久，也就是一個月的樣子，我們這裏得到消息的人陸陸續續地開始準備搬遷了。

那一天，枯死的白楊樹葉落了一地，還有屋頂，老爹叫我爬上屋頂，把樹葉掃下來。在屋頂上，我站得高高的，遠遠看見努克家雇的拖拉機嘟嘟嘟地碾了一地的塵土，正朝我家的這個方向開了過來。

車斗裏的家什堆得高高的，司機的駕駛室裏坐著努克家的女人和兩個正朝我擠眉弄眼的小孩。

我有些羨慕地看著車子遠去。

老爹看我久久在房頂上不下來，什麼也不說，只管把木槌子在盪料池中搗得嗵嗵響。

自從二弟走了之後，每天，老爹除了幹活，變得更加少言寡語了。

那天，我小心翼翼地對老爹說起搬遷的事情，可是，老爹很乾脆，說他不搬，不打算從紅柳的泥屋子裏搬出去，他說自己用紅柳和葦桿搭建的院子在這裏裏算是建得早的，住的時間長了，離不開。

老爹還說了，紅柳的泥屋子會呼吸，會吸汗。人在這樣的房子裏走動，心情也是不一樣的。

失去古麗後，古從未說到要走的事，他終於在和田待了下來。

八月的一天中午，我躺在墊子上，假裝在睡，聽見有人在說話，聲音很悶，好像是被什麼東西給嗆住了，就像是在漫長的憋悶之後，水管子裏終於噴出來水的聲音。

是古。

他和老爹在屋子裏說話的聲音，斷斷續續的，還有笑聲，瓷聲瓷氣的。

古好像是在說，他以前租住的買買提江家裏的房子昨天已經搬遷了，房子要拆，自己沒地方可去，要來我的家裏，與老爹同住一段時間。好像，他還說起了要給老爹交房租的事，話沒說完，就被老爹制止了。

這些聲音透過門縫傳了過來，讓我越發感到不安，我想到要去樹林裏砍些桑樹枝回來，也許，這樣一直忙個不停，會多少掩蓋一些內心的恐懼。

這種感覺就像愛一樣，過分的恐懼也有自己的情調。

門開了，古走了進來，皺著眉頭看著我手中的那把短柄小斧：你要去樹林裏砍桑樹枝嗎？

我說是。

還是我去吧。你是小孩子，我擔心你會不小心砍了自己的腳。

古的聲音好像從另一個陌生的地方漂過來。

我笑了一下，告訴他去樹林裏砍些沒倒下來的枯樹，不要那些枯死得太久或者腐爛的。

古在前面走著，我在他的身後不遠不近地跟著他。一路上，我還不時扭頭看他的臉。可他是安靜的，也是沉默的。

和田大橋毫無遮蔽地，還有曲曲折折的街巷，一直平鋪在我們的面前。不知道這塵沙漫捲的土路，是不是在暗示了這條河流前生的秘密？以至於古終於承認了，記憶在時間往前走的力量中不值得一提。

他什麼都不說。

一枚淡淡的太陽，很怯懦地掛在角落裏。

十幾分鐘之後，我們一起來到了河壩子上。

到了九月下旬，空氣中有了一絲涼意，枯黃的樹葉兒從白楊樹上緩慢落下。遲鈍的野蜂在向日葵衰敗的花葉中安眠，似乎並不擔心它能否安然渡過這個即將到來的冬天。

他脫了鞋，把腳伸到了河水裏。

「你下來嗎？」

他回過頭問我。

我搖搖頭：「不。」

河灘上沒有人。太陽明晃晃的，恍惚間讓我想起去年那個我熟悉的場景，還有古麗落水的那個夜晚。我沒有告訴他，似乎從那以後，我開始怕水。害怕水，好像是我從小的惡習。

可現在，他卻要讓我征服這可怕的東西。

他說，你先盯著水面看，水面很平靜。我遲疑著，不能肯定這一點對我來講是否有用。對於這一點，他卻沒能察覺出來。

我突然感到有些恐懼。古麗的命運有可能落在我身上。

我不到河裏去。

那是我的聲音，他不會不認得。他吃了一驚，抬頭就撞上了我的眼睛。目光重重地壓在他的身上，沒有要挪開的意思。

我不到河裏去。我不到河裏去。

待他走得很遠了，身後，我的聲音也在慢慢減弱。

古在我家過了最初的幾夜後，天，徹底涼下來了。

院子裏的梭梭柴全都燒了後禦寒。那些柴禾都是我從河邊的小樹林裏撿來的。

我有時在夜裏醒來，會看見清冷的月光打在土質的矮牆上，白白的。我總穿著一條舊裙子睡覺。燒了火以後，屋子暖和多了，所以我可以這樣睡覺。

我回想起古的臉以及臉的下額處的沙褐色坑跡。

現在，這張臉，沒有任何表情，隔著一大堵牆，已經沉睡了。

隔日的晚上，因為房子搬遷的事，古和老爹去找了和田房屋搬遷處的負責人艾力。

現在是九月，古有另一件重要的事藏在心頭。艾力在說明，解釋關於房屋整體搬遷那件事情的時候，細節頗為繁瑣，沒有發現古正心不在焉地望著窗外，一輪殘缺的月亮正浮在雲層裏，自在漂浮，無拘無束，漂浮於人間種種爭執的俗事之上，漂浮於無止盡的土地買賣的事物之上。

古似乎對於眼前的事反應遲鈍，正凝神窗外的楊樹在微風中輕輕顫動的模樣，淡淡的月暈在瀰漫，有如神示。

此時，他的心思一邊繞著月亮，一邊在心裏盤算，還有多少天，月亮才會豐盈，並因此帶來今年的第一場霜凍。對他而言，則是宣布他的夢境再次開始。

整個九月，古每晚都在白水河下游的河灘上擊打水面，且動作

越來越急切，眼睛睜得好大，他深深吸氣，嗅聞河水的味道，追尋那帶著鹽味的飄忽濃烈的水氣。

他謹守自己的迷信：只有在月圓之夜，河流的秘密才會交換秘密。如此，正對著向晚的月亮前行，走向可能帶來吉兆的水域，他才可以得到充足的浪花，而不會留下影子。

一天，從河灘回來的這天晚上，古睡得很死，很沉。他什麼也沒看到，什麼也沒聽到，甚至什麼也沒有想到——

月亮升高了。

水漸漸渾濁，似乎要轉入另一個支流。

剛才響在耳邊的私語聲一下子消失了，可此時他的心被一個美好的預感帶動著，繼續向前溯游。這時，傾斜的水流突然變得平緩。

這時，奇蹟真的出現了：

是一群裸體的年輕女子。

是在凌晨四點多的時候，也許是夜最靜，月亮撐得最圓、爬得最高的時候，風吹彎了她的手臂。她的赤腳已經碰到河水。河水的波浪一層層捲起幻想的波紋。她的頭頂是一個並不存在的秋夜——村莊裏的鴿子飛回了屋簷下。

柔軟的月光裏嘰嘰咕咕的聲音在夜風中彎曲。

儘管這夢境其實不過短短數十分鐘，但卻有其完整，獨立的空間。但那是一種註定不能持久，不知何時出現的，無以把握的又一次重逢。

水漸濁，似乎轉入一密閉的腔內。水下依稀有腳步陣陣，節奏如心臟。就在這個時候，水流突然變得湍急，像是快速地被抽吸向某處：

「有人。」

水面上，一個女子柔細的驚歎，之後，什麼也聽不見了。

只剩下眼前的這個人，這個女子。

她的容貌酷似古麗。

　　她坐在河岸邊上，赤裸著腳踩在一塊黑褐色的、粗糙的石頭上，並把腳伸到河水裏去。現在，她背著光，單腿稍稍舉起，動作近乎凝滯。月光微亮處，她的眼睫毛蜷曲、修長，一如阿拉伯花飾，對慢慢朝她走近的古，還有逐漸粗重的喘息聲恍若未聞。耳中只有那激蕩的白色浪花轟隆奔湧。

　　她的嘴唇微微開啟。

　　她把她的裙子撩到膝蓋以上。

　　她的身體圓潤而厚實。

　　他想與她說幾句話，可她轉過身就朝另一個方向去了，可就在她轉過身去的那一刻，他才發現她的身子幾乎是透明的，但是她的如拳頭大小的心臟，是白色的，也不全白，在右下側有一抹紅色，其顏色是那種刺眼的石榴紅，活躍、熱烈，像是要滴下血來。

　　「來，靠近一點，我有話要對你說。」是古麗的聲音。

　　在做夢的人的夢中，被夢見的人醒了。

　　為什麼古偏偏只看見她的這顆心臟呢？

　　「古麗。」他輕聲在心裏唸了一遍這兩個字的音節後，猛地深深吸進一口氣。「古麗。」

　　他又重複了一遍這兩個字。風像一下子靜止不動了。好像這兩個字的形狀以及給這個名字以生命的人，都在這嗡嗡的風聲凝結住了。

　　他的嗓音降為維吾爾族式的低語。

　　其結果可想而知。待古終於附身在她之上，深深進入了她，去碰觸那「距離」的深處，只聽見她的急促輕歡，在他之下，與他迎合。先前河流裏那震耳欲聾的水聲卻霎時變得闃然無聲，復活在他眼前的古麗的影像，在此刻卻完全沉默了。然後，她的身體好像是被抽空了一樣，只剩下單薄的影像、氣味和最表面的輪廓。

　　早晨醒來之後，他的大腿根處一片濡濕。不久，古不得不承認，他抱著的，不過是一個空洞的肖像，一個虛假的替身而已。這經驗雖然刺激，卻是徹底失敗。

從那以後的很多天裏，古再沒有夢見古麗的任何影像。

5

由於無視搬遷的通知，兩個星期後，我們這兒一大片破殘的紅柳泥屋的村莊就全部停水了。

不過，斷水好像並沒影響到我們的生活，老爹和古更不用說。我們繼續每日的作息，好像什麼事情也沒有發生似的，每天不過就是到村口的井裏汲水，途中不時水花四濺。

每日還是那樣，古在河灘上尋尋覓覓，而我，則每天到桑樹林裏給老爹採集細嫩的樹枝。我用一種我聽不懂的語言跟桑樹說話。這種語言不是他給我說話的那種。

當我回到家中，看一條條的桑樹枝被老爹敲擊時發出「嘎嘎」聲，然後削成薄的，還有長的枝條，它們像綠色的蛇一樣蜷伏在老爹的腳下，心裏就很安靜。

老爹的手背多皺，關節粗大，他每天發出的只有幹活的聲音。那些被剝完了樹皮的枝條由濕潤的淡綠色變成灰白，最後是乾澀的白色，然後，老爹生火熬煮它們，搗漿，掛漿，一點都不覺得累。

整個院落裏充滿了桑樹汁生澀的味道。

又過了一個星期，我家裏的電也停了。

某夜，老爹的屋子突然陷入了黑暗。電源被切斷了。

老爹不可能不知道這件事。

到了夜晚，他點起了蠟燭。在黑暗中，他彎下腰來，影子也跟著摺疊下來。奇怪的是，這件事對於老爹和古，還有我而言，似乎有些無關緊要。

我們三人點著油燈一起吃晚飯，飯是抓飯。一如在那次沙塵侵襲的當晚，我和老爹兩個人端著藥草茶，走到冒著熱氣的火爐旁。

周圍的人家都搬空了。

院子裏很是寂靜，牆角不知什麼時候起長滿了雜草。一排排桑皮紙的架子孤伶伶地立在那裏，任憑發白的月光把冷冷的光投射在上面。

這是少有的情景。

在那些沒水沒電的日子裏，我和老爹還有古就這麼一一擺脫現代發明，卻絲毫不覺得有什麼不妥，三個人就這樣開始過著沒水、沒電的生活。

在我房間的側牆有一盞幽微的煤油燈。半夜裏，我睜開痠脹的眼睛，透過窗戶的裂隙看一縷縷的月光，屋子裏的那盞鬧鐘細微的滴答聲在我的耳畔響了好久，穿插著臨屋入夢者古的平緩的呼吸。

院子裏，一東一西是兩棵上了歲數的棗樹，像兩個始終孤單的人形。東邊的粗大枝條上有一個破殘的鳥巢，裏面有一顆在白天和夜裏都睜著的深淵似的泥眼睛。天晴的夜裏，會從樹的間隙落下一條線似的月光。

風吹動樹葉的細碎聲響，在此時瀰漫上來，慢慢灌滿這院子裏每一處積落物質和時間灰塵的隱秘空間。樑柱、暗角，還有浮動在其中的人的平靜呼吸。

在這個有風的夜晚，不確定的方向遠遠地傳來幾聲狗吠，夜鳥、昆蟲的族類，像被巫術定了似的，全都停止了叫聲，又——在瞬間動了起來。

6

二弟走後，再沒回到這裏。

可我還一直記得那天老爹病倒前在石槽裏搗漿的姿勢：

那天，他赤裸著枯瘦如柴的身體，將砸黏了的桑樹韌皮裝進木桶，一邊用用長柄的搗漿板上下嘭嘭地搗動，他大口喘著氣，嘴裏

一邊罵咧著，不一會兒，老爹的身軀就不見了，可他粗重的呼吸還在，彷彿裏面還有一口厚厚的痰。

醒來以後，老爹已經不大會說笑了，每天只知道幹活，他在這種養病的清閒的日子裏也沒顯出幾分清閒來，他整天都待在院子裏，手裏拎著鐵錘，牙齒上咬著幾枚釘子，對著靠牆的一排木模子敲敲打打，忙個不停，捶樹漿，搗漿，在石槽子裏蕩料，每日去河灘樹林子剝桑樹皮的事情就交給了我。

每天，老爹將砸黏的桑樹嫩皮漿放在木桶裏，埋到土裏五六天後，漿就「熟了」。

該「蕩料」了。

老爹繞過幾口蕩料的水坑，半蹲在木桶邊的水坑邊上，身子俯向前，把紙簾的模子平放在上面，將一張張紙簾平穩地托起。

老爹就這樣從早上開始起，連續好幾個鐘頭，把攪好的木漿塗在簾布上，然後，再端到有陽光照射的空地上等著曬乾，老爹的生活只有這每日帶著涼意的陽光。

沒多久，樹底下存放的桑樹皮已成了黑糊糊的一堆，上面的一層皮全腐爛了。一眼望去，和一堆爛草皮沒什麼兩樣。曲指一算，老爹從病了開始起，竟有五個月沒有做桑皮紙了。

老爹病好以後開始做桑皮紙是在某個春夏之交的一天，我的桌子上放著一杯水，我記不起這杯水是什麼時候放的，想不起來的事情真是太多了——這時，半開的窗戶外邊傳來老爹「噔噔噔」搗漿的聲音。

老爹將餵過蠶的桑樹枝丟進了大鍋裏，卻忘了在水裏拌上胡楊灰鹼，最後，曬出的紙滿是結疤——當然，這個場景融入了我的想像。

我朝坡下的河灘望去，晚秋的風中夾雜了牛群的鈴鐺聲，隱隱約約，涵義模糊。我好像又回到了和田，在白水河裏尋覓，感受著渾濁水流的變化，以及它流過拐彎處卵石的強勁和迅猛。河水漲得恰到好處的時刻，我無數次地在這條河裏消磨，還記得很清楚：我沒有一次撿到過玉石。

　　直到有一天，我打開一捲黃褐色的桑皮紙，在紙頁中，無意中發現其中一張紙頁的一角嵌入了一枚金黃色的落葉。大概是在晾曬紙張時，無意中被風颳上去的。

　　蜜蜂嗡嗡。

　　桑樹皮含著一股濃重的植物清甜味道在我的周圍形成一個專屬於自己的獨特氛圍。

　　不過，令我難過的是，才不過數十年後，這種手工製作的桑皮紙已無人問津，讓人不禁黯然想起那個逐漸消亡中的世界。這種桑皮紙以它粗糙的、帶著泥土和植物氣息的質感，讓人的感覺接近更加清晰敏銳的世界。

　　我想起今年入秋以來，以往那幾個定期來他家收購桑皮紙的漢子，竟也不來他家了，在街上遇見他們其中的一個，語氣竟也躲閃、模糊，說是自己不做這生意了，桑皮紙不好賣了，現在沒人再用這樣的紙了。

　　老爹聽了，比他更緊張，聲音都發抖了，一個勁兒地說沒關係，沒關係。

　　一天下午，太陽快落山的時候，家裏來了一個以前相熟的收紙人。當老爹蹲在院子的一角，正在清洗搗漿的工具，聽見院子的門突然有了響動，看見那頂捲了毛邊兒的、黑得冒油的羔皮帽子貼在了門框上，他立刻激動地站了起來。

　　「啊哈，你好啊。」老爹衝他笑了起來。「好久沒來了，進去喝杯茶吧。」

　　收紙人繞過我，同老爹進屋去了。

　　房子裏很暗，收紙人的臉始終向著牆壁，所以我一直沒看清他的表情。奇怪的是，他和老爹並不談起賣紙的事情，而是在說「阿拉瑪斯玉礦」、「羊皮圖紙」、「失蹤」等這些古怪的詞。

他好像還說到了「像老爹你，當年做了這麼多年的嚮導，熟悉阿拉瑪斯礦的礦脈，什麼都見過了」，話說得斷斷續續的。

最後，這個賣紙人還提到了錢，說是「事成之後，你會得到補償的。會是一大筆錢」。

老爹在一旁只是「嗯嗯」地應和著，好像並不與他多說什麼，也不發表什麼意見。最後，老爹拖長聲音「哦」了一聲，就再也不說話了。

收紙人走後，我總是找機會拐彎抹角地同老爹談起收紙人來訪的事，而老爹總是顯得不耐煩，說我不懂。

真讓我灰心。

有那麼幾天，我很難集中精力跟著老爹學做桑皮紙了。心神渙散地做，亂七八糟地做，好像做不做都一樣，反正再沒人來收紙了。

可老爹還是老樣子，該幹活幹活，好像那個神秘的收紙人從沒來過家裏一樣。

有好幾次，我從外邊回來，看見老爹正對著一張破損了的羊皮紙發呆。我認得它，可上面除了一些密密的線條印跡和一個紅色的手印外，什麼也沒有。

十一月過後，白天短，黑夜長，但日子過得也快了。樹葉飄落，路兩邊到處都是光禿禿的桑樹幹。我的家像是被人遺忘了似的，再沒來一個買桑皮紙的商人。

其實，做桑皮紙這門老手藝在老爹手上就已結束了，早沒人再留戀它了。

除了老爹自己。

現在，一切都好像回到了過去的和田，這樣的景象已然消失了好幾十年。我們三個人或在爐火旁一起默坐，或者，我為老爹不時地端來厚厚的一疊桑皮紙，看他用木柄刀將一張張紙裁成長方形，

桑皮紙窸窣夾雜著爐膛乾柴的嘶嘶聲響，他用老去的眼神死死盯著牆角這一大堆曬得灰白的桑皮紙，也不知在想什麼。而古，則靜靜捧著一本《和田誌》的年鑑。年鑑本身就是古董，是他目前唯一可翻閱的書。裏面部僅述及月亮盈虧、行星會合、蝕相時辰的重要資訊。

就這樣，我們各自沉侵在自己的思緒當中，與慢慢退去光茫的電燈，相距遙遙。

有一天，老爹叫上我，一起去河壩子的桑樹林裏砍桑樹枝，像是最後一次，我遠遠地看著老爹長長的袖子在風中飄蕩，他把林子裏不同的樹木指給我看，我知道他是在揮手告別——向核桃樹，向梨樹，向桑子樹，向我。

老爹拍了拍身邊的一棵樹桑子樹，用手撥弄著乾枯的樹葉和枝條，轉過身來對我說：「我就要死了。我希望埋在這裏，埋在這片桑樹林裏。」

我感到自己的臉猛地被抽了一下，結結巴巴地說：「老爹——」

「如果真有那麼一天，我要你好好照看我。」老爹的嘴角裏擠出一絲笑意：「別擔心，我不會占很大的一塊地方的。」

過了一會兒，老爹又說：「你聽好了，我帶你來這兒不是為了遊覽的，是為了等死。」

「為了什麼呀。老爹。」

「我就指望你了。」

我看著老爹，突然明白了他這麼多年來，為什麼要用那些蔬菜餵養我，為什麼要把我留在他的身邊，為什麼會經常會仔細地稱量我的身高和體重。

「現在，你送我回去。」

老爹沉著臉，命令我說。

走在他的身邊，我哭喪著臉。此前，我沒意識到自己是一個白癡，我自覺像一隻動物，好多事情都搞不明白。

7

二弟在外地的這幾年裏是怎麼過的？他的許多可以被稱為「劣習」的東西，是不是早生了根？

有些傳聞說他在伊犁夏塔的山區做倒賣羊皮的生意，開始賺了不少的錢，但後來又戀上了賭博，又被討債的人追討，很快又變得一無所有了。我的眼前浮現出他在夏天正午的河灘上，頭枕大狗的腰睡覺的情景。

是的，二弟這麼多年來一直是和我們的生活隔開的。

從前，他經常聲稱自己會看到玉石。說它有方桌子那麼大，質地像綿羊尾巴油那樣白而肥膩，還滴血呢，就在河壩子裏，被一層又一層的沙石掩埋著。

有一天晚上，我倆坐在河邊，我反駁了他，我堅決不相信他說自己能看見方桌那麼大的玉石。

二弟無動於衷地坐在那裏，過了一會兒，他說：

「不相信的人都是要受到懲罰的」。

他的這句話像個咒語。

那時，黃昏正緩慢地來臨，沒有聲息的灰暗像一隻巨大的巴掌那樣朝我罩了下來，我的呼吸開始雜亂無章。

我的聲音顫顫地問：「是什麼樣的懲罰呢？」

他想了一下，臉上堆滿了聰明的笑容：「婆婆知道。」

婆婆，是傳說中的「打蹤人」，她能找得到所有丟失的東西。他說自己從沒見過她，但是已從好多人的嘴裏聽說過她，都說她有傳說中的巫師那樣的神奇，腳踩在通紅的炭火上不會被火燒傷。

還有，她的眼睛有一種非凡的魔力，能找得到所有丟失了的東西。

現在，二弟走了，大狗也沒了，我們的那個家就徹底空了。

空了的家，就像是被誰砍了一刀的傷口，我沒去管他，我知道，它自己會慢慢癒合。

那些風一年一年地颳，颳得次數多了，好像把人也認下了，追著人跑，把房門掀開，把女孩的裙子掀開，情竇掀開。

沙塵暴一片一片地捲走了老爹家的屋頂，紅柳籬笆。二弟好像提前預知了這一點，提前跑到別的地方去了，等沙塵暴停了他自然會出現。

一直沒有二弟的行蹤，他在哪裏。

我不知道，不，是沒有熟人看見那天早上，二弟從伊犁夏塔的一家小飯館裏出來，恍惚間發現周圍的空氣也起了某種變化。他有些不安，警覺地朝四周看了看，發現並沒有人注意到他。

其實，自從他從和田跑出來了這麼多年來，這種不安的感覺經常在侵擾著他。

馬路上，沿街的幾家店鋪的門相繼開了。幾個女人正在灑水。乾燥的灰塵經水一沖，就濕漉漉地黏在了地上，散發出一股濃濃的尿騷味。

也就是在那一天，他常去的那家小飯館的店主問他哪裏人，他想也沒想，對那個店主說：

「南疆葉城人。那裏風很大，每年從春天開始，要颳好幾個月的風，有一年連著颳了整三天三夜，街上的樹枝差不多都斷沒了。」

他覺得他已經把自己說得非常清楚了，可是他在說到「風」的時候，微皺著眉頭，心裏無來由地微顫了一下，好像那股風就在眼前詭異地瀰漫著。

夜裏剛下過了雨，杏花、桃花落了一地。空氣中瀰漫著一股甜腥氣，樹枝被風折斷的地方有一股苦澀的清香，時淡時濃地鑽進他的鼻孔，像小蛇一樣地舔著他。他忍不住地打了個噴涕，空氣中似乎充滿了一種看不見的危險。

二弟開始回憶老爹在和田時給他說過的話，可又找不出曾有過什麼重要的談話。多年來，他是那麼的沉默，不好接近，總是給他一個沒有任何溫度的背影。

老爹每天總是不停地幹活，剝桑皮，熬鹼煮汁，一點也不知道累。

在颳起秋風的時候，一枚從樹上落下的黃葉落在剛漿好的模版上。桑皮紙乾了，被揭了下來，那枚葉子像故意嵌在那裏似的。

但這好像並不是他的心意。他只是懶得動。

那個背影從沒有過多餘的話。

隔了許多年後，二弟從混沌的記憶中抽出了一根清晰的線，發現老爹是跟他有過一次重要的談話的：

在回憶中，他和老爹的那場談話是這樣的：

「有一天，好像要颳風了，天暗了下來。老爹從院子外回來的時候，我正在給樹澆水。幾乎沒什麼起因，老爹突然開口叫了我的名字。

我不知他為什麼叫我，半心半意地『嗯』了一聲。

老爹咳嗽了一聲說：『狗腿上的那塊石頭，你不要動。』

我裝著什麼都不知情的口氣：『啥石頭？』

老爹深深地看了我一眼，一時沒什麼話。

過了一會兒，他回過頭來說：『你不要動它就是了。』」

說完，就披了一件衣裳，走到了外邊快要颳風的街上。

二弟想，這也許是我的父親唯一一次對自己表達他的擔憂。

二弟的記憶開始模糊起來，後悔沒有問他更多的關於那塊石頭的事。如果他問了，自己肯定不會忘掉。

老爹在和自己的那次談話結束後，他只記得老爹拿起衣服，走到了院子外邊，快要颳風了，那個背影再未轉過身。

那個背影沒有任何溫度。

8

　　好幾個月來，古對貧乏的夢境充滿了膩煩。那些夢境起初是一片混亂，只留下幾個短暫而支離破碎的印象，沒過多久，夢境就開始變得清晰了。

　　他隱約感到它的氣息和形狀，深深的暮色與晨曦沒什麼區別，還是在一片河水裏，但沒有水聲，他看見了她的臉，盡是疲倦，好像剛從睡夢中醒來。

　　一天又一天，月亮漸盈。但唯有此時，才能在河水中採收這神秘的果實；也唯有此時，他將與她相遇。

　　次年的九月，是古麗下葬後的第二年的秋天。古也說不清楚自己為什麼要相信「打蹤人」的話，說什麼也許是出於憐憫，也許是出於好奇。可是在當時，古正陷入猛烈的高燒中，每天腦子裏紛飛的盡是些雜亂的線條。

　　那些天來，古看過所有的遊醫，都宣告乏術時，「打蹤人」婆婆適時在他的面前出現。

　　那天，太陽的顏色變深的時候，「打蹤人」婆婆出現了，臉上的笑容還沒有擴展，那血色就一褪而盡。

　　從古的角度上看過去，確定她身上的那些鈕釦，鞋帶都還沒來得及被打開又重新繫攏，破綻已經有了。

　　古微微一笑。

　　「你知道後天是個什麼日子嗎？」她壓低的嗓音漏氣似地嘶嘶作響。

　　「你必須在後天月圓之夜找到那條河。雖然那是一條莫須有的河。在關鍵的時候，依據古書隱晦的暗示，找到它。」

　　「打蹤人」鼻音濃重的敘述好像是耳畔水聲的直譯。

「在某些特定的時刻，它只對某些人開放——但是機會也只有一次。」

「我太老了，一生中經歷無數的事情，以為略略掌握了人際間的若干消息，但是一些關鍵的線索我還沒遇到。但我知道她一定存在，就像現在，她在河流的某一個角落裏。」

秋夜。

月亮像一塊孤立的色體懸浮在空中。

月光下，河與岸難以分辨，岸邊的樹像是著了一層雪。

水中，有乾草和腐葉的氣息、獸類體味的氣息。

——一個男子在白水河裏前行。垂首，縮頸，腳從積水中拔出，又往前一步，插進銀白色的水光中。男人的手肘緊貼著肋骨，慢慢在水中移動著身軀。而水，竟然是溫暖的。

他抬了一下手臂，發白的鐘盤上，粗重的時針指向了二十二點十六分。在深秋的淺藍色天空中，星星被夜風吹得一閃一閃，遠處的村莊顫動著粉紅色的光，夜鳥從一些剛落盡葉子的黑色枝椏上輕快地拍著翅膀飛起，落在了河邊的卵石上。因為影子的方向不對，習慣於黎明的陰影而對夜晚的影子不熟悉的眼睛會看到意想不到的組合：

一切都似乎是歪著的，變小了，像在鏡子裏變了形。在這樣的沒了渲染的光線下，古生活在其中的回憶世界變成了它實在的樣子：那個遙遠的過去。

他在白水河下游靠近河岸的一個地方坐下，在不久前回憶和田生活，以及對於古麗懷有預感的一塊石頭上坐下。時間在一點一點地過去。在今夜，古是第一個人也是最後一個人。

只是現在，他不再四下張望，而是看著眼前被月光照亮的熟悉水流，在瞬間重溫了一下他的過去，輕輕擺動著他的手臂，心想自

從古麗溺水後，自己有多久沒像這樣用新鮮的目光，懷著愛意，還有熱情去注意周圍的一切——比如這時，樹林裏的細微聲響，驚起了一隻碩大的夜鳥，飛向了夜空，那是與河流裏的他相反的方向，慢慢地，這隻飛高的夜鳥在與月亮的輪廓重合——這個事實意味著他內心的一個秘密的轉捩點，一種覺醒。

隨著月亮越升越高，浪花的奔湧處也越來越亮，河流也像是在慢慢甦醒，而黎明，也似乎即將到來。

不知為什麼，古在這個時候突然想起了古麗從前是怎樣走出「紅玫瑰」草藥店，又是怎樣地與他告別的情形——

東方地平線上的一些微光，是伴隨著遠處村子裏清真寺阿訇晨起的喊喚聲一點一點地亮起來的。那種聲音持續、執拗，有些懶洋洋的聲音具有一種奇特的鎮定作用；他看著腳下的水流，感覺自己對她的愛比過去更強烈。當古抬起頭，朝著這個聲音望去時，他清晰而無情地意識到古麗是真的死去了。並且知道，自己永遠失去了對她的愛。

雖然對她的記憶還沒有枯竭，但是她的形象也已經成為了河流的形象，這河流本身也已經成為了某種記憶。

除了這個形象之外，古麗其實並不存在，也不可能存在。

當凌晨的第一縷陽光撕破雲層時，古坐在那塊大石頭上睡著了。他的臉深深埋在衣服的摺皺裏。

古第二次上崑崙山是一九八四年的七月。

這次，他離冰山有多遠？他離河流有多遠？十多天過後，他不再想到城市、街道或者女人了，甚至不再想到她，古麗。

她曾經住在哪個城鎮？哪個街道？他想不起來了。

曾經，他在哪裏想她？這麼多年過後，對一些事件的記憶有如一塊石頭在水面上跳躍。只是她在沉下去之前就已死去，徹底被他忘掉了。

　　彷彿現在，他正走在介乎大地與地圖之上的迷霧中；介乎傳說與歧途之間；介乎敘事者與自然界之間；介乎綠洲與荒漠之間。他好像已置身於遙遠的古代，他已習慣了在這陳年舊景中呼吸的方式。

　　在路上，除了太陽、月亮之外，只有他自己。獨自一人懷揣空無一人的幻覺。

　　不管他走向哪裏，那個最終要抵達的目的地，仍充滿了一種假定性。

　　在經過了近十天的跋涉後，古到達了崑崙山，此時，他的身體早已疲憊不堪。古脫下身上所有的衣服，四肢攤開，把自己扔在粗礪的岩石上。過了很久，他重新站起身。

　　現在是一九八四年的七月十四日，在這一片曾經蘊藏玉礦的洞窟裏，古手執一張羊皮的圖紙，赤裸裸地走進眼前這個黑暗的岩洞。

　　他繞過一塊巨大的岩石，進入到洞穴裏，裏面散發出一股奇怪的氣味，他找到了兩具人的頭蓋骨。一想起這個，他就渾身發抖。他繼續在黑暗中摸索，小心地走在濕滑的洞穴深處，他感到洞穴深處有好多看不見的人。最後，到達那塊未被挖掘的巨大板岩旁停了下來，用手電筒照亮岩石表面隱現的白色玉線。

　　那是老爹臨死前給他指過的脆弱界線限。一下子，他感到整個山巒都因這血脈四布的堅硬果實而崩解碎裂。他覺得，碰觸就是其中之一。他用小鋼釺一邊挖，一邊喃喃自語，全身上下都因觸及到這帶有玉色的石頭而顫慄不已。慢慢地，玉質出來了，是那種濃釅的胭脂色。

　　玉石的肌體光滑細膩，不含一點雜質，用手摸一下，還有些微涼。

　　崑崙山終於嘔吐出被它蘊含多年的寶物。最先看見它的人驚呆了，古那張差異極大的臉在剎那間變得煞白。終於，他在心裏面發出耳語般的叫聲：

「找到了，是它。是『卡牆黃』。」

沒錯，他感到整個崑崙山都因這血脈四布的石頭而崩解碎裂。

他的眼前不再浮起幻象。

這一刻，他知道他找到這個玉礦了。他手中的一張羊皮紙圖紙落了下來。

古看著它，心裏竟有些難過：這個沉睡了億萬年的玉石礦把自己藏匿起來，彷彿其終極目的，就是為了躲避人的尋找。從不曾想到會在今天，它會被一束電光照亮，驚醒，像是一個奇蹟，帶著誰的諭旨從時間的另一側現身。

如今這個世界上已沒有多少秘密可言，人永遠是尋找者，人在世間的一切活動就是一部尋找者的寓言。他們的尋找使一切都將昭昭大白於天下——

其實，被人忘掉是一件多麼好的事情。至少在現在，不，在此後，它可以不受任何驚擾地沉睡，它的睡眠乃是崑崙山的睡眠。

古退出了洞穴，坐在洞口，望著廣闊的山巒一言不發，把頭深深埋在膝蓋中，兩隻手心裏全是沙粒。

古用盡全身的氣力，把幾塊山石一點一點地挪到了洞口，小心地把洞口的縫隙堵死。沒多久，山底下傳來了同伴的喊喚聲。古聽若未聞。此刻，在他耳中，唯有這玉石凝脂般的色澤交織而成的樂章。那一瞬間，白水河的水流聲開始和聲共鳴，在古的耳中，形成翻騰的巨浪，他再也聽不到其他的聲響。

此刻，唯有這細密的水流聲在反覆吟唱，在他的耳中翁嗡迴響。

第十二章

沙塵暴

一九八六年春季末，和田又爆發過一次沙塵暴，那次規模，卻比往年大了許多。夠載入氣象史冊了。這就跟一個人生了病，哪怕就生一次大病，也會很快復原過來，但要是常常生病的話，那情況就遠不是這樣了。

這年春天，和田也開始模仿別的縣市，破天荒地搞了個「棗花節」。外縣好多人都來了，一眼望不到邊的沙棗花樹鋪張開來，散發出一股蕩婦下體的味道。

人們出沒在這些花海的氣味當中，最後，當他們頭頂著渙散的棗花瓣出來時，他們的臉上，都掛著和棗花一起燃燒過後的迷惘的笑容，好像他們一起完成了這一場煽情的祭奠。

街上的老人們都說：「這一年的棗花，開得有一點瘋。」

瘋是有點過分的意思。

我從街上、河灘上一路走過去，心裏也有些不安：真的，長這麼大，我還真的沒見過棗花開得像這樣歇斯底里。

不過，這個初夏之所以被人們記住，不僅僅是這場開得有些瘋魔的棗花，而是由於一個特別的原因。

原來，在這個春天出了一件大事。

五月七日，一大早，人們從夢中醒來後，發現整個世界完全都變了樣。還是清晨，五月籠罩在一層古怪的安謐中，空氣中懸著幾百萬噸的沙塵，像捲起千尺高的黃澄澄的沙牆，喪失了界域感。懵懂的小孩子看著窗戶外邊，不知道發生了什麼事情，嘴角一歪哭了起來。老人一臉沉重，想破腦袋也想不出這個地區曾發生過什麼可以與之相比的事情。

原來，天空下浮塵了。這一場浮塵，下得比從前的哪一年都盛大。

下土了。

　　塵土，正從這個世界的邊邊角角升起來，四周飄浮著渾濁的浮游物，詭異地瀰漫著，融入到浩蕩的夜色中去，滿得不得了，也空得不得了。周圍看不到什麼，但裏面有一種荒涼。

　　那是在夜裏最黑暗的時辰過後，嗆人的塵土大片大片地降落了下來，好像天被一雙神秘的大手翻了個兒，光線越來越暗，空中瀰漫著一股塵土的味道，在沙暴來臨之前，天是灰濛濛的。

　　當天邊的一小抹亮光正在奮力地從濃雲裏擠出來，地上就已經蓋滿了泥灰色的浮土。這不知從哪裏來的浮塵使整個村莊變得醜陋、荒涼。沿河的那幾棟廠房看起來髒汙、歪七扭八的，像是被這一場突如其來的浮塵壓著，快要倒塌。

　　浮塵是從凌晨開始下的。

　　在這之前，古已連續做了幾個噩夢，被嚇醒。睜開眼睛正愣著，他聽見窗子上發出細微的刮魚鱗一樣嚓嚓的聲響，第一感覺是下雪了，一想到這個詞，他一下子就覺出身上有些發冷。

　　好像不對，才是五月，不是下雪的季節啊。

　　無聲的塵土固執地滲到事物的內部，它使一切都帶上了塵土的顏色——那種恆古長存與天一樣的灰色。

　　有些嗆人的塵土的氣味就像是從屋子裏、傢俱上、衣服裏床底下往外滲出來的，甚至從人的嘴巴、頭髮裏，從指甲蓋裏散發出來的。路上的人們帶著濃重的塵土的味道回到家裏，把家裏的味道又變成了塵土的味道。

　　在南疆和田，塵土永遠在不同的季節裏落下，有時是春天，有時是秋天，它堅持之久，融化一切。

　　雞啼以後，天仍然是混沌的。因而，這幾聲雞鳴也像是泡過水似地軟綿綿的。艾疆家的狗一出門，發現周圍的景色全不對頭了，

像不知從哪兒點了一盞黃色的燈，黃色的光一直從天邊布下來，到處都是黃色，樹木、房屋變得灰黃，顏色看起來怪怪的。像假的。周圍一片死寂，彷彿早被這黃色的天地所震懾住。

這隻膽小的狗害怕起來，牠開始奔跑。牠跑得很快，全身映著黃光，黃慘慘的，跑在大路中間有點像離地半尺騰空而起的怪物。

這突如其來的浮塵讓一個原本美好的早晨變得昏暗，無精打采。四周是一種不祥的夢一樣的靜謐

——和田何曾像這樣的安靜過呢？

對於這天早上突然降下的浮塵，人們各自有不同的反應。

一個老婦人從窗子裏向外張望，門前的大路和黃土路一樣，都是灰塵，沒完沒了的灰塵，偶爾有一輛車經過。破塵而行，然後就消失了。也許，在這樣的沙塵天氣，每一段路，都是相似的。

想到這兒，她的腦子亂起來，拉上了屋子裏所有的窗簾，把外面的世界關得緊緊的，然後開了電燈。

她這麼做倒不是害怕天上落下的塵土，而是對這件突如其來的事情還沒得出一個明確的看法。但是，倘若她得出了什結論的話，又能怎麼樣呢？畢竟，這些天讓她操心的事情真的是太多了。

因此，她在拉上了窗簾的昏暗屋子裏走來走去，當作什麼也沒發生。

這個時候，古就要離開和田了。讓他沒想到的是，對於這個地方匆忙的最後一眼，他竟然什麼也沒看清。

他的眼睛變暗了，頭腦也是糊塗的，以往熟悉的街道突然變得陌生起來，讓他有了一種奇怪的感覺：那黑暗與陌生是從他心裏散發出來的。是的，就在他心裏，在那兒。

公路邊站著一些人，三三兩兩的，遠遠地看，好像那是些凸現出來的有生命，有重量的灰色暗影，在有些躁動的走動中，正發出

各種各樣的聲音，那些聲音，也好像是從另外的一個世界裏發出來的。

「啥都看不清。」

「怎麼車還不來？」

「什麼時候開始下土的？」

「昨天晚上吧──也可能是今天早上。」

路邊有隱隱約約棗花的香氣，在人群與塵土混雜的灰霧中，一會兒濃，一會兒淡──終於，一輛車在從路的拐彎處出現了，在濃稠的塵土中開得很慢，像一輛遲鈍的推土機。

他上了這輛車，把這股濃郁而易逝的塵土氣息關在了車窗外邊。

很多天後，大車進入市區繁華街道時，正是第二天中午人流最多的時候。人的聲音、街道的聲音混雜在一起，他很快地置身於這濃烈而易逝的聲音的洪流中去──

後來發生的事情，就暫時沒有人知道了。

這場罕見的沙暴天氣持續了很長的一段時間。過後，天晴了。

我沒啥事可做，就在和田城的巴札上閒逛。

下午，天色亮了些，太陽露出了小半邊臉，面色有些難看，像是要融化的樣子，路邊的樹葉兒都蔫著，全沒了筋骨。在沙暴過後的一片狼藉裏，那些沙海中的樹一棵一棵隱入灰暗中。到處都是土，我的腳嵌在上面，虛虛的。沿河大道的路兩邊沒有什麼人，有幾家玉器店的門半開著，黑著燈，整個物件，包括人都一個個灰頭土臉的。

一切都是安靜的，連同這條河流。無聲無息的水面下面似乎包藏著某種禍心。我真想伏下身子，耳朵貼在水面上，再聽一聽河水蒼老的聲音。

河灘上遠遠出現了一個影子，走近了。

她的雙腳好像第一次站在了河水中，河水很平靜，水氣從身邊瀰漫開來，它們索要卻什麼都不給予。

第十三章
結尾

　　三年後的一個春季的晚上，一個維吾爾族少女在路邊上攔住一輛大卡車。

　　去哪裏？

　　司機是一個中年人，蓄著鬍子，聲音懶洋洋的。

　　她說了一個地方。

　　黑夜漫長。路上一輛車也沒有，她佯裝睏了，閉起眼睛，以免與司機進行無聊的談話。

　　沒多久，她的大腿感到一陣騷癢，是司機毛茸茸的手放在了她的腿上。

　　「我好得很，要不要一起來？」他的聲音昂揚，不再懶洋洋的。

　　血湧了上來，她叫他停車。

　　他好像沒聽見她的話，反而向她的胸口伸去，另一隻手仍穩穩地握著方向盤。

　　「來撒，我下面好得很。」

　　不等她說話，他突然嘎的一下，猛地剎住了車：你——你是什麼人？驚詫的聲音裏透著恐懼，眼睛死死盯著她胸口的玉蟬墜子。她迷惑了，定了定神，朝他輕蔑地一笑。

　　一隻玉蟬從她的脖頸處滑落了下來。頭頂上的柔光打在白色的蟬翼上，那細小的毛孔似乎都朦朧可見，令人驚異。它似乎脫離了人體懸浮在曖昧的微光中，有如一種咒符之色。現在，它被初夏潮濕的夜氣所所催化，就要活了。

　　卡車司機不再騷擾她，當她不存在一樣，老老實實地開他的車，一路無話。但她的腦子已是一片混亂，感到自己快要崩潰了，不斷地用手摩搓著這塊古玉蟬，安慰這像羽毛一樣輕的靈魂：噓，你似乎天生有罪，才被人終生囚禁。

　　一路上，在她溫熱手指的摩搓下，一條條綻開的血絲在古玉蟬的翅膀上結網，玉蟬的腹部上，泛起了一種奇異的紅色，散開的紅暈猶如罌粟般詭異。那紅暈，原始而稚氣，如女童信手所畫。

　　好像——顏色又和上次不一樣了。她把玉身翻過背面，隱約見得石頭上有幾個字，是漢字。憑肉眼看不清楚，好像是一句話

　　——冤枉相思，吾當言之。

　　幾千年前被一塊玉壓著的一個死者，難道，有話要說？

　　　　　　　　　——完——

釀文學17　PG0550

釀　驚玉記

作　　者	南　子
責任編輯	林千惠
圖文排版	蔡瑋中
封面設計	陳佩蓉

出版策劃	釀出版
製作發行	秀威資訊科技股份有限公司
	114 台北市內湖區瑞光路76巷65號1樓
	電話：+886-2-2796-3638　傳真：+886-2-2796-1377
	服務信箱：service@showwe.com.tw
	http://www.showwe.com.tw
郵政劃撥	19563868　戶名：秀威資訊科技股份有限公司
展售門市	國家書店【松江門市】
	104 台北市中山區松江路209號1樓
	電話：+886-2-2518-0207　傳真：+886-2-2518-0778
網路訂購	秀威網路書店：http://www.bodbooks.com.tw
	國家網路書店：http://www.govbooks.com.tw
法律顧問	毛國樑　律師
總 經 銷	聯合發行股份有限公司
	231新北市新店區寶橋路235巷6弄6號4F
	電話：+886-2-2917-8022　傳真：+886-2-2915-6275

出版日期	2011年6月　BOD一版
定　　價	320元

國家圖書館出版品預行編目

驚玉記 / 南子作. -- 一版. --　臺北市：釀出版, 2011.06
　　面；　公分. --（語言文學類；PG0550）
　BOD版
　ISBN　978-986-6095-12-2（平裝）

857.7　　　　　　　　　　　　　　100006087

讀 者 回 函 卡

感謝您購買本書，為提升服務品質，請填妥以下資料，將讀者回函卡直接寄回或傳真本公司，收到您的寶貴意見後，我們會收藏記錄及檢討，謝謝！如您需要了解本公司最新出版書目、購書優惠或企劃活動，歡迎您上網查詢或下載相關資料：http:// www.showwe.com.tw

您購買的書名：＿＿＿＿＿＿＿＿＿＿＿＿＿＿＿＿＿＿＿＿＿＿＿＿

出生日期：＿＿＿＿＿＿年＿＿＿＿＿＿月＿＿＿＿＿＿日

學歷：□高中 (含) 以下　　□大專　　□研究所 (含) 以上

職業：□製造業　□金融業　□資訊業　□軍警　□傳播業　□自由業
　　　□服務業　□公務員　□教職　　□學生　□家管　　□其它＿＿＿＿

購書地點：□網路書店　□實體書店　□書展　□郵購　□贈閱　□其他

您從何得知本書的消息？

　　□網路書店　□實體書店　□網路搜尋　□電子報　□書訊　□雜誌

　　□傳播媒體　□親友推薦　□網站推薦　□部落格　□其他＿＿＿＿＿＿

您對本書的評價：(請填代號　1.非常滿意　2.滿意　3.尚可　4.再改進)

　　封面設計＿＿＿　版面編排＿＿＿　內容＿＿＿　文／譯筆＿＿＿　價格＿＿＿

讀完書後您覺得：

　　□很有收穫　□有收穫　□收穫不多　□沒收穫

對我們的建議：＿＿＿＿＿＿＿＿＿＿＿＿＿＿＿＿＿＿＿＿＿＿＿＿

＿＿＿＿＿＿＿＿＿＿＿＿＿＿＿＿＿＿＿＿＿＿＿＿＿＿＿＿＿＿＿＿

＿＿＿＿＿＿＿＿＿＿＿＿＿＿＿＿＿＿＿＿＿＿＿＿＿＿＿＿＿＿＿＿

＿＿＿＿＿＿＿＿＿＿＿＿＿＿＿＿＿＿＿＿＿＿＿＿＿＿＿＿＿＿＿＿

11466
台北市內湖區瑞光路 76 巷 65 號 1 樓

秀威資訊科技股份有限公司　　　收

BOD 數位出版事業部

....

（請沿線對折寄回，謝謝！）

姓　　名：_____　年齡：_____　性別：□女　□男

郵遞區號：□□□□□

地　　址：_____

聯絡電話：(日) _____　(夜) _____

E-mail：_____